KB270014

햄릿

햄릿
Hamlet

월리엄 셰익스피어 지음
남육현 옮김

도서출판 동인

지금까지 셰익스피어 작품에 대한 번역은 끊임없이 다양한 동기에 의해 진행되어 왔다. 초창기 셰익스피어 작품 번역은 일본어 번역을 우리말로 옮기는 작업이었다. 일본이 서구에 대한 수용을 활발한 번역을 통해서 시도하였기 때문에 일본어를 공부한 한국 학자들이 번역을 하는데 용이했던 까닭이었다. 하지만 이 경우는 문학적인 차원에서 서구 문학의 상징적 존재인 셰익스피어를 문학적으로 소개하는 것이 목적이어서 문어체를 바탕으로 문장의 내포된 의미를 부연하게 되어 매우 복잡하고 부자연스러운 번역이 주조를 이루었던 것이 문제가 되었다.

그다음 세대로서 영어에 능숙한 학자들이나 번역가들이 셰익스피어 번역에 참여하게 되었다. 셰익스피어 작품에 대한 수많은 주(note)를 참조하여 문학적 이해와 해석을 곁들인 번역은 작품의 깊이를 파악하는 데 많은 도움이 되었다고 볼 수 있다. 하지만 셰익스피어 작품을 무대에 올리는 배우들에게는 또 다른 문제가 생길 수밖에 없었다. 문학적 해석을 번역에 수용하는 문장은 구어체적인 생동감을 느낄 수 없었고, 호흡이 너무 길어 배우가 대사로 처리하기에 부적합하였다.

　이런 문제점을 해결하기 위해서 번역가마다 각자 특별한 효과를 내도록 원서에서 느낄 수 있는 운율적 실험을 실시하기도 하였다. 그런 시도는 셰익스피어 번역에 새로운 분위기를 자아내었을 뿐 아니라 다양한 번역이 이루어져 나름의 의미가 있었다고 본다. 반면에 우리말을 영어식의 운율에 맞추는 식의 인위적 효과를 위해서 실험하는 것은 배우들이 대사 처리하기에 또 다른 부자연성을 느끼게 하였다.

　한국에서 셰익스피어를 연구하는 학자들이 모이는 한국셰익스피어학회에서 셰익스피어 탄생 450주년을 기념하여 셰익스피어 전작에 대한 새로운 번역을 시도하기로 하였다. 우선 이번 번역은 셰익스피어 원서를 수준 높게 이해하는 학자들이 배우들의 무대 언어에 알맞은 번역을 한다는 점에서 차별성을 두고자 한다. 또한 신세대 학자들이 대거 참여하여 우리말을 현대적 감각에 맞게 구사하여 번역을 하자는 원칙을 정하였다.

　시대가 바뀔 때마다 독자들의 언어가 달라지고 이에 부응하는 번역이 나와야 한다고 본다. 무대 위의 배우들과 현대 독자들의 언어감각에 맞는 번역이란 두 마리 토끼를 잡는 것은 그리 쉬운 일은 아니지만 매우 의미 있는 일일 것이다. 이번 한국 셰익스피어 학회가 공인하는 셰익스피어 전작 번역이 성공적으로 이루어지도록 뒷받침하는 도서출판 동인의 이성모 사장에게 심심한 감사의 뜻을 전하며 인문학의 부재의 시대에 새로운 인문학의 부활을 이루어내는 계기가 되리라 믿는다.

2014년 3월

한국셰익스피어학회 17대 회장 박정근

옮긴이의 글

한국셰익스피어학회의 새로운 전 작품 번역 프로젝트 일환으로 『햄릿』 번역이 최종 결정되어 역자가 학회로부터 통보를 받은 것은 2012~3년 겨울이었다. 2012년은 역자가 모터사이클 유라시아 대륙 단독 동서 횡단 여행을 막 마치고 돌아온 해였다. 오래전부터 타고 다니던 대형 BMW 모터사이클을 타고 햄릿의 고향 덴마크 엘시노어 성을 다시 한번 찾아가기 위해 유라시아 대륙 횡단 단독 여행을 떠났던 것이다. 2011년 7월 3대째 계속 살고 있는 150년 된 누옥(한옥) 용인 집을 출발해 동해시-러시아의(시베리아구간) 블라디보스톡-비킨-하바롭스크-치타-울란우데-이르쿠츠크-칸스크-크라스노야르스크-노보시비르스크-옴스크-쿠르간-첼랴빈스크-우파-카잔-체복사리-노브고로트-블라디미르-모스크바-볼로콜라-르제프-벨리키예루키-빌니우스(리투아니아)-리가(라트비아)-탈린(에스토니아)-헬싱키(핀란드)-스톡홀름(스웨덴)-오슬로(노르웨이)-엘시노어(덴마크)-코펜하겐-함부르크(독일)-베를린-브뤼셀(벨기에)-깔레(프랑스)-도버(영국)-런던-더블린(아일랜드)-쉘부르(프랑스)-루앙-빠리-(잔 다르크의 격전지)오를레앙(올리언스)-안도라-바르셀로나(스페인)-마드리드-리스본(포르투갈)-카사블랑카(아프리카 모로코)-마르세이유-깐느-니스-모나코-제노바(이태리)-피사-피렌체-로마 등을 포함한 많은 국가와 도시에 이르는 약 200여 일 간의 총연장 28,000km의 아시아 유럽 아프리카 공연 문화 점검 여행으로부터 2012년 2월 초 귀국하였다.

이번 여행의 목적이 유라시아 대륙 각 도시의 공연 문화를 돌아보기 위한 것이긴 했지만 특히 『햄릿』의 대부분의 극중 상황이 전개되는 덴마크 항구도시로 멀리로는 노르웨이를 향하고 가까이는 스웨덴을 마주보는 덴마크 동북 해안 전설적 햄릿 궁성으로 알려진 엘시노어(Elsinore)-덴마크 수도 코펜하겐으로부터 약 60km 정도 북쪽에 떨어져 있는 현재 지명 헬싱괴르(Helsingör)의 크론보르 성(Kronborg Castle)을 찾아보기 위한 것이기도 했다. 물론 이 크론보르 성이 실제 역사상 햄릿 왕궁은 아닌 것으로 알려져 신화나 전설처럼 믿겨지는 것이긴 하지만 셰익스피어가 극본에 명시한 엘시노어(Elsinore) 성은 현재 지명 헬싱괴르(Helsingör)임이 틀림없다. 역자가 노르웨이 쪽에서 내려와 마주보는 스웨덴 항구 헬싱보르(Helsingborg)에서 배에 모터사이클을 싣고 덴마크 헬싱괴르(Helsingör) 항구에 도착해 고속도로 톨게이트와 같은 출입국 관리소를 모터사이클을 타고 입국 심사대를 통과하면서 덴마크 세관원에게 이곳의 지명 Helsingör를 어떻게 발음하느냐고 물었을 때 (오기 전부터 미리 꼭 이것을 여기서 물어보겠다고 벼르고 한 질문이었다) 그 덴마크 세관원은 한국식 표기 '헬싱괴르'로 발음하지 않고 셰익스피어가 표기한 엘시노어(Elsinore)와 거의 흡사한 발음을 하였다. 다시 한번 확인하기 위해서 내가 재차 물었을 때도 그의 덴마크 발음은 셰익스피어가 기록하고 있는 엘시노어에 가까웠다.

햄릿의 엘시노어 방문은 이번이 두 번째다. 첫 방문은 1994년 늦가을이었다. 당시는 런던서 공부할 때인데 런던서 타고 다니던 4륜 시트로엥 자동차를 가지고 런던을 출발해 영국 남동부 제일 큰 항구 도버(Dover)를 거쳐 프랑스 깔레 벨지움 네덜란드 암스텔담 독일 북서부 브레멘 덴마크 코펜하겐 그리고 엘시노어를 거쳐 스웨덴 노르웨이 다시 스웨덴 핀란드 러시아 폴란드 등 (너무 많은 나라와 도시들이어서 여기에 모두 기술할 수 없지만) 당시 극심한 분열 전쟁으로 갈 수 없었던 유고슬라비아를 제외한 거의 모든 유럽 국가들의 공연 상황을 약 5개월간에 걸친 단독 공연 문화 점검 여행으로 돌아볼 때였다. 내 작은 붉은색 1.4리터 시트로엥(Citroen) 중고차는 노르웨이 수도 오슬로에 도착해 몇 백 키로 떨어진—영국 스코틀랜드 북동 해안 쪽을 향한—노르웨이의 수도 오슬로에 이어 두 번째로 큰 서부 항구도시 베르겐(Bergen)의 한 유서 깊은 극장, 당시 베르겐(Bergen)에 살고 있던 역자가 좋아하는 작곡가 그리그(E. Grieg)가 곡을 써준 입센(H. Ibsen)의 명작 시극 <페어 긴트>(Peer Gynt)를 초연했던 극장으로 역자가 여행을 떠나기 전부터 반드시 노르웨이에 도착하면 들려서 연극 공연 한편을 보겠다고 별렀던 극장에 가서 공연을 한 편 보고 오슬로 쪽으로 돌아오다가 새벽 4시쯤 폭설에 대관령 비슷하게 수없이 돌아가는 굽이굽이 험준한 산길의 눈으로 뒤덮인 비탈 내리막 절벽 근처에서 큰 사고로 차가 전복 대파돼 버릴 수밖에 없었고 이후 여행은 기차를 이용했다. 사실 이 작은 차로 스웨덴 핀란드를 거쳐 12월 한 겨울에 동토의 땅 러시아 모스크바까지 그리고 다시 폴란드 바르샤바까지 엄청난 난코스 장거리를 단독으로 횡단하기 위해 이미 러시아 당국으로부터 자동차여행 비자까지 받아 놓고 벼르고 있었는데 차가 도중에 완파가 되자 포기할 수밖에 없어 무척 허탈감에 빠지기도 했다. 차를 버리고 돌아서며 "반드시 훗날 다른 방식으로 돌아오겠다"고 약속했다. 그리고 어느새 16년 세월이 흘렀고 이번에는 한국으로부터 대형 모터사이클을 타고 약 20,000km를 첫 번째 여행과는 반대쪽에서 달려와 다시 오슬로 그 자리에 도착해서 "내가 약속한 대로 돌아왔다"고 하였다. 오래전 약속을 지킨 셈이다. 그러니까 그때

자동차 사고가 크게 났던 1994년엔 이번 2011년 한국에서 모터사이클을 타고 러시아를 거쳐 방문했을 때와 정반대 코스로 이동하며 덴마크 엘시노어 방문했다. 그때 1994년에도 그리고 2011년에도 그 여행 시작의 중심에는 처음부터 역자의 마음 속 깊숙이 자리 잡고 있으면서 긴 여로를 충동질했던 햄릿의 고향, 비극의 성 엘시노어(Elsinore)가 있었다.

　이 여행들이 시작된 근원적 이유는 셰익스피어 무대 예술 작품들이 갖고 있는 근본적인 의미 좌표들을 넓게는 유럽 문화 주류 인문학의 흐름, 좁게는 유럽 공연 예술의 흐름 속에서 읽기 위한 역자의 오래된 갈망들에서부터 나오게 된 것이라 할 수 있다. 셰익스피어의『햄릿』도 결코 고대 유럽 대륙을 진동시켰던 그리스 헬레니즘 고전 문화와 이를 상당부분 이어받은 로마의 다신 문화와 정치 군사 문화 그리고 가까이는 유럽 한복판 이태리 플로렌스(피렌체)로부터 시작돼 유럽 전역으로 핵분열 하듯 불꽃처럼 번져나갔고 결국 셰익스피어가 살던 런던 문화 예술계까지 휘몰아쳤던 유럽 르네상스 문화의 흐름과 떼어놓을 수 없을 것이다. 덴마크의 왕자 햄릿은 루터가 가톨릭 부패로 종교개혁을 부르짖던 독일 비텐베르크에 유학을 갔던 유학생이었고 햄릿의 오랜 친구들 호레이쇼나 로젠크런츠 길던스턴도 마찬가지며 오필리어 오빠 레어티스도 프랑스의 유학생이었다. 햄릿은 부친 장례식 때문에 급거 귀국을 하여 장례식이 끝나고 다시 비텐베르크로 돌아가 공부하기를 원했으며 어머니의 만류로 덴마크의 엘시노어 성에 머물다 숙부왕 클로디어스의 제거(암살) 계략에 의해 영국으로 보내지기도 하고 레어티스는 장례식 참석 후 바로 다시 프랑스 파리로 돌아갔다가 나중에 아버지 폴로니어스가 햄릿에게 불의에 피살되자 프랑스로부터 급거 귀국하여 반란군을 이끌고 아버지의 복수를 도모하다가 햄릿과 함께 비극적 카타스트로피를 맞게 된다. 단순히 이들만 보아도 작가는 런던에 있었고 등장인물들은 유럽 여기저기에서 학업을 연마하고 있었던 것으로 묘사되고 있다. 셰익스피어의 많은 작품들이 스페인에서 터키까지, 중동에서 아프리카 북부 지중해 연안국까지 유럽을 포함한 여러 나라를 작품 배경으로 세팅하고 다양한 국적의 등장인물들을 소개하고 있으며 그 작품배경 등장인물 플롯과 시대적 문화적 의미구조 등이 거미줄처럼 연결돼 있다.

역자의 1994~5년 첫 번째 아프리카 일부와 북유럽, 러시아, 동유럽, 서유럽 등 유럽 전역 공연문화 점검여행과 2011~2년 아프리카 일부를 포함한 광범위한 유라시아 대륙 공연활동 답사를 위한 긴 여행 모두가 지중해를 중심으로 유럽 전역은 물론 아프리카, 중동으로 멀리는 인도에 이르기까지 걷잡을 수 없이 번져나간 헬레니즘 문화와 거의 비슷한 루트로 퍼져나간 로마문화 그리고 연쇄적으로 터지는 폭죽처럼 유럽 전역으로 전파된 르네상스 문화의 공연예술 특히 연극공연예술이 어떻게 진화해 왔는지 또 현재는 어떻게 변화를 겪으며 진행 발전하고 있는지 그들의 관련된 족적과 현황 그리고 또한 이들 지역에 광범위하게 공연되는 셰익스피어의 무대예술의 현주소를 찾아보기 위한 것이었다.

1994년도와 2011년도에 방문했던 엘시노어 성은 그 느낌이 많이 달랐다. 94년 첫 엘시노어 방문 때는 아직 관광객의 때가 많이 묻지 않은 원초적인 고성(古城)의 군데군데 부서진 세월의 상처들이 그대로 드러났었다. 원래의 성 모습 외에는 별도로 새로 덧붙인 현대적 인공적 부속 건물들이 거의 없었고 오래된 성들만이 가지고 있는 장중함과 고혹적인 아름다움을 발산하며 아련한 옛 모습들에 여러 가지 상념들을 떠오르게 하였으며 관광객들도 별로 없어 좋았다. 성 위쪽으로 좀 걸어가자 버림받은 사랑과 부친의 갑작스런 죽음으로 미쳐버린 오필리어가 화관을 쓰고 빠져 비극적 죽음을 맞이할 수도 있을 법한 작은 연못도 있어 발걸음을 멈추게도 하였다. 약 16년 지난 2011

년에는 타고 간 모터사이클과 함께 엘시노어 성 부근에 숙소를 정하고 서둘러 찾은 두 번째 엘시노어 방문에선 우선 놀라울 정도로 관광객들이 많아졌으며 복잡해졌고 그동안 여기 저기 건물들과 도로에 많은 수술들이 진행됐음을 알 수 있었다. 관리와 관광 상품들을 팔기위한 부속 건물들도 많아졌다. 그래도 높은 성 안에 들어가면 아직도 보수가 진행되는 곳도 있긴 하지만 유령이 수없이 등장할 수도 있을 성채와 많은 방들의 내부 구조에 큰 변화는 없었다. 마주보는 스웨덴을 향해 해안 쪽으로 젖가슴처럼 앞으로 나와 있는 지형에 자리 잡은 엘시노어 성의 앞 바다를 바라보고 약 20여 문의 대포들이 기역자로 배치된 포탑의 위용은 이 성이 결코 만만한 궁성이 아님을 아직도 여실히 보여주고 있었다. 엘시노어 성 바로 앞에 넘실대는 바다로부터 자욱이 밀려오는 안개는 <햄릿>의 1막 4~5장에 햄릿이 칠흑같이 어두운 밤 부친의 유령을 만나는 장면과 마지막 씬에 노르웨이 왕자 포틴브라스가 덴마크 엘시노어 왕궁을 접수하며 비극을 마감하는 장면을 떠오르게도 한다. 비극적인 죽음을 맞이한 햄릿 왕자를 네 명의 노르웨이 병사가 높이 떠메어 장례식장으로 운구하며 나갈 때 시체 즐비한 엘시노어 왕궁 안 무대의 마지막 비극적 장면에서 포틴브라스가 검을 빼들고 레퀴엄 조포를 장엄하게 울리라 소리치는 당당한 모습과 지금 이곳 대포들을 감싸고 구름처럼 번지는 짙은 안개는 조포의 화약 연기가 터져 성채를 싸고돌며 번져가는 모습을 연상하게도 만든다.

『햄릿』은 늘 가슴 한복판에 자리 잡고 있으면서 큰 숙제들을 던졌고 때로는 새로운 일들을 만들어내기도 하였다. 1986년에는 『햄릿』을 너무 좋아해 선후배 합동 공연으로 원문대사 전체를 단 한 개의 단어도 자르지 않고 완벽한 무삭제 공연을 올렸다. 이 공연 기록도 우리나라 공연사에 처음 있었던 특별한 실험적 공연이었고 아직 영문이든 번역된 우리말 공연이든 단 한 번도 그런 식으로 긴 시간 무삭제 대본으로 공연한 적이 없었다. 총 공연 러닝

타임은 중간에 15분 인터미션을 포함해 280분(4시간 30분)이 걸렸다. 공연 장소는 우리나라 초기 주요 극장의 하나로 미국의 한 문화재단으로부터 지원금을 받아 동랑 유치진이 설립한 남산 드라마센터(초기에 서울예술전문대의 극장이었지만 현재 서울문화재단이 운영하는 서울예술센터)였다. 이 극장은 역자가 오래전 대학 시절 학부 2학년 때 유진 오닐의 <지평선 너머>(*Beyond the Horizon*)에서 한 배우 역을 맡아 처음으로 연극에 입문하게 된 최초의 극장이기도 하다. 그리고 그다음 해는 세종문화회관이 새로 지어져 막 완공을 하였고 그 소극장 오프닝 첫 연극 공연으로 (지금의 세종M시어터) 손튼 와일더의 <우리읍내>(*Our Town*) 연출을 맡아 공연하였으며 이러한 초기 연극 활동은 역자의 연극 수업을 본격적으로 시작하는 계기가 되었다(그때는 대학로에 단 한 개의 극장도 없을 때였다).

런던대학교 대학원에서 공부하던 약 6년 간 필자의 더 큰 관심은 학문적 추구보다는 물론 런던 공연계의 과거와 현재의 궤적을 찾는데―특히 셰익스피어 공연 활동의 과거와 현재를 추적하는데―있긴 했지만 런던 공연계에서 수많은 공연들을 접하면서 느낀 것 중 하나가 RSC(로열 셰익스피어 극단)이든 RNT(영국국립극단)이든 다양한 영국 극단들이나 유럽의 극단들도 수많은 외국 작품들을 공연하고 있는데 가능한 새로운 번역을 시도하고 있다는 것이다. 이들은 우리보다 훨씬 진보된 공연환경을 갖고 있긴 하지만 여기에도 가난한 극단들이 많으며 물리적 보상을 떠나 극단 번역극 공연에 기꺼이 참여하는 참신하고 유능한 번역 인재들이 많은데 놀라웠고 창의적 공동 작업이 활발한 것을 늘 부러워했다. 런던은 칼 마르크스가 그의 구상을 현실화하기 위한 최적의 도시로 선택해 살면서 『자본론』(*Das Kapital*)을 발표한 곳이기도 할 정도로 자본주의의 태동과 발전에 관한 한 그 한복판에 있는 가장 자본주의적 핵심 도시이기도 한데 말이다. 합리적 자본주의가 그들의 강점이긴 하지만 그런 자본 우선주의가 무색할 만큼 아니 아예 무시해버리고 의미 있는 자기의 길을 가는 용감한 예술가들도 많았다.

　2013년은 예정대로 필자가 약 10년 전에 번역한 것을 새로 수정한 대본으로 첫 번째 4대 비극 무대 <맥베스>의 공연이 이뤄졌고 그해(2013～2014) 겨울 늘 섭씨 12도를 넘기지 못했던 용인의 내 추운 서재 고물 책상과 함께 많은 밤을 새우며 오랫동안 별러왔던 『햄릿』의 번역이 시작됐고 결국 끝이 났다. 번역 중 겨울 새벽의 강추위에 기온이 더 떨어져 손가락이 말을 듣지 않아 번역문을 이어가는데 어려움을 겪기도 했다. 『맥베스』 번역 때도 비슷한 경험을 했지만 『햄릿』 번역을 하며 자주 밤을 하얗게 지새우면서도 피곤한 줄 몰랐고 시적 상상력이 뛰어난 극작가가 파놓은 깊은 감정의 함정들에 자주 빠져 천국과 지옥 사이를 허우적대며 어느새 새벽 시간이 오는 줄도 몰랐던 때가 여러 번 있었다.

　2014년 봄에 필자의 새 번역본 <햄릿>으로 대학로에서 4대 비극의 두 번째 공연을 마쳤다. 2015년 봄에도 <햄릿> 재공연을 가졌고 두세 번 더 초청공연과 축제공연들을 가졌다. 2016년 6월엔 서울에서 한 번 더 약 600여석의 중극장 무대에 올려졌고 7월엔 부산에서 가장 규모가 큰 문화예술 복합체이며 아츠 콤플렉스 공연 공간인 문화부 산하 부산문화회관에서 <햄릿>이 우수공연으로 선정돼 초청공연 형식으로 다시 공연을 갖게 되었으며, 9월엔 셰익스피어 서거 400주년 기념 특별공연으로 대학로의 한 극장에서 국내최초로 인터미션 포함 공연 러닝타임 약 6시간 <햄릿> 완전무삭제 공연을 올리기 위해 현재 연습중이다. 지금까지 17편의 셰익스피어 작품을 연속적으로 연출 공연해오면서 계속 이어지는 셰익스피어 전 작품 39편 공연 프로젝트의 압박 때문에 재공연을 생각할 수도 없었고 <햄릿>처럼 3년에 걸쳐 재공연을 갖게 된 것도 처음이다. 사실 이 작품에 대한 애정이 컸다.

2014년부터 2016년까지 여러 차례에 걸쳐 공연을 위한 긴 연습 중 여러 배우들과 대본을 함께 읽는 과정에서 이상하거나 매끄럽지 못한 많은 대사들의 어휘나 맞춤법의 오류 등이 계속 수정됐다. 수시로 자연스럽지 못한 어휘들과 오탈자 등의 수정에 아낌없이 도움을 준 배우들과 스태프들이 고맙다. 특히 도서출판 동인의 편집부 송정주 님의 꼼꼼한 창의적 교정제안과 셰익스피어 전 작품 새 번역 시리즈가 나올 수 있도록 배려해주신 이성모 대표님께 감사 드린다. 80년대 초부터 시작한 무대 작업에서 수많은 배우들과 함께 작업했 던 경험을 되살려 가능한 원문에도 충실하고 무대 위에서도 배우와 관객을 위해 자연스럽게 살아 있는 대사의 흐름이 될 수 있도록 어휘선택에 최선을 다해 보았지만 아직도 역자의 부족함으로 미진한 곳이 많이 있을 거라고 생 각하며 많은 분들의 좋은 가르침을 기대한다.

　셰익스피어의 많은 작품들이 그렇듯이 이 『햄릿』도 왕궁에서 이뤄지는 궁중 언어가 상당 부분 있지만 되도록 극존칭의 어휘 사용을 지양하였다. 이 작품 속의 사회구조와 언어습관 자체가 우리들이나 일본 중국 등의 왕궁에서 쓰는 언어 체계와도 상당한 차이가 있고 지나친 극존칭의 언어를 쓸 경우 왕 궁 상황을 감안하더라도 우리 동시대 독자나 관객들에게도 극중 현장 상황과 는 다른 괴리감을 느낄 수도 있다고 생각하여 가능한 최소화하였다.

　『햄릿』 번역 내용 중 어려운 신화 인물 지명 등 고유명사나 문맥 중 설명 이 필요한 부분은 하단의 각주를 이용해 최소한의 주석을 달았으며 비교적 좀 많이 알려진 것들은 독자나 배우들이 인터넷이나 인쇄 매체들을 통해 비 교적 손쉽게 의미를 찾을 수 있으리라 생각하여 설명을 가능한 더욱 간략화 하였고 좀 더 출처나 의미를 찾기 어렵고 함축적이고 난해한 것은 좀 더 보완 설명을 길게 하였다. 극중 지시문들(stage directions)은 장(scene)이나 막(act) 초두에 지명이나 상황 설명을 제외하고는 모두 괄호 속에 기술하였고 실제 공연 현장에서 배우들 편의를 위해 지면 공간이 허락하는 한 등장 지시문은 왼쪽 퇴장 지시문은 오른쪽에 위치시켰다. 또한 실제 배우들이나 독자들의 극 중 상황파악에 도움을 주기 위해 가능한 많은 지시문을 넣어 보완하였다. 배우나 스태프 또는 독자의 희곡(연극) 대본 가독성과 진행되는 대사의 정확한 위치파악의 편의성을 위해 각 장(scene)마다 처음부터 끝까지 그 대사들의 행수를 아라비아 숫자(line number)로 표시하였다. 시(poetic lines)나 노래 또는 극중극 대사 등도 일반대사와 차별화하여 이탤릭체로 기술하였다. 극의 맨 앞부분 등장인물(dramatic personae) 소개 페이지에는 모두 그 이름과 역할을 밝혀 이해를 도왔고 책장을 넘길 때마다 막(act)과 장(scene) 표시를 하단에 함께 넣어 독자나 배우가 찾기 쉽게 하였다. 가능한 한 띄어쓰기 문법을 따랐으나 대사의 의미구조와 성격상 또는 배우의 호흡과 스피치의 감정이나 발음 편의상 의도적으로 붙여 쓰기를 하거나 의도적으로 표준어가 아닌 생동감 있는 방언이나 구어체적 표현을 살린 경우들도 간혹 있다.

간단한 예를 들어 날(나를) 절(저를)과 같은 말처럼 축약된 구어체나 대화체를 살려보려 하였고 가능한 시적 대사가 많으므로 문법적 정확한 대사 구조보다는 대사의 흐름을 더 중시하였다. 영문은 우리와 문장 구조가 많이 달라 번역시에 동사보다 목적어를 먼저 앞세우는 문법적 정치 번역을 하기 위해 문장의 맨 뒤부터 번역을 해서 비교적 앞부분에 있는 동사와 연결시키는 것이 통례인데 때론 이미 몇 줄씩이나 그 앞에 나와 있는 대사들의 의미구조를 왜곡시킬 수도 있기 때문에 대사의 흐르는 순서대로 번역을 하려 노력하였다. 문법적 의미구조를 살리기보다는 문맥이나 원래 대사의 의미 자체가 손상을 입는 경우를 제외하고는 영문대사가 나오는 순서대로 동시통역을 하듯 번역을 진행한 경우가 많아 번역문을 원문과 비교하여 참고할 경우 보다 자연스러운 대화의 흐름과 함께 화자의 생각의 흐름을 쉽게 접근할 수 있으리라 생각한다.

번역 작업은 작가와는 물론 등장인물들과의 끊임없는 대화와 소통 그리고 새로운 만남과 여러 차원의 다채로운 정신적 감성적 지적 교류의 연속이다. 역자 스스로 언어를 주조하며 극한 절제하는 배움의 교실이고 새로운 해석과 실험과 변신의 산실이다. 뼈를 깎는 자기 성찰과 새로운 사색과 표현의 준엄한 훈련장이며 선악미추(善惡美醜)와 시적정의(詩的正義)는 물론 헤일 수 없는 다층 입체 정서적 의미단위의 그 최전선과 감성의 백척간두 그 엣지(Edge)에서 또는 그 경계의 변방에서 방황하며 적의(適意) 적성(適性) 어휘 채용을 위한 당혹과 고충이 수반되는 결정을 내리기도 한다. 동시대 동거인들과 피륙처럼 얽힌 삶의 운명 공동체 그 "본성을 비추는 거울을 들어 올려야 하는" 배우의 언어와 감성을 해석하고 새로운 의미를 부여하며 절차탁마(切磋琢磨)하는 것이 그 주요 임무이기 때문이다.

17편의 셰익스피어 작품들을 제작·연출하며 늘 공연의 재정적인 어려움에 허우적거리던 역자에게 이 『햄릿』 번역은 한편으로 무거운 책임과 또 한 편으로 큰 위안과 희망으로 다가왔다. 훌륭하고 유능한 셰익스피어 학자들이 많음에도 한국 셰익스피어 학회에서 여러 가지로 많이 부족한 역자에게 번역을 맡긴 것은 국내 최초로 셰익스피어 전 작품 공연을 고집스레 진행하고 있으니 필히 격려보다는 채찍의 의미가 클 것이고 배움을 게을리 하지 말라는 뜻이라 생각하며 감사하는 마음은 물론 다시 한번 스스로를 돌아보는 새로운 자성의 계기로 삼으려 한다. 이번 햄릿 번역 작업은 역자에겐 이후 셰익스피어 전 작품 공연의 진행과 함께 계속될 의미 있는 번역작업의 새로운 전환점이 될 것이다.

2016년 8월

남육현

『햄릿』 2쇄를 위한 수정 보완에 들어가며

『햄릿』이 2016년 9월에 처음 출간되었으니 이제 9년이 되어 간다. 그동안 약간의 오타가 보이기도 했고 번역 문장이 일부 최적의 어의에 어울리는 말들을 찾지 못해 늘 아쉬움이 있었다. 보완이 좀 있었으면 하였는데 마침 도서출판 동인 이성모 사장님께서 2쇄 제안도 해주셔서 이곳저곳 마음에 안 들던 곳들을 수정해 보았다. 그래도 우리와 언어 관습은 물론 정치 · 사회 · 시대정신 등 여러 문화 환경이 많이 달라서 여전히 맘에 들지 않는 것들이 있다. 어쩌면 훗날 또 숙제를 풀어야 할 것도 같다.

　『햄릿』 작품 번역 대사 35개 정도를 좀 더 명징하고 쉬운 표현들로 고쳤고, 배우들이 쉽게 대사를 표현할 수 있도록 가능한 한 대화체 어감을 고려해 보완하였다. 책의 뒷부분 「작품설명」에 작품의 의미를 약간 보완하였다. 『햄릿』을 포함한 셰익스피어 전 작품 39편의 공연 프로젝트를 국내에서는 물론 최초이며, 전 세계에서도 1인 연출로는 그 유례를 찾아보기 어려운 시도로 2002년부터 2025년까지 24년간 진행하고 있다. 앞으로 4년 내 2028년까지 셰익스피어의 시를 포함한 전 작품 공연을 마무리할 계획을 갖고 있는 유라시아 셰익스피어 극단(ESTC)의 2016년 이후 작품 활동과 관련하여 조금 더 보완하였다.

　『햄릿』은 정말 너무 좋은 고전 작품이다. 아니 현대성도 무척 강한 보기 드문 작품이다. 읽을 때마다 새로운 감동을 주고 다시 한번 내 삶을 돌아보게 하며 삶의 의미를 깊이 고민하게도 만든다. 사람을 한없이 천상의 축복으로 데려가듯 고양시키기도 하고, 절망의 나락에서 어떻게 살아가야 할지도 성찰케 하며, 끝없이 겸손하게도 만든다. 늘 부족한 번역자이지만 이 책을 접하는 분들에게 셰익스피어가 들어 올린 거울에 비춘 그의 작품을 이해하는 데 조금이라도 도움이 되었으면 좋겠다.

2025년 2월
남육현

| 차례 |

등장인물

장소: 엘시노어 궁전과 주변들

햄릿　　　　　덴마크의 왕자
클로디어스　　덴마크의 왕, 햄릿의 숙부
유령　　　　　죽은 왕, 햄릿의 아버지
거트루드　　　햄릿의 어머니, 현재 클로디어스의 왕비
폴로니어스　　재상
레어티스　　　폴로니어스의 아들
오필리어　　　폴로니어스의 딸
호레이쇼　　　햄릿의 절친한 친구
로젠크런츠　　궁정인, 햄릿의 옛 학우
길던스턴　　　궁정인, 햄릿의 옛 학우
포틴브라스　　노르웨이의 왕자
볼티먼드　　　덴마크의 의원, 노르웨이로 파견되는 대사
코닐리어스　　덴마크의 의원, 노르웨이로 파견되는 대사
마셀러스　　　덴마크 왕의 근위병
바나도　　　　덴마크 왕의 근위병
프란시스코　　덴마크 왕의 근위병
오스릭　　　　멋 부리는 궁정인
레이날도　　　폴로니어스의 하인
배우들　　　　**첫째 배우**　극단장, 극중극 왕 역할
　　　　　　　　둘째 배우　극중극 왕비 역할
　　　　　　　　셋째 배우　극중극 왕의 조카 루시아너스 역할
　　　　　　　　넷째 배우　극중극 프롤로그 역할 (극중극 배우들 최소 4명 이상)
덴마크 궁의 신사
사제
무덤 파는 사람 1
무덤 파는 사람 2
포틴브라스의 부대장
영국 대사들, 귀족들, 귀부인들, 병사들, 선원들, 사자들, 시종들

1막

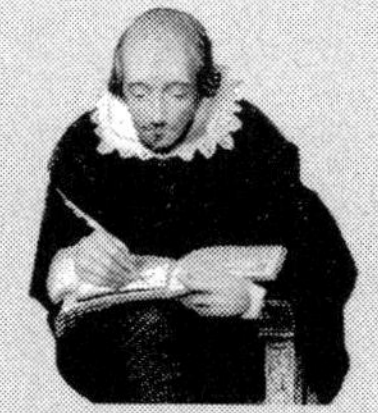

1장

**엘시노어[1] 성루 초병 근무대. 성루 상단 협소한 흉벽. 작은 포탑 좌우로
통하는 문들이 있다. 별빛이 가득한 추운 밤.**

미늘창으로 무장한 초병 프란시스코가 왔다 갔다 한다.
종이 자정을 울린다. 이윽고 같은 무장을 한
또 다른 초병 바나도가 성에서 나오다가 어둠 속
프란시스코 발소릴 듣자 움찔하며 놀란다.

바나도 거기 누구냐?

프란시스코 아니다, 내게 먼저 응답하라. 꼼짝 말고 신분을 밝혀라.

바나도 폐하 만세!

프란시스코 바나도?

바나도 그렇다.

프란시스코 지정된 시각에 아주 정확히 대왔군.

바나도 프란시스코, 방금 12시를 쳤어. 자러 가야지.

프란시스코 이렇게 교대해줘서 무척이나 감지덕진데. 혹독한 추위야,

가슴까지 졸아드는 것 같아.

---

1. 엘시노어(Elsinore): 덴마크 동북 해안 전설적 햄릿 궁성, 현재 이름은 헬싱괴르
(Helsingör)의 크톤보르 성(Kronborg Castle)으로 알려져 있다. 수도 코펜하겐으로
부터 약 60km 정도 북쪽에 떨어져 있다. 바다를 가운데 두고 마주보는 스웨덴의 헬
싱보르(Helsingborg)로부터는 약 4km 정도 떨어져 있으며 배로 약 20~30분 정도
걸린다.

바나도 경계 중 별일 없었나?

프란시스코 생쥐새끼 한 마리도 얼씬거리지 않았어.

바나도 그럼 잘 가.

호레이쇼와 마셀러스를 만나거든

내 보초동료들이니 서둘러 와 달라 해주고.

프란시스코 [귀를 기울이며] 그들 오는 소리가 들리는 것 같은데.

[호레이쇼와 마셀러스 들어온다.] 서라! 그곳에 누구냐?

호레이쇼 이 나라의 우군들이다.

마셀러스 그리고 덴마크 왕의 국민들이지.

프란시스코 잘들 있어.

마셀러스 아, 잘 가 충직한 용사, 누가 교대해줬나?

프란시스코 바나도가 임무교대를 해줬어. 잘들 있으라구. [프란시스코 나간다.]

마셀러스 헤이, 바나도!

바나도 아, 그럼, 호레이쇼도 왔나?

호레이쇼 그의 분신이지.

바나도 잘 왔어, 호레이쇼. 마셀러스도 잘 왔구.

호레이쇼 그런데, 그것이 오늘 밤에도 다시 출현했나?

바나도 아직 아무것도 못 봤는데.

마셀러스 호레이쇼는 그게 단지 우리들의 환영뿐이란 거야

우리들에 의해 두 번씩이나 목격된 그 가공할 모습에 대해선

도무지 믿으려 들질 않거든.

그래서 내가 호레이쇼에게 요청을 했어

오늘 밤 근무시간 우리들과 함께 보초를 서다가

만약 이 유령이 다시 나타나면

호레이쇼가 우릴 믿고 그 유령에 대고 말을 걸어 보라구.

호레이쇼　후, 후, 나타날 리가 없지.

바나도　　　　　　　　　　　　　잠깐 앉아서,

우리가 이틀 밤 동안이나 목격했던

우리 얘기에 대해 그토록 설레설레 철옹성처럼 막아버린　　　　35

호레이쇼 귀를 열도록 해주자구.

호레이쇼　　　　　　　　　　　자, 그럼 앉지.

바나도의 그 얘길 좀 들어 볼까나.

바나도　바로 어젯밤,

저기 북극성 서편에 있는 똑같은 별이

하늘 저편을 비추려고 돌아서　　　　　　　40

바로 지금 반짝이고 있는 곳에 왔을 때, 마셀러스와 나만 있었고,

그때 바로 한 시를 치고 있었는데―

유령 나타난다. 머리끝서 발끝까지 갑옷차림에
군 통수권자 지휘봉을 갖고 있다.

마셀러스　쉿, 가만. 자 보라구 그게 다시 나타나고 있잖아.

바나도　돌아가신 왕과 똑같은 복장이야.

마셀러스　자넨 학자기도 하잖아, 자, 말을 걸어봐, 호레이쇼.　　　　45

바나도　그가 선왕과 똑같지 않나? 똑똑히 봐, 호레이쇼.

호레이쇼　아주 똑같은 모습이야. 공포와 경외감 때문에 내 정신을 못 차

　　리겠어.

바나도 유령이 말을 좀 걸어줬으면 하는 것 같아.

마셀러스   질문을 해봐, 호레이쇼.

호레이쇼 이 깊은 밤 시간을 찬탈한 당신은 누구인가?

그 위풍당당한 전투복과 함께   50

바로 승하하신 덴마크의 국왕이

예전에 출전했던 모습 아닌가? 천지신명을 걸고 명령한다, 말하라.

마셀러스 화가 난 듯한데

바나도   큰 걸음으로 사라지고 있잖아.

호레이쇼 멈춰라, 말하라, 말하라, 명령한다, 말하라.   [유령이 사라진다.]

마셀러스 사라져버렸어, 응답하려 하지 않아.   55

바나도 어찌된 일인가, 호레이쇼? 새파랗게 질린 채 떨고 있네.

이것도 망상에 지나지 않는다면 말이 안 되잖나?

어떻게 생각하지?

호레이쇼 신에 맹세코 내가 생생히 목격하고

확인하지 않았더라면   60

이걸 믿을 수 없었을 것이다.

마셀러스   선왕과 빼닮지 않았나?

호레이쇼 자네가 바로 자네인 것처럼 똑같아.

그가 착용했던 그 갑옷도

선왕이 그 야망에 불타던 노르웨이 왕과 전투했을 때 입었던 바

로 그거야.

치열한 화평 담판 중 썰매 탄 폴란드 병사들을 설빙 위에서 휘몰

아쳤을 때도   65

그렇게 얼굴을 찌푸렸었는데.

이건 심상치 않은 일이다.

마셀러스　전에도 이렇게 두 번씩이나, 정확하게 이 죽음과도 같은 적막

한 시간에,

출전에 임하듯 당당한 걸음으로 우리 망루를 지나가버렸어.

호레이쇼　무언가 딱 부러지게 가닥이 잡히는 생각은 없지만　　　　70

일단 내 추정 소견을 밝혀본다면

이것은 국가에 어떤 심상찮은 변고가 생길 징조를 알리는 것 같다.

마셀러스　좋아 자 그럼 앉지, 짐작이 가는 사람 있으면 누구든 말 좀 해봐,

어쩌자구 이렇게도 한결같이 매일 밤 개미새끼 한 마리 빠져나가

지 못할 정도로

철통같이 보초경계를 세워 이 나라 백성을 괴롭히고,　　　　75

어째서 매일같이 쇳물을 부어 대포를 만들며

전쟁 무기들을 해외로부터 구입해오고,

도대체 왜 조선공들을 강제징집해서

주일이고 일요일이고 아랑곳하지 않고 혹사시키냔 말야

뭐가 그리 급박하게 돌아가길래 이다지 땀범벅 북새통 일들이　　　80

밤낮을 가리지 않고 꼬리에 꼬리를 물고 진행되냐구?

누구든 내게 좀 갈피를 잡을 수 있게 해줄 수 있겠나?

호레이쇼　　　　　　　　　　　　　　　　　　내가 해주지.

어쨌거나 소문이 떠돌아다니고 있거든. 우리의 지하에 계신 선왕께서,

방금 전에 우리들에게 똑같은 모습을 보여주기도 했지만,

주체할 수 없는 최악의 오만으로 불타오른　　　　85

노르웨이 왕 포틴브라스에 의해 싸움의

도전을 받았잖은가. 이에 우리의 용맹스러운 햄릿 선왕이

(이쪽 세상 모든 곳에서 그분을 그런 식으로 받들었거든)

그 포틴브라스를 단칼에 베어버렸지. 포틴브라스는

전례와 기사도 규약에 따라 확실히 보장 조인된 전관조약 때문에   90

그의 목숨과 함께 당시 그가 소유했던

모든 영토들을 정복자에게 몰수당했거든.

그 반대급부의 땅만큼을

우리 선왕께서도 거셨는데 만약 포틴브라스가

승자가 됐더라면 그의 소유권으로   95

넘어가게 됐던 거야. 작성된 조약의

동일 규약과 취지에 따라

그의 영토는 햄릿 선왕에게 귀속됐어. 그런데 이제 어린 아들 포

　틴브라스가

경거망동한 기질로 제멋대로 날뛰고

노르웨이 곳곳 변방지역에 출몰하면서   100

배만 불려주면 일 저지를 기고만장한

만용으로 어떤 짓거리라도 해낼 물불 못 가리는 자들을

끌어 모아 왔거든. 그것은, 우리나라에도

그 속셈이 아주 뻔히 드러나고 있듯이,

그의 아비가 앞서 말한 대로 그렇게 빼앗겨버린 영토를   105

무력으로든 억지 수단으로든

되찾아보겠다는 꼼수지. 내 생각으론

바로 이것이 우리 준비태세의 주요 동기이고

밤샘 보초경계의 근원이며, 이 나라의 벌집을 쑤신 듯한 화급한

조처들과 북새통의 가장 중요한 원인인 거야.   110

바나도 다른 이유가 아닐 것이라 생각돼.

이 심상찮은 유령이 선왕과 똑같은 모습으로

우리 망루 앞을 지나가는 것과도 일맥상통하는 것 같아,

선왕이야 과거나 현재나 이 전쟁들의 분쟁 원인이니까.

호레이쇼 그 티끌 하나도 마음의 눈을 어지럽히는 법이지.   115

최전성기를 구가하며 승승장구하던 로마제국에서도,

그 절대 권력의 줄리어스 시저가 쓰러지기 직전엔,

무덤들로부터 시체가 모두 사라졌는데, 수의를 칭칭 두른 그 시

   신들이

로마거리에서 알아듣지도 못할 괴성을 토해내며 싸돌아다녔다는 거야.

별들마다 불타는 혜성을 달고, 이슬마다 핏빛이며,   120

태양엔 변괴가 발생하고, 게다가 달마저

넵튠의 대양을 제압하는 영향력을 갖는 것인데

최후의 심판날인 양 질려버려 모습을 감춰버렸다는 거야.

그 가공할 변고들이 일어날 아주 유사한 전조들을,

마치 항상 천운들을 발 빠르게 예고하는 전령사나,   125

시시각각 다가오는 불길한 징조의 서막이 그러하듯,

하늘과 땅이 합세하여 보여주며

우리 왕국과 백성들에게 전달하는 것 같거든. [유령이 다시 나타난다.]

쉿, 저것 좀 봐. 보라구, 다시 다가오고 있잖아

날 파멸시키더라도 대척해보겠다.   [유령 양팔을 벌린다.]

　　　　　　　　　　　　　　　멈춰라, 환영아,   130

만약 네가 어떠한 소리나 말소리라도 낼 수 있다면,

내게 말하라.

이뤄주기를 바라는 정당한 일이 있어

네겐 맺힌 것을 풀어주고 내겐 미덕이 될 수 있다면

내게 말하라.   135

만약 네가 이 나라의 운명에 대해 은밀히 알고 있어,

그걸, 혹시, 미리 알아 막을 수만 있다면,

자, 말하라.

혹시 생전에 땅속 깊은 곳에 부정한 수단으로 얻은 재물을

남몰래 감춰두었다면, 그런 것 때문에 죽어서도   140

너희 유령들이 나돌아 다닌다는데,

그것도 실토하라, 서라, 말하라.   [닭이 운다.]

　　　　　　　　　　막아 세워, 마셀러스.

마셀러스　내 창으로 쳐버릴까?

호레이쇼　안서면 그렇게 쳐버려.

마셀러스　이쪽에 있다.   145

호레이쇼　이쪽에 있어.   [유령이 사라진다.]

마셀러스　사라져버렸어.

우리가 유령을 잘못 대했나봐, 그렇게 풍채 당당한 모습 앞에

난폭 무례한 작태를 보여주었으니,

그것이 바람과도 같아서 전혀 상처를 줄 수가 없고   150

우리의 헛손질들만 꼴사나운 모습이 되는 거지.

바나도 유령이 말을 막 시작하려는 찰나에 그놈의 닭이 울어 제킬 게 뭐야.

호레이쇼 그러자 죄지은 자가 몸서리쳐지는

호출을 당한 듯 화들짝 놀랬어. 내가 들은 얘기론,

닭은 새벽을 고하는 나팔수라서,   155

그놈의 드높고 섬뜩하게 날카로운 목청이,

태양신을 깨우고, 그놈의 경고를 접하게 되면,

바다나 불속, 땅이나 허공 속 어느 곳에 있더라도,

떠돌거나 방황하던 유령은 제 처소로

줄행랑을 친다던데. 바로 이 사실을   160

방금 나타난 유령이 증명을 한 셈이군.

마셀러스 닭의 울음소리가 들리자 어느새 흔적도 없이 사라져버렸어.

전하는 얘기지만 우리 구세주의 탄생을

축복하는 계절이 목전에 다가오면

이 새벽을 알리는 새는 밤새도록 운다던데.   165

그래서 어떠한 망령도 감히 얼씬거리질 못하고,

밤마다 무사태평이며, 어떤 별도 액운을 부르지 못한다는 거야.

그 어느 요정도 마음을 홀리지 못하고, 어떤 마녀도 주술 걸 신통

    력을 발휘 못하는,

더없이 성스럽고 은혜로운 천우신조의 시간이 된다는 거지.

호레이쇼 나도 그렇게 들어왔고 공감하는 점들도 있어   170

아, 저것 좀 봐, 새벽이 붉은 망토를 둘러치고

저 동편 언덕 너머 이슬을 드높이 차오르며 걸어오잖아.

자, 우리 보초경계도 풀자구 그리고 내가 제안컨대,

지난 밤 우리가 목격한 것을 햄릿 왕자님께

전하는 게 좋겠어. 이 유령도 우리에겐 말문을   175

굳게 닫았지만 그분껜 얘기할지도 몰라.

그분께 보고 드리는 것이 우리 의무에도 합당하고

우리 우정의 발로로서도 필요하다는 것에 동의하잖나?

마셀러스 제발, 그렇게 하자구, 내가 오늘 아침에

왕자님을 가장 편하게 찾아뵐 수 있는 곳을 알아.   180

[모두 나간다.]

2장

성안 왕궁 대회의실.

드높은 팡파르 나팔소리. 덴마크의 왕 클로디어스, 왕비 거트루드,
볼티먼드와 코닐리어스를 포함한 중신들, 폴로니어스와 아들 레어티스,
모두 대관식을 마치고 나오는 터라 화려한 복장을 하고 있다.
마지막으로 검은 상복을 입은 채 눈을 내리 깔고 있는 햄릿과 다른
사람들 등장. 왕과 왕비 왕좌로 가기 위해 단에 오른다.

왕　과인의 친애하는 형님이신 햄릿 선왕의 돌아가신 기억이

아직도 생생하고, 우리들 가슴마다

깊은 슬픔을 안은 채, 전 왕국이 일심으로

한결 같은 애도를 표함이 합당하지만,

지금까지 줄곧 분별력이 천륜의 정에서 우러나오는 슬픔과 싸워,　5

과인은 슬픔 속에 그분을 추모하면서도 신중하게,

전 국민과 함께 마땅히 해야 할 일들을 생각해왔소.

그러므로 한 때 과인의 형수를 이제 과인의 왕비로 삼아,

용맹한 이 나라 황실의 동반자로 정하였으니,

이는 비통함으로 좌절된 마음속에 환희를 보태듯　10

한쪽은 행복하고 또 한쪽은 슬픔에 가득 찬 눈으로,

장례식에 축가를 부르고 결혼식엔 만가를 부르듯

환희와 비탄을 같은 비율로 중시하며

왕비로 맞이한 것이요. 이에 과인은 경들의

바람직한 충언들을 물리친 적이 없고, 경들의 충언 역시

흔쾌히 이 대사에 뜻을 같이한 것이었소. 모두에게 감사하오.

헌데 여러분들도 이미 아는 바와 같이

풋내기 포틴브라스가 과인의 능력에 대한 어림없는 억측을 믿었든지,

아니면 승하하신 형님의 유고로 인하여,

나라가 분열하고 질서가 엉망이 될 것이라 생각했는지,

유리한 시기에 대한 이 따위 허황된 계산에 목을 매고,

계속해서 사절을 보내와 날 괴롭히며,

모두 합법적인 계약들과 함께 그의 아비에 의해,

가장 용맹스러우셨던 과인의 형님께 빼앗겼던,

그 영토들을 돌려달라고 치근대는 것이요. 그자 건은 그쯤 해둡시다.

이제 과인 자신의 책무로 돌아와, 이 회합의 이유에 대한 것인 바,

일인즉 이리 처리합니다. 과인이 노르웨이 왕에게

친서를 작성했소, 풋내기 포틴브라스의 숙부 말이요ㅡ

쇠약해져 병상에 누어 지내고 있어

그의 조카의 이런 저의를 거의 모르고 있는 터라,

어린 포틴브라스에 의한 더 이상의 사태악화를 막아보자는 것이요.

군대소집 징발 및 모든 병참지원 등이

현 노르웨이왕의 백성들로부터 이뤄지고 있기 때문이요.

그래서 그대 충성스런 코닐리어스 공과 볼티먼드 공을

노르웨이 국왕에게 이 친서를 전하는 대사로 급파하며,

그 왕과 업무를 처리함에 있어 여기 정해진

세부사항들의 범위가 허용하는 그 이상의

어떠한 사적 권한은 인정치 않을 생각이요.

잘 가시요, 임무를 훌륭히 수행할 수 있도록 서둘러 떠나주시요.

코닐리어스+볼티먼드 그 일은 물론 매사에 신들의 임무를 분부대로 수행

하겠습니다. 40

왕 과인은 추호도 믿어 의심치 않소, 진정 잘 다녀오시요.

볼티먼드와 코닐리어스 예를 갖추고 출발한다.

자, 이제, 레어티스, 너에게 무슨 일이 있는가?

무언가 내게 청원을 한 것 같은데, 그게 뭐지, 레어티스?

덴마크 왕에 대한 합당한 요청이라면 헛될 리 만무하다.

네가 무얼 바라지, 레어티스, 너의 청이 없다면 45

내가 자원해서 들어줄 수가 없지 않은가?

머리와 가슴의 더없는 긴밀함도,

또 손의 입에 대한 더없이 편리한 봉사도,

덴마크 왕좌에 대한 너의 부친과의 관계보다 더하겠는가?

무얼 가지려 하는가, 레어티스?

레어티스 지엄하신 폐하, 50

프랑스로 되돌아가기 위해 폐하의 허락을 받고 싶습니다.

프랑스로부터 기꺼이 급거 귀국한 것은

폐하의 대관식에 저의 임무를 다하기 위함이었습니다.

솔직히 말씀드리자면 이제 저의 임무도 마쳤으며

저의 생각과 소망은 다시 프랑스로 향하고 있습니다. 55

폐하의 자비로운 허락과 관용을 간청 드립니다.

왕 아버지의 허락을 받았는가? 어떻게 하면 좋겠소, 폴로니어스?

폴로니어스 폐하, 그 애가 끈덕지게 조르는 통에

가까스로 제 허락을 따냈고, 결국

그 애 뜻에 저의 마지못한 동의의 도장을 찍어버렸습니다.　　　60

청하옵건대, 떠나도록 허락해 주십시오.

왕 너의 젊은 시간을 만끽하라, 레어티스, 시간은 너의 것이다,

너의 가장 훌륭한 품성이 그 시간을 너의 뜻대로 향유할 것이다.

자, 이젠, 과인의 조카이자 아들이 된 햄릿 —

햄릿 [방백] 살짝 친척 이상이 되어버린 것 같긴 하지만 한 가족은 어림

도 없지.　　　65

왕 너의 모습에 늘 먹구름들이 끼어 있으니 어찌된 일이냐?

햄릿 안 그렇습니다 전하, 전 태양빛을 지독하게도 많이 받고 있거든요.

왕비 햄릿, 네 칠흑같이 새까만 상복을 벗어버리고,

폐하께도 너의 눈길을 좀 다정하게 대하려무나.

언제까지나 너의 실의 가득한 눈 모습을 하고,　　　70

흙속으로 돌아가신 너의 훌륭하신 아버님만 찾으려 하지 마라.

너도 알다시피 흔한 일로, 살아있는 모든 것은 반드시 죽게 마련이고,

천부적 삶을 통해 살다가 영원의 세계로 들어가는 법이다

햄릿 그럼요, 왕비님, 흔한 일이구 말구요.

왕비　　　　　　　　　　　　　　　　그렇다면

네게는 왜 그다지 유별나게 보이는 거지?　　　75

햄릿 보인다구요, 왕비님? 아니죠, 실제가 그런 겁니다. 전 "보인다"는

말 모르거든요.

훌륭하신 모친이시여, 제 새까만 망또와, 관례적인 진중한 모습

　의 검은 상복도 아니고,

꺼질 듯 억지로 길게 뿜어낸 한숨도 아니며,

아니죠, 눈에서 넘쳐나 강물처럼 흐르는 눈물도 아니고,

절망 가득 찬 얼굴 표정도 아니며,　　　　　　　　　　　　　　　80

이와 더불어 비탄의 심경을 나타내는 온갖 격식과 정황과 겉모습들,

그 어느 것 하나도 진정으로 저를 드러내 보일 순 없습니다.

이런 것들은 정말로 그럴싸한 외양뿐일 수도 있죠.

왜냐면 그것들은 그 어떤 인간이라도 연기해낼 수 있는 작태들이

　거든요.

그러나 제 가슴 속엔 처절한 비애를 빙자한 장식적 허식이나　　85

겉치레 복장 그 이상의 것이 있습니다.

왕　　햄릿, 너의 부친께 이토록 애도의 도리를 다함을 보면

너의 천품이 진정 귀감이 될 만하고 가상타 할 것이다.

하지만 너의 부친도 아버질 여의셨고, 너의 조부께서도

역시 그의 아버질 여의셨다는 걸 알아야 한다—살아남은 자는　　90

한동안은 천륜의 도리로서

상중 애도의 소임을 다하는 것이다.

그러나 요지부동으로 애도를 계속 고집하는 것은

신께도 불경을 범하는 완고함의 법도며, 대장부답지 못한 슬픔의

　표현이다.

그건 하늘의 뜻에도 막무가내로 거스르는 고집,　　　　　　　95

단련되지 못한 심성과 참을성 없는 마음,

어리석고 교양 없는 이해심을 드러내는 것이다.

죽음이란 피할 수 없이 다가오게 마련인 것이고

일어날 것은 일어나고야 말 것이 불 보듯 뻔한 것인데

왜 우리가 어리석게 거역하여 100

가슴속 사무치게 담아둬야 한단 말인가? 아니다, 그건 하늘에 대

　한 불경이며

고인에 대한 불경이며, 자연섭리에 대한 불경이며

이성에 대한 더없는 역행이다 자연섭리의 가장 보편적 주제는

아버지들의 죽음이며

최초 죽은 자로부터 오늘 죽은 자에 이르기까지 105

자연은 늘 "이것은 어쩔 수 없는 일이다"라고 외쳐왔던 것이다.

과인이 부탁컨대 이러한 부질없는 슬픔을 땅에 묻어버리고

과인을 아버지로 받아들이거라. 왜냐하면 온 천하에 공포하는 바

너는 바로 과인의 왕위를 물려받을 사람이기 때문이다.

친아비가 자식에게 쏟는 110

그런 각별한 사랑 못지않게

너에게 사랑을 줄 것이다. 위텐버그에 있는

학교로 복귀하려는 너의 의도에 대해선

과인의 뜻과는 아주 어긋난 것이니

여기 머물도록 마음을 돌려 115

과인의 중신이며 사촌으로 또 과인의 아들로

짐의 곁에 즐거움과 위안으로 남아주길 바란다.

왕비　햄릿, 네 어미가 하는 청을 무색하게 만들지 말아라.

여기 남아 함께하면 좋겠다. 위텐버그에 돌아가지 말거라.

햄릿　전 최선을 다해 왕비님 뜻에 따를 뿐입니다, 왕비님.　　　　120

왕　아하, 그거야말로 애정 어린 훌륭한 대답이다.

덴마크에선 나와 다름없는 지위를 누리거라. 왕비, 갑시다.

햄릿의 이렇게 품위 있는 자발적 동의가

내 가슴 속에 흡족하게 자리 잡았다.

이를 위해 덴마크 왕이 오늘 드는 축배마다　　　　125

우렁찬 대포소릴 구름 높이 울릴 것이다.

그럼 하늘도 국왕의 축연에 다시 화답하여

지상에 환호의 천둥소리로 울려올 것이다. 자 나갑시다.

팡파르. 햄릿만 남고 모두 나간다.

햄릿　아, 이 지긋 지긋하게도 더럽혀진 육신아

녹고 또 녹고 뭉개져 한 방울의 이슬로 변해버려라.　　　　130

하늘은 자결 금지 계율을

정하지 말았어야 했다. 아 신이여! 신이여!

이 세상 온갖 것들이 내겐 얼마나 황량하고

진부하고 맥 빠지고 무익한 일인가!

아 빌어먹을, 빌어먹을, 세상은 마구 자라 씨앗만 흩뿌릴　　　　135

잡초만 무성한 정원이 돼버렸구나. 근본이 썩을 대로 썩고 조악

　하기 짝이 없는 것들이

온통 차지해버렸다. 이 지경까지 돼버리다니!

붕어하신지 겨우 두 달밖에 안됐는데—

아니, 그리 오래된 것도 아니지, 두 달도 채 안됐잖아—

그토록 탁월한 국왕이셨고, 현왕과 비교하면

태양신과 흉측한 반인반수 괴물 쌔터[2]만큼이나 천양지차다. 어머

　　니를 너무나 사랑하여

하늘에 부는 바람이라도 어머니 얼굴에 거칠게 스치는 것조차

허용치 않으셨잖는가. 아 천지신명이여,

내가 그 기억마저 곱씹어야만 한단 말인가? 하, 어머닌 아버님께

늘 그토록 매달리셨잖나 마치 먹으면 먹을수록

더 큰 식욕이 솟구치는 것과도 같았다. 그러나 한 달도 채 못돼서—

그에 대해 생각조차 말자—약한 자, 너의 이름은 여자다.—

한 달도 못 넘기고, 온통 눈물범벅으로 통곡하던 니오베 같이,

불행한 아버지 운구를 따라가던 그 신발이 닳기도 전에—

도대체, 어머니가—아 하느님, 이성적 권능을 결핍한 짐승일지라도

훨씬 더 오랫동안 상심했을 터인데—숙부에게 결혼해버리다니

내 아버지 동생이지만—내가 허큘리스에 범접할 수 없듯

내 아버지에겐 어림도 없는 자이다. 한 달도 채 못 넘기고

가장 위선적 눈물의 소금기가 채

그녀의 붉게 충혈된 눈망울들에서 가시기도 전에

어머니가 결혼을 해버리다니—아 지독히도 사악한 속도다!

그렇게 화급하게 근친상간의 이부자리로 서둘러 기어들어가다니!

---

2. 쌔터(Satyr): 숲의 신. 디오니서스(Dionysus)를 시중들었고 주색을 즐김. 남자 얼굴에
　　염소 다리와 발을 가졌고 머리엔 짧은 뿔이 양쪽에 나있으며 온몸이 털로 덮여 있음.

좋은 결과를 초래할 리가 없다, 그럴 리가 없다.

혀를 놀릴 수가 없으니 내 가슴만 터질 것 같다.

호레이쇼, 마셀러스와 바나도 들어온다.

호레이쇼 안녕하십니까 왕자님.

햄릿 　　　　　　　　만나서 아주 반갑군.　　　　　　　160

호레이쇼 아닌가, 내가 망연자실해 있었어.

호레이쇼 그렇습니다 왕자님, 왕자님의 영원한 충복입니다.

햄릿 자, 나의 좋은 친구, 충복대신 친구라 불러야지,　　[손을 꽉 잡는다.]

헌데 호레이쇼, 무엇 때문에 위텐버그에서 뛰쳐나왔나? ―

아, 마셀러스.　　　　　　　　　　　　[악수를 청한다.]　165

마셀러스 왕자님.

햄릿 만나서 반갑다. ― 잘 있었나. ―　　　[햄릿 바나도에게 인사한다.]

[호레이쇼를 한쪽으로 데려가며] 정말 무엇 때문에 위텐버그로부터 돌

아온 것인가?

호레이쇼 그저 농땡이 치는 기질 때문이죠, 왕자님.

햄릿 너의 적이 그런 말을 한다 해도 난 곧이듣질 않을 거야,　170

자신에 대한 네 비난을 믿도록 내 귀에게

네가 그리 농땡이 질을 칠 사람도 아니거든

헌데 엘시노어 궁엔 무슨 일로 왔나?

떠나기도 전에 우린 네가 술독에 푹 빠지도록 가르칠걸.　175

호레이쇼 전하, 전하의 부왕폐하 국상에 조문하러 왔습니다.

햄릿 학우니 제발 조롱하지 마라,

내 어머니 결혼식에 참여하러 왔겠지.

호레이쇼 그렇군요 전하, 바로 이어졌습니다.

햄릿 절약, 또 절약해야지 호레이쇼. 장례식에 구워낸 고기들도   180

식을만하면 또 결혼 식탁에 내놓는 거지.

호레이쇼, 그런 날 오는 꼴을 보기 전 천국에 가서

철천지원수라도 만나야 하는 건데.

아, 나의 아버님―아버님이 보이는 것 같아―

호레이쇼 어디에서죠, 전하?

햄릿   내 마음의 눈 속에서, 호레이쇼.   185

호레이쇼 부왕폐하를 한 번 뵌 적이 있습니다. 훌륭하신 폐하셨습니다.

햄릿 모든 면에서 평가해 봐도 사내 대장부셨지.

다시는 그런 분을 만나지 못할 거야.

호레이쇼 전하, 제가 어젯밤 그분을 뵌 것 같습니다.

햄릿 봤다고? 누굴?

호레이쇼   전하, 선왕 폐하 말입니다.   190

햄릿 선왕 폐하를?

호레이쇼 잠깐 흥분을 가라앉히시고

이 친구들을 증인으로 삼아

제가 전하께 전해드릴 이 놀라운 이야기에

귀를 기울여 주십시요.   [호레이쇼 마셀러스와 바나도에게 봄을 돌린다.]

햄릿   제발, 듣고 싶다!   195

호레이쇼 이틀 밤 동안 이친구들 마셀러스와 바나도가 함께

죽음 같은 적막함 속 한밤중 그들이 보초를 서다가

이런 일 처음 접하게 되었다 합니다. 전하의 선왕과 같은 분이

머리끝에서 발끝까지 완전무장을 하고 영락없이

그들 앞에 나타나선 위엄 있게 행군하시듯   200

그들 앞을 천천히 그리고 당당하게 지나가셨다 합니다.

선왕께선 그들의 혼란스럽고 공포에 질린 눈앞에서

세 번이나 선왕께서 잡고 있는 지휘봉이

스칠락 말락 한 거리에서 지나가셨답니다.

그동안 공포감으로 곤죽이 되고 망연자실 말문이 막힌 채 얼어붙어   205

폐하께 말 한마디 건네 보지도 못했구요.

이 친구들이 아주 은밀하게 제게 이 사실을 전해주었고

저도 함께 삼일 째 되는 날 밤 보초를 섰는데

이 친구들이 전한 바와 똑같이 시간도 그 생긴 모습도

말마다 틀림없이 입증하듯 그 유령이 나타나는 것입니다.   210

선왕이신 걸 전 알아차렸는데.

제 이 두 손도 더 이상 똑같지 못할 것입니다.

햄릿   그런데 이런 일이 어디에서였지?

마셀러스 전하 저희들이 보초를 섰던 포탑에서였습니다.

햄릿 그 유령에 말을 걸어본 적 있나?

호레이쇼   전하, 걸어봤습니다.

그러나 대답하시지 않았습니다. 제 생각에 한 번은   215

머릴 쳐들어 마치 무슨 말을

해보려는 듯 움직인 적이 있습니다.

바로 그때 새벽닭이 울어 제키자

그 소리에 기겁을 해 황망히 몸을 사려

우리 시야에서 사라져 버렸습니다.

햄릿   그것은 아주 이상한 일이다.   220

호레이쇼 전하, 제가 지금 살아있는 바와 같이, 사실입니다.

그런 사실을 전하께 보고 드리는 것이

저희들의 의무 속에 규정돼 있는 것이라 생각하였습니다.

햄릿   맞아, 그런데 그 사실이 날 혼란스럽게 한다.

오늘 밤도 보초를 서나?

모두   그렇습니다, 전하.   225

햄릿   무장하셨다고 말했나?

모두   무장하셨었습니다, 전하.

햄릿   머리끝에서 발끝까지?

모두   머리끝에서 발끝까지였습니다, 전하.

햄릿   그럼 얼굴을 볼 수 없었겠네?

호레이쇼 아 볼 수 있었습니다, 전하, 선왕폐하께서선 투구의 면갑을 올려

쓰셨거든요.

햄릿   어떻게 보이든가, 노한 표정이던가?   230

호레이쇼 노한 표정이라기보다는 좀 더 슬픈 듯한 안색이셨습니다.

햄릿   창백하던가 아니면 붉던가?

호레이쇼 아닙니다, 몹시 창백하셨습니다.

햄릿   뚫어져라 쏘아보던가?

호레이쇼 아주 확고부동한 모습으로요.

햄릿   내가 그곳에 있어야 했는데.

호레이쇼 전하를 무척 놀라게 했을 겁니다.

햄릿   바로 그랬겠지.   235

오랫동안 머물던가?

호레이쇼 천천히 백을 셀 동안 정도입니다.

마셀러스+바나도 더 길었어, 더 길었다구.

호레이쇼 내가 보고 있는 동안은 안 그랬어.

햄릿 수염이 희끗희끗하지 않던가?   240

호레이쇼 제가 생전에 뵈었을 때처럼

검은 색에 흰색이 섞여 희끗희끗해 보였습니다.

햄릿   오늘 밤 나도 보초를 설 것이다.

어쩜 그 유령이 다시 걸어 나올지도 몰라.

호레이쇼   틀림없이 그럴 겁니다.

햄릿 만약 그 유령이 아버님 모습을 띠고 나타나면

설령 지옥이 아가릴 크게 벌리고 내게 조용히 하라 명하더라도   245

말을 걸어 볼 것이다. 모두에게 부탁하지만

지금까지 이 모습을 밝히지 않았다면

언제까지라도 침묵 속에 간직하고

오늘 밤 그 어떤 일이 발생하더라도

알고만 있고 결코 발설해선 안 될 것이다.   250

너희들의 호의엔 보상해 주겠다. 그럼 잘 가라.

밤 열한 시와 열두 시 사이 망루 포탑 위로

너희들을 찾아갈 것이다.

모두   전하께 충성을 다하겠습니다.

햄릿　너희들의 우정이겠지, 내 것도 주고 싶다, 잘 가.

호레이쇼, 마셀러스, 바나도 인사하고 나간다.

내 아버님의 혼령이—무장을 하고! 모든 게 심상치 않다.

무언가 흉측스러운 짓거리가 의심스럽군. 밤이 어서 왔으면 좋겠다.

나의 영혼아, 그때까지 잠자코 있거라. 흉악한 행위들은 모든 대

　지가 그들을 암매장해

덮어 눌러도 뚫고 나와 사람들의 눈앞에 드러나는 법이다.

[햄릿 나간다.]

255

3장

폴로니어스 저택의 한 방.

레어티스와 그의 누이동생 오필리어 등장.

레어티스　내 여행용품들은 선적을 했다. 잘 있거라.

　　　내 동생아, 순풍이 불고

　　　송달 선편이 가능할 때마다, 잠만 자지 말고

　　　네 소식도 좀 들려다오.

오필리어　　　　　　　그걸 의심하는 거예요?

레어티스　햄릿 왕자에 대해선데 그분의 덧없는 호의는,　　　　5

　　　순간적 기분이나 부질없는 혈기의 애정 발로로 봐야 한다,

　　　청춘의 절정에 이른 봄 제비꽃과도 같은 것이어서

　　　재빨리 피어나지만 오래가지 못하고 달콤하지만 영원하지 못하거든

　　　일시적 즐거움을 주는 향기일 뿐이며

　　　그 이상은 아니다.

오필리어　　　그 이상 아무것도 아닐 뿐이라구요?

레어티스　　　　　　　더 이상 생각지도 마라.　10

　　　성장하는 인간은 힘과 양에서만

　　　자라는 것이 아니야, 이 육신이 성장하면서,

　　　마음과 정신의 내적 권능도

그와 함께 확장하는 것이다. 어쩜 왕자님이 지금은 널 사랑할 수
　도 있어.
지금은 그 어떤 오점도 거짓도 그분이 지향하는 순정을 더럽히지
　않겠지.
그러나 꼭 새겨들어야만 한다. 그분의 높은 지체를 가늠해야 돼,
그분의 뜻이 그분 자신의 것이 아닐 수도 있거든.
왕자님 자신이 출생신분에 예속돼 있기 때문이야,
그분은 평민들이 하듯이
스스로 결정할 수가 없어, 그분의 결정엔
온 국가의 행복과 건강이 걸려있는 이유지
그러므로 그분의 선택은
그분이 수장으로 있는 전 국민의 승인과 동의에
매어 있을 수밖에 없다. 만약 그분이 널 사랑한다고 말한다 해도
왕자님의 특별한 행위나 입지 속에서만
그분의 언약을 실천 가능하다고
믿는 것이 현명하다. 그건 덴마크 전체의 합의가
그와 함께 가지 않으면 더 이상 나갈 수가 없기 때문인 거야.
그러니 너무 솔깃한 귀로 네가 그분의 연가에 푹 빠지거나,
마음을 빼앗기거나, 무절제한 구애에
네 보물 정조의 문을 열어 허락하면
네 처녀의 명예가 얼마나 손상을 입게 될지 신중히 판단해야 한다.
조심해라, 오필리어, 경계해야 하는 거야, 내 사랑하는 누이동생아
네 애정 뒤에서 욕정의 화살과 위험에서

벗어날 수 있도록 멀찍이 물러서 있거라.   35

가장 정숙한 처녀는 그녀의 아름다운 모습을

달빛에 드러내기만 해도 외람되게 생각하는 것이다.

순결조차 중상모략의 참화를 피할 수 없는 법.

자벌레는 봄꽃의 꽃봉오리가 펼쳐지기도 전에

일찍 피어나는 꽃들을 너무 흔하게 먹어치우기도 하거든.   40

청춘의 영롱한 이슬이 가장 지독한 독소에 파괴당하는 것도

이른 새벽녘에서 발생하는 거란다

그러니 조심하거라, 최선의 안전책은 두려움 속에 있는 거야

그 어떤 유혹이 가까이 없어도, 젊음 그 자체가 반란을 일으키는

  법이다.

오필리어 이 좋은 교훈의 요지를   45

내 가슴속 보초병처럼 간직할게요. 하지만 오빠,

어떤 파렴치한 목사들이 그러하듯,

내겐 천국으로 가는 험하고 가파른 가시밭길을 가르쳐주면서

자신은 허황되고 무모한 방탕아처럼

환락의 달맞이꽃밭 길을 누벼가며   50

자신이 설교한 말조차 상관하지 않는 것은 아니겠죠.

레어티스   내 걱정을 말아라.

내가 너무 오래 지체하는구나.

[폴로니어스 들어온다.] 여기 아버지가 오시네. [레어티스 무릎을 꿇는다.]

이중의 축복은 이중의 은총입니다.

두 번째 작별인사를 드리는 것도 행운인 듯 합니다.

폴로니어스 아직도 여기에 있니, 레어티스? 배에 타거라, 이런, 어서 배

　에 타라니까,   55

바람도 네 돛배의 뒤쪽에서 불어주고 있고,

사람들도 널 기다리잖니. 자, 내 축복이 너와 함께 하길 바란다.

　　　　　　그의 손을 레어티스 머리에 얹는다.

이 몇 가지 처세술을 네 기억 속에 새겨 두어라.

너의 생각들을 바로 떠벌리지 말고,

부적절한 생각들을 행동으로 옮기지 마라.   60

친구는 사귀어야 하지만 결코 마구잡이로 사귀는 것은 안 된다.

네가 함께 하는 친구들이 사귀어보아 입증이 되면,

쇠사슬로라도 그들을 네 영혼 속에 꽁꽁 묶어놓되,

갓 깨어난 햇병아리들이나 덜떨어진 초심자들을 이놈 저놈

매번 받아들여 악술 하다간 손바닥 감각마저 잃게 된다.   65

싸움에 끼어드는 걸 조심해라, 허나 일단 말려들면,

상대로 하여금 너에 대해 분명히 각성토록 만들어라.

모든 사람에게 네 귀를 기울이되 말은 적게 하고,

각자의 의견을 참작하되 너의 판단은 유보함이 좋다.

네 지갑이 허락하는 한 비싼 옷을 사 입어라,   70

허나 괴상망측한 건 안 돼, 우수한 품질이어야지 사치는 아니야.

의복이란 것이 종종 인품을 드러내는 것이기도 하고

프랑스의 입지적 최상류층 사람들이 그런 점에선

가장 탁월하고 고상한 식견을 가진 부류라 하더구나.

채무자도 채권자도 되지 말거라,　　　　　　　　　　　　　　75

돈을 빌려주면 자주 그 돈 자체도 잃고 친구도 잃게 되며,

돈을 빌리면 절제의 예각을 둔하게 만들게 된다.

무엇보다도 이 말 명심해라, 네 자신에게 진실할 것,

그러면 밤이 낮을 따르듯 다가올 것이며

너는 그 어떤 사람에게도 거짓으로 대할 수 없게 될 것이다.　　80

잘 가거라, 내 축복의 말들이 네 안에서 무르익길 바라마.

레어티스　아버님, 불초자식 작별 인사 올립니다.

폴로니어스　시간이 널 재촉한다, 가봐라, 네 하인들이 기다린다.

레어티스　[일어서며] 잘 있거라, 오필리어, 잘 기억해둬라.

내가 말해줬던 것 말이다.

오필리어　　　　　　　　　　내 기억 속에 잠가두었으니,　　85

오빠가 스스로 그 열쇠를 보관하세요. [레어티스와 오필리어 포옹한다.]

레어티스　잘 있거라.　　　　　　　　　　　　　[레어티스 나간다.]

폴로니어스　뭐였지, 오필리어, 오빠가 했던 말이?

오필리어　그냥, 저, 햄릿 왕자님에 관한 것들입니다.

폴로니어스　아하, 마침 잘 생각났다.　　　　　　　　90

요즘 왕자님이 무척 자주

네게 은밀한 시간을 내주고,

네 자신도 온통 넋이 나간 듯 빠져서 얘길 들어준다며.

만약 그렇다면—아주 조심스레 내게 얘기가 들려오기도 해서—

아무래도 네게 말을 해야겠다.　　　　　　　　　　95

그게 내 딸로서 또 너의 순결에 관한 것으로서 적절한 것인지,

넌 분명하게 상황파악을 못하고 있어.

너희들 사이가 어떻게 된 것이냐? 진실을 내게 털어 놔라.

오필리어 아버님, 요즘 왕자님께서 제게 자주

애정을 호소해오셨습니다. 100

폴로니어스 애정이라구? 푸— 말하는 꼬락서니도 하룻강아지 처녀같으니,

네가 그토록 위험이 가득한 상황에서도 앞뒤를 못 가리는 거다.

너 정말 네가 말한 대로 왕자님 애정 고백을 믿는다는 거냐?

오필리어 모르겠어요, 아버님, 어떻게 생각해야 할지요.

폴로니어스 이런, 내가 가르쳐주겠다. 이런 애정공세를 네가 마치 105

위조화폐를 진짜 화폐로 생각하듯 받아들이는 것이면

넌 젖 먹는 철부지라고 치부할 수밖에 없다. 스스로 좀 값비싸게

굴어라,

그렇지 않으면—그렇게 몰고 가서 그 빌어먹을 애정이란 말 숨통을

끊어 놓고 싶진 않다만—네 스스로 내게 팔푼이 하나 만들어주

는 꼴이다.

오필리어 아버님, 왕자님께선 품위 있게 110

예를 갖춰 사랑을 간청해오셨는데요.

폴로니어스 하, 예를 갖췄다 했냐. 집어 쳐라, 집어 쳐.

오필리어 천상의 거의 모든 신성한 맹세들과 함께

왕자님 하시는 말씀마다 확신을 주셨어요, 아버님.

폴로니어스 하, 멍청하기 짝이 없는 도요새 잡기 위한 덫이지. 알고말고, 115

혈기가 불타오르면 영혼이 얼마나 화려하게 고놈의 혓바닥을 춤

추게 만들어

온갖 맹세를 지어내는가. 얘, 이런 불꽃은

열기보다도 더 밝은 빛을 내뿜어주지만 언약들을 구워내는

바로 그 사이에도 불꽃도 열기도 꺼져버리는 것이니,

네가 진정한 사랑의 불길로 받아들여선 안 된다. 이 시각부터   120

처녀로서의 처신을 좀 삼가고

네가 주고받을 시에도 사랑의 밀담마다 바로 응하기보다는

훨씬 더 도도하게 굴란 말이다. 햄릿 왕자님께선

젊은데다가 네게 허락된 것보다

훨씬 더 거침없이 활동하시는 분이니   125

그 정도만 믿거라. 간단히 말하지, 오필리어,

왕자님 맹세를 믿지 마라. 그 맹세란 것들은 사기꾼이고

그 허울이 치장하는 것과는 달리

단지 성스럽지 못한 청혼의 애원자일 뿐이다.

속이는데 이골이 난, 신성하고 경건한 척하는 데 도가 튼   130

뚜쟁이 속삭임인 거야. 요컨대, 분명히 말하지만,

난 이 시각 이후부터 그 어느 한순간이라도

네가 그런 식으로 오욕을 자초해

햄릿 왕자님에게 언약을 전하거나 정담을 나누지 못하도록 할 것이다.

명심해라, 명령이다. 자, 가자꾸나.   135

오필리어 아버님, 뜻에 따르겠습니다.   [폴로니어스와 오필리어 나간다.]

4장

성루 상단 포탑 흉벽.

햄릿, 호레이쇼와 마셀러스 한쪽 망루 포탑으로부터 나온다.

햄릿 바람이 살을 저미듯 독하네, 매서운 추위다.

호레이쇼 살을 저미는 혹독한 바람입니다.

햄릿 지금 몇 시인가?

호레이쇼   자정이 좀 안됐습니다.

마셀러스 아냐 벌써 쳤는데.

호레이쇼   정말야? 내가 못 들었군

그럼 그 유령이 출몰하기 좋은   5

바로 그 시각이 가까워졌어.

              [화려한 트럼펫 팡파르, 두 발 축포소리 터져 나온다.]

이게 무슨 뜻의 소리인가요, 전하.

햄릿 왕께서 밤을 패서 진창 퍼마실 작정이라는군.

진탕 술판도 벌이고 요란하게 춤판도 벌인다는 거야

그가 단숨에 라인 산 포도주를 들이키자마자   10

이렇게 대북과 나팔을 터지듯 울려대며

그의 의기양양함을 부추겨 법석을 떨자는 거지.

호레이쇼   그게 관습 같은 건가요?

햄릿 맞아 정말 그런 셈이거든

하지만 내 생각엔 나도 여기서 태어나 살아왔고

그런 관습이 몸에 배어 있지만   15

보존키보단 타파해야 더 마땅할 구습인 거야

이 고주망태 주색잡기 때문에 동서양을 막론하고

다른 국가들로부터 비판을 받고 불명예를 당하는 거지

그들이 우릴 술고래라 칭하고 돼지 같단 말로

우리 평판을 먹칠해대거든 사실 그놈의 술버릇이   20

우리가 이뤄놓은 업적들로부터 그 최고의 황금기를 구가했다 하

　　더라도

우리 명예의 핵과 골수를 박탈해가는 거야.

그런 건 개인 간에도 자주 발생하기 마련인데

개인들 내부에 어떤 작은 천부적 결함 때문에

예컨대 태생적으로 말야 그건 그들 죄는 아니거든   25

천성이란 것은 그 스스로 발생 근원을 선택할 순 없는 거잖아

어떤 성격의 지나침으로 인해서도 그렇지

종종 이성의 울타리나 성곽을 부숴버리는 거야

또는 어떤 습관으로 인해 지나치게 과도해져서

미풍양속의 사회규범을 망가뜨려 놓거든   30

이런 사람들은 말하자면 천부적으로 지니고 태어났든

후천적으로 우연히 갖게 되었든 한 가지 작은 결점의 낙인을 지

　　니게 되면

그의 다른 미덕들이 아무리 성스러울 정도로 순수하더라도

인간으로 아무리 무한대로 보유한다 하더라도

그 특이한 결점 때문에 도매금으로 망가질 수밖에 없는 거야　35

그 아무리 한 점의 티끌만 한 결함이라도

그 모든 고결한 품성조차 온통 치욕적 불명예 일색이 되도록

덮어버린단 말야. [유령 등장]

호레이쇼　　　　　　　보세요 왕자님 그게 나타납니다.

햄릿　천사들아 하느님의 사자들아 우릴 지켜다오!

그대는 선한 정령인가 저주받은 악귀인가　40

천국으로부터 내려온 영기인가 지옥으로부터 솟구친 독기인가

그대 의도는 사악한 것인가 은혜로운 것인가

그렇게 무언가 발설코자 하는 모습으로 나타났으니

내가 그대에게 말을 걸어보겠다. 그대를 햄릿 선왕으로

아버지 덴마크의 왕이라 부르겠다. 아 내게 응답하라.　45

궁금증으로 속 터지게 하지 말고 말하라

어째서 장례로 매장된 그대의 성스러운 유해가

그 수의를 찢어버리고 뛰쳐나왔는가, 왜 그 지하무덤이

우리가 그 안에 그대가 엄숙하게 매장되는 걸 보았는데

그 육중한 대리석 출구를 열어젖히고　50

다시 그대를 지상으로 토해 올렸는가, 이게 어찌된 일인가

그대 저승으로 간 시신이 다시 온통 무쇠 갑옷을 차려입은 채

이렇게 구름과 숨바꼭질하는 창백한 달빛을 다시 찾아와

이 밤을 공포에 질리게 만들고 우리 대자연의 어릿광대들로 하여금

그토록 혼비백산 우리 정신세계를 뒤흔들게 만들고　55

우리 이성이 도저히 파악할 수 없는 생각들로 가득 차게 하는가?
토설하라 이게 어찌된 연유인가? 대체 무슨 곡절인가? 우리가 어
　떻게 하란 말인가?　　　　　　　　　　　　　　　[유령 손짓한다.]

호레이쇼　유령이 왕자님께 그와 함께 가자 손짓합니다.
　마치 무엇인가 밝힐 것이 있어 간청하듯 하는데요.
　왕자님 혼자에게만 말입니다.

마셀러스　　　　　　　　　　　　얼마나 정중한 행동으로　　　　　　60
　좀 더 외진 장소로 왕자님이 가시길 신호하고 있는지 보십시오.
　하지만 유령과 함께 가시면 안 됩니다.

호레이쇼　　　　　　　　　　　　　안 됩니다, 결코 안 됩니다.

햄릿　유령이 말을 하지 않을 것이다. 그렇다면 내가 그를 따라갈 것이다.

호레이쇼　가지 마십시요, 전하.

햄릿　　　　　　　　　　대체 뭘 두려워하겠나?
　내 목숨을 바늘 한 개 값조차 치지 않는데 말이다.　　　　　　65
　게다가 내 영혼에 대해선 그 유령이 무슨 짓을 할 수 있을까
　그 영혼 자체가 영구불멸이잖나?
　유령이 내게 다시 나오라 손짓한다. 따라갈 것이다.

호레이쇼　그 유령이 바다 쪽으로라도 왕자님을 유인하면, 전하
　또는 바다 속으로 절벽의 기저가 굽어보이는　　　　　　70
　바로 그 가공할 절벽 꼭대기로 말입니다
　그런 곳에서 어떤 다른 끔찍한 모습으로 탈바꿈해서
　그게 왕자님의 온전한 정신을 빼앗아
　왕자님을 광증 속으로 끌고 들어가면 어떡합니까? 생각하셔야 합니다.

바로 그런 곳은 일시적인 절망적 충동들을

더 이상 아무런 동기도 없이 머릿속으로 집어넣게 마련입니다

수천수만 길 넘실거리는 바다가 내려다보이고

그 아래선 으르렁거리는 파도 소리가 들리기 때문이거든요.

햄릿   유령이 아직도 내게 손짓하고 있다.

계속 가거라, 내가 그대를 따라가겠다.

마셀러스 가셔선 안 됩니다, 전하.

햄릿   너희들의 잡은 손들을 놓아라.   80

호레이쇼 고정하십시요, 전하, 가셔선 안 됩니다.

햄릿   내 운명이 소리쳐 부르고 있다.

이 몸 안의 하나 하나 보잘것없는 기관도

마치 네미안 계곡 사자[3]의 근육처럼 탄탄하게 만들어 준다.

아직도 날 부르고 있다. 날 놓아라 친구들아.

                      [그들을 밀쳐내고 칼을 뽑아든다.]

맹세코 날 방해하는 자는 저승으로 보내버릴 것이다.   85

물러서라 했다. ─ 자 가거라, 내가 그댈 따라갈 것이다.

유령 포탑 한 곳으로 들어가고 햄릿이 따라 들어간다.

호레이쇼 왕자님이 환상에 사로잡혀 점점 더 절망적 심정이 되셨어.

---

3. 네미안 계곡 사자(Nemean lion): 허큘리스 16세 때 맡은 12가지의 과업 중 첫 번째,
   그리스 남부 펠로포네서스(Peloponnesus) 동북부에 있는 아르골리스(Argolis) 북쪽
   네미아(Nemea) 계곡에 사는 흉포한 사자를 처치하는 일이였다 ─ 허큘리스의 화살도
   이 사자의 가죽을 뚫을 수 없었다 한다.

마셀러스 따라가야 되겠다. 이렇게 왕자님께 복종하는 건 적절치 않아.

호레이쇼 뒤따라 가자구. 이 문제가 어찌 될 것인가?

마셀러스 덴마크란 나라엔 무엇인가 부패한 것이 있다.　　　　90

호레이쇼 하늘이 결론을 내시겠지.

마셀러스　　　　　　　　　　아냐, 왕자님을 따라가 보자.

[따라 들어간다.]

5장

성루 하단 트인 곳.

성벽의 문 하나가 열리며 유령이 앞서 나오고
햄릿이 뒤따라 나온다,
햄릿이 뽑아든 칼자루를 십자가처럼 들어올린다.

햄릿   어디로 날 이끌고 가려 하는가? 말하라, 더 이상은 가지 않을 것
　　　이다.

유령   내 하는 말 명심하라.

햄릿　　　　　　　　　그러겠다.

유령　　　　　　　　　　　나의 시간이 거의 다 됐다
내가 유황불 속 고통스러운 곳으로
스스로 되돌아가야만 할 때다.

햄릿　　　　　　　　　　　아, 불행한 유령.

유령   날 동정하지 말고, 그대의 진심어린 마음을 기울여　　　　　5
내가 밝히려하는 바를 경청하라.

햄릿　　　　　　　　　　　　말하라, 들어줄 준비가 됐다.

유령   그대가 듣게 되면 복수를 해야 할 것이다.

햄릿   뭐라고.

유령   난 너의 아버지 혼령이다
어느 한정된 밤 시간 동안에는 다니다가　　　　　　　　10

낮 동안엔 유폐돼 화염 속에 죄를 뉘우치도록 운명 지워졌다

내 생존 시절에 저지른 사악한 죄들이

태워져 정화될 때까지. 그러나 나에게

내 연옥의 비밀을 발설하는 것이 금지돼 있지 않다면

난 이야기를 할 수 있겠지만 그 비밀 중 가장 가벼운 한마디라도 15

네 영혼을 갈가리 찢고 네 젊은 피를 얼어붙게 할 것이며

네 두 눈을 유성들이 궤도를 뛰쳐나오듯 튀어나오도록 할 것이다

너의 잘 빗어 정돈된 머리채가 갈라져

한 올 한 올 갈가리 끝까지 치솟아 올라

마치 격분한 고슴도치의 바늘 털처럼 곤두설 것이다.　　　　　20

그러나 지하세계의 비밀 폭로는 결코

육신이 살아 있는 자의 귀에 전해져선 안 될 것. 들어라, 들어라,

　아 들어라!

만약 네가 지금까지 너의 진정한 아버지로 사랑했다면—

햄릿　아 하느님!

유령　그자의 가장 극악한 천륜배반의 살인을 복수해다오.　　　　25

햄릿　살인이라구요!

유령　살인이란 아무리 좋게 봐줘도 가장 극악한 것이지만

　이 살인은 가장 극악무도하고 해괴망측한 것이며 천륜배반의 것이다

햄릿　어서 알려주십시요, 신속한 날개 짓으로 날아

　사랑의 명상이나 공상처럼 재빠르게　　　　　30

　복수를 향해 전광석화처럼 달려가겠습니다.

유령　　　　　　　　　　　　　　　　　네가 준비가 된 듯하다.

만약 네가 이런 사실에도 분연히 일어서지 못한다면

망각의 강 레떼[4] 강둑에 무성하게 뿌리를 박은

기름진 잡초보다 더 무딘 인간일 것이다. 자 햄릿 들어봐라.

이런 말이 전해졌다, 내가 정원에서 잠을 자고 있었는데   35

한 마리의 독사가 날 물었다—그렇게 온 덴마크 국민의 귀는

내 죽음에 대한 거짓 진술에 의해

야비하게 기만을 당한 것이다—그러나 알아야 한다 넌 훌륭한
  청년이 됐고

네 아버지를 물어버린 바로 그 독사는

지금 그의 왕관을 쓰고 있는 자다.   40

햄릿 아 나의 예언자 같은 영혼! 내 숙부가!

유령 그렇다, 그 근친상간의 간부 같은 짐승 놈

그놈 계교의 마술로, 반역도의 기질로—

아 사악 무도한 계책과 유혹을 위한 힘을 가진 기질이

그놈의 치욕스러운 음욕을 만족시키기 위해서!   45

나의 가장 허울만 미덕뿐인 왕비의 허락을 낚아챘다.

아 햄릿, 대체 이 무슨 변절이란 말이냐

나의 사랑은 그토록 충실한 것이었고

혼례의 예로서 그녀에게 서약한 결혼맹세는 말할 것도 없고

손을 잡고 한마음으로 사랑해왔는데 저버리고   50

나의 천품에 비하면 그놈의 타고난 기질이 초라하기 짝이 없는

---

4. 레떼(Lethe): 지옥 또는 지하세계(Hades)에 있는 망각의 강, 이 강물을 마시면 모든 것을 망각해버린다고 전해진다.

비열한 놈에게 변심하다니 말이다

그러나 정숙한 여자는 비록 호색한이 천사의 모습으로

구애를 하더라도 결코 변절하지 않는 법이지만

마찬가지로 음탕한 것은 황홀한 천사와 짝이 맺어졌다 하더라도 55

스스로 천상의 침상에서도 싫증을 내고

육욕의 쓰레기 더미에서 먹이를 찾게 마련이다.

잠깐, 내 생각에 새벽바람이 느껴지는 것 같아

간단하게 말을 해야 되겠다. 나의 정원 안에서 잠을 자고 있었고

나의 습관이 언제나 오후엔 그랬다 60

내 방심한 시간을 틈타 너의 삼촌이 몰래 기어들어와

물약병에 저주받은 헤베논 독초액을 담아서

나의 양쪽 귓속 안에다가 쏟아 부었는데

그 문둥병 같은 증세를 일으키는 독액의 약효가

사람의 피와 닿으면 지독한 상극이라서 65

마치 수은이 퍼지듯 전광석화처럼 온통

인체의 타고난 동맥, 경맥 등 온갖 통로로 번져나가

아주 급속한 힘으로 응고시켜 버리는데

마치 우유 속에 초산을 붓듯

맑고 정상적인 피를 딱딱하게 굳혀버린다. 나도 그렇게 당한 것이다. 70

순식간에 피부에 종기가 버섯들처럼 솟아올라

마치 문둥병처럼 끔찍하고 흉물스러운 부스럼들이

나의 부드럽기만 했던 온몸을 뒤덮어버렸다

이렇게 난 수면을 취하는 동안 동생이란 놈의 손아귀에 의해

생명도 왕관도 왕비도 일순간 박탈당한 것이다   75
속죄의 겨를조차 없이 이승의 가득한 죄 속에 목숨이 끊겨
성찬식도 못 받고 고해성사도 최후 종유식도 빼앗기고
참회로 죄를 사사받지도 못한 채 최후의 심판대로 보내졌다
나의 모든 과오를 뒤집어쓰고 말이다.
아 무서운 일이다! 아 끔찍한 일이다! 진정 처참한 일이다!   80
네 몸 안에 천륜의 정이 있거들랑 그대로 둬선 안 된다
덴마크 왕의 침실을 더럽혀
패륜과 저주받을 근친상간의 둥지가 되지 않도록 하라.
그러나 네가 어떤 방식으로 이런 조치를 수행한다 해도
사악한 생각으로 너의 마음을 더럽히지 말고 네 영혼조차   85
네 어미에 위해를 줄 그 어떤 짓도 저지르지 마라. 그널 하늘에 맡겨
그녀 가슴 깊이 들어 있는 그 가책의 가시들이
그녀를 찌르고 쏘도록 하라. 즉시 네게 작별을 고해야겠다.
반딧불이 가까이 다가오는 아침을 예고하고 있구나.
반딧불이의 약해진 불빛이 점점 더 희미해져 간다.   90
잘 있거라, 잘 있거라, 잘 있거라. 날 기억해 달라.

    유령 땅 속으로 사라지고 햄릿 미친 듯 무릎을 꿇으며 주저앉는다.

햄릿 아 하늘의 모든 천사들아! 아 대지여! 뭐가 또 있을까?
지옥 악마들이라도 불러들일까? 아 집어 쳐라! 맘을 다잡자, 다잡
  자, 내 가슴아
그리고 너 나의 근육들아 쉽사리 죽어가지 말고

날 강력하게 지탱해다오. [일어선다.] 기억해 달라고?   95

물론이지, 불행한 유령아, 기억이 단단히 자릴 잡고

이 혼란스런 머릿속에 지탱하는 한 기억해 달라고?

그래, 내 기억 속 수첩으로부터

모든 사소하고 어리석은 기록들을 말끔히 쓸어버리겠다.

모든 책 속의 명언들, 기상들 과거 인상들   100

젊음과 관찰이 그 속에 베껴 넣은 모든 것을

그리고 전적으로 그대의 계시만

내 두뇌 속 두터운 책갈피 안에 넣어두고

다른 잡스런 것들과는 섞이지 않도록 하겠다. 맹세코 그렇다!

아 가장 사악한 여자!   105

아 악당, 악당, 웃음 흘리는 저주받을 악당!

내 수첩이 어디 있지. 맞아, 그 말들을 내가 지금 적어놓는 게 좋겠다.

어떤 놈이 웃음을 흘리고, 또 웃음을 흘리고, 악당이 된다―

적어도 난 이게 덴마크란 나라에선 그리 될 수 있단 걸 확신하거든.

                                                                  [적는다.]

자, 숙부, 이제 당신을 제대로 적었소. 이번 것은 내 좌우명을 위

　한 것이다.   110

즉 "잘 있거라, 잘 있거라, 잘 있거라. 날 기억해 달라."

[무릎을 꿇고 칼을 뽑아 그의 손을 칼자루에 올리고 기도한다.] 난 맹세하였다.

　　　호레이쇼와 마셀러스 어둠 속에서 크게 부르며 뛰어 들어온다.

호레이쇼　전하, 전하.

마셀러스 햄릿 전하.

호레이쇼 하늘이여, 그분을 지켜주십시요.

햄릿   [햄릿 일어서며 방백] 그렇게 되기를.

마셀러스 훠이, 후어, 후어이, 전하.

햄릿   훠이, 후어, 후어이, 야야. 돌아와 매야, 돌아오거라.

[두 사람 햄릿을 본다.]

마셀러스 어찌 되신 겁니까, 전하?

호레이쇼 무슨 일입니까, 전하?

햄릿   아하, 훌륭해!

호레이쇼 제발 전하, 얘기해 주십시요.

햄릿   안 돼, 너희들이 발설할 것이다

호레이쇼 전 아닙니다, 전하, 맹세코.

마셀러스 저도 아닙니다.

햄릿   자 그럼 어떻게 말할 텐가, 인간의 마음으로 그런 걸 지금껏 생각
　　조차 할 수 있는 걸까―비밀은 지킬 수 있겠지?

호레이쇼+마셀러스 그렇습니다, 맹세코.

햄릿   방방곡곡 그 어딜 가나 덴마크에 살고 있으며
　　결코 극악한 악당이 아닌 악당 놈은 단 한 놈도 없다.

호레이쇼 전하 그 어떤 유령도 우리에게 그런 얘길 하려고
　　무덤으로부터 뛰쳐나올 리가 없습니다.

햄릿　　　　　　　　　　　　　　　아하, 맞아, 네가 옳아.
　　그러니 전혀 에둘러 말할 필요가 없이
　　악수나 하고 헤어지는 게 딱 좋겠다.

너희들은 너희들 일과 욕구가 꼴리는 대로 하고   135

뭐 누구나 일과 욕구가 있게 마련 아닌가.

그게 어떤 것이든 말야—불쌍한 이 몸으로선

기도나 하러 가야겠거든.

호레이쇼 이건 너무 황당하고 심히 격해지신 말씀들입니다, 전하.

햄릿 그 말들이 마음 상하게 했다면 미안하군, 진심으로—   140

아 맞아, 진실이야.

호레이쇼   마음 상한 것 없습니다, 전하.

햄릿 [호레이쇼에게] 아냐 참회성자 패트릭을 걸고 말하지만 마음 상한

게 있어, 호레이쇼

그것도 마음이 듬뿍 상했거든. 여기서 본 이 유령에 대해 말하자면

정직한 유령이라 말해야만 되겠어.

우리 둘 사이 무슨 일이 있었던가 알고 싶겠지만   145

자제해주면 좋겠다. [두 사람에게] 자 좋은 친구들

너희들은 친구며 학자며 군인이기도 하니

내 소박한 청이 하나 있는데.

호레이쇼 그게 무엇입니까, 전하, 들어드리겠습니다.

햄릿 오늘 밤 목격한 것을 결코 발설하지 마라.

호레이쇼+마셀러스 전하, 발설하지 않겠습니다.   150

햄릿 아니지, 맹셀 해야 돼.

호레이쇼 맹세코, 전하, 발설치 않겠습니다.

마셀러스 저도 발설치 않겠습니다, 전하, 맹세코.

햄릿 [칼을 뽑아든다.] 내 검을 걸고 하라.

마셀러스 전하, 우린 이미 맹세하였습니다.   155

햄릿 진정코 내 검을 걸고 하라, 진정이다.

유령 [무대 밑에서 소리친다.] 맹세하라.

햄릿 아하, 이것 봐, 그렇게 말하고 싶은가? 거기 있었나, 옛 동지?

　　　자 너희들 지하에서 이 친구 하는 말 들었지

　　　맹세에 동의해야겠어.

호레이쇼　　　　　　　　　서약 내용을 얘기해주십시요, 전하.   160

햄릿 지금껏 너희들이 목격한 것을 절대로 발설하지 마라.

　　　내 검을 걸고 맹세하라.　　　　　　　[두 사람 칼자루에 손을 올린다.]

유령 [지하에서] 맹세하라.

햄릿 신출귀몰하는 것이냐? 그럼 우리가 자릴 옮겨 보자.

　　　신사양반들, 이쪽으로 오시게나.   165

　　　그리고 다시 내 검에 손을 얹거라

　　　내 검을 걸고 맹세하라

　　　지금껏 너희들이 들은 것을 절대로 발설하지 마라.

유령 [지하에서] 그의 검에 걸고 맹세하라.

햄릿 잘 말했소, 노련한 두더지 양반. 그리 재빠르게 땅속에서도 능력

　　　발휘를 하다니?   170

　　　[말없이 맹세한다.] 썩 훌륭한 광부요! 좋은 친구들 한 번 더 옮기자구.

호레이쇼 아 맙소사, 혼란스럽고 기괴하기 짝이 없는 일입니다.

햄릿 그러니 낯선 손님으로 환영해주게나.

　　　호레이쇼, 천지간엔 너의 철학으로 상상할 수 있는 것보다

　　　훨씬 더 많은 것들이 존재하는 것이다.   175

그런데, 자,

여기에서, 앞에서도 그랬듯이 하늘에 걸고 비밀 엄수를 해줘야겠어.

내가 아무리 이상하고 수상쩍게 처신하더라도─

난 아마도 이 시각 이후론 적절하다 생각될 때는

언제고 이상하게 가장된 광증을 내보일 수도 있을 테니까─ 180

네가 그런 때에 날 보고 절대로 금해야 할 것은

이렇게 팔짱을 끼거나, 이렇게 머릴 가로젓거나

모종의 이상한 말을 떠벌리면서

즉 "그래, 우린 감 잡았어"라든지 또는 "우린 마음만 고쳐먹으면

　할 수 있어"라든지

또는 "우리가 실토하고 싶다"거나 또는 "말할 수만 있다면 사람

　들은 있다"거나 185

또는 아주 애매모호한 말을 띄우며 암시하는 수작으로

나에 관련해 무언가 낌샐 알아채고 있다든지─이런 걸 맹세하란 거야.

천지신명이 가장 절박한 때에 너흴 도울 수 있도록.

유령　[지하에서] 맹세하라.

햄릿　진정하시요, 진정해요, 격분한 유령 양반. [두 사람 세 번째 맹세한다.]

　　자, 신사들 190

내 모든 애정으로 내 자신이 너희들에게 보답할 것이다

아무리 불쌍하기 짝이 없는 햄릿이라도

너희들에게 애정과 우정을 표현하는데

신이 허락하는 한 결코 부족함이 없을 것이다. 자 함께 들어가자.

바라건대, 언제나 너희들의 손가락들은 입술들을 봉하거라. 195

이 시대가 개판이다. 아 저주받은 운명아,

언제라도 내가 이 시대를 바로잡도록 태어나다니.

자, 가자, 우리 함께 가자.　　　　　　　　[그들 함께 성으로 들어간다.]

몇 주가 지나간다.

2막

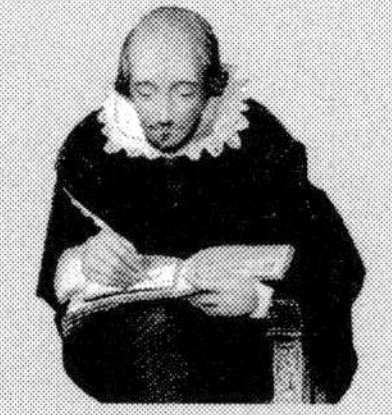

1장

폴로니어스 저택의 한 방.

폴로니어스 그의 하인 레이날도와 함께 들어온다.

폴로니어스 레이날도, 그 애에게 이 돈과 편지들을 전해주거라.

레이날도 그러겠습니다, 대감님.

폴로니어스 머릴 아주 비상하게 써야 할 것 같다, 충실한 레이날도

그 앨 방문하기 전에 요것조것 탐문을 좀 해보아라.

그의 행동거지에 대해서 말이다.

레이날도   대감님 저도 그런 생각을 품고 있었습니다. 5

폴로니어스 그렇지, 잘 말했어, 아주 잘 말했다. 우선 먼저 봐야 할 게

어떤 덴마크인들이 파리에 가있는지 탐문해봐.

어떻게, 누가, 어떤 수단으로 그리고 어디에 그들이 사는지

어떤 패거리와 어떤 비용을 쓰고 다니는지

그리고 이런 우회적 수법과 돌려치기 탐문 방식으로 10

그들이 내 아들에 관련해 무언가 알고 있다는 걸 발견해내면

너의 구체적 질문들이 찾아낼 수 있는 것보다 훨씬 더 바싹 다가

  갈 수 있을 것이다

짐짓 그 앨 어렴풋이 알고 있는 체 하거라.

마치 이러는 거야 "내가 그 사람 부친과 그의 친구들

그리고 약간은 그 사람도 알지요" ㅡ이 말 알아듣겠나, 레이날도? 15

레이날도 알겠습니다, 아주 잘요, 대감님.

폴로니어스 이렇게 말해도 될 거야, "그 사람 살짝은 알지만 잘은 모릅니다.

　　허나 그 사람 관한 거라면 제 얘긴 그 사람이 난봉꾼이란 거죠

　　이런 저런 고질적 성향이 있다는 겁니다"—거기서 그 앨 결구 넘

　　　어가는 거야.

　　되는대로 둘러대는 거지—뭐 그의 명예에 아주 먹칠할 정도만　　20

　　아님 되는 거야—그것만 신경 쓰면 돼—

　　그런 일탈과 방탕과 흔한 방종들 말이야

　　자유분방하기 짝이 없는 젊은이들에겐

　　으레 따라다니는 너무 잘 알려진 결함들이거든.

레이날도 도박 같은 거 말씀이죠, 대감님.

폴로니어스　　　　　　　　　　　그래, 주벽, 칼부림, 욕설　　25

　　말싸움, 오입질 등—갈만큼 가도 돼.

레이날도 대감님, 그럼 아드님을 욕보이게 될 텐데요.

폴로니어스 절대 아니지, 비난 속에 그걸 적절히 수위 조절함 되는 거야

　　허나 그 애가 완전히 계집질에 함몰됐다는 등

　　또 다른 추가 추행으로 공격을 해선 안 돼—　　30

　　그건 내가 의도하는 바가 아냐, 교묘하게 그의 단점들을 풍기란 말야.

　　그것들이 자유분방함의 흠결들로 보이거나

　　번개 치듯 터져 나오는 불같은 심성의 발로거나

　　누구 할 것 없이 겪어야만 하는

　　걷잡을 수 없는 혈기의 만용 따위로 보이도록 하란 거지.　　35

레이날도 허지만 대감님—

폴로니어스　　　　　　　　왜 이 짓거릴 하냔 말이지?

레이날도　예, 대감님, 그게 알고 싶은데요.

폴로니어스　이런, 자, 여기에 내 속셈이 있다

　　　난 그게 합당한 묘안이라 믿거든

　　　네가 내 아들에 대해 이런 사소한 험담을 내놓는 거야　　40

　　　그게 마치 어떻게 하다 보니 실언이 터지기라도 한 듯이

　　　잘 들어봐라

　　　네가 뒤를 캐내려는 대화 상대자가

　　　네가 지은 죄상을 토로했던 젊은이의

　　　앞서 얘기한 비행들을 보아왔다면, 확신을 갖고　　45

　　　다음과 같이 자네에게 맞장구칠 것이 뻔하다

　　　"여보쇼"라든지 또는 "형씨" 또는 "귀하"라든지

　　　사람이나 나라 말투와 격식에 따라서 말야.

레이날도　아주 훌륭하십니다, 대감님.

폴로니어스　그다음 그자는 이렇게 하겠지―그자는 이렇게―　　50

　　　내가 뭘 말하려 했지? 빌어먹을, 뭔가 말하려 했는데

　　　어디까지 했더라?

레이날도　"맞장구칠 거다"입니다

폴로니어스　"맞장구칠 거다"에서, 아 그래, 이런

　　　그잔 이렇게 맞장구칠 거야 "내가 그 양반을 압니다　　55

　　　어제 그분을 봤소", 또는 "일전에"

　　　또는 그렇구 그런 때에, 아무개 아무개와 함께, "댁이 말하듯

　　　도박판이 있었고" "술로 곤드레가 됐었으며"

"테니스를 치다 싸움판이 됐고" 또는 어쩌면

"그분이 어떤 영업집에 들어가는 걸 내가 봤지요" — 60

말하자면 매음굴 같은 곳이겠지

이제 알만 하겠나

네 거짓 미끼로 진실의 잉어를 낚는 거다

이렇게 지혜와 선견지명을 겸비한 우리는

우회로와 엉뚱한 딴지를 걸고 65

가짜 행동 방식들을 통해 진짜 행동 방식들을 찾아내는 거야.

그래서 지금까지 내 훈계와 권고를 이용해서

너는 내 아들을 까발리게 될 것이다. 이해가 됐나, 아직 안됐나?

레이날도 대감님, 이해가 됐습니다.

폴로니어스   가 보거라, 잘 가거라.

레이날도 예, 대감님. 70

폴로니어스 직접 그 애 동정을 살피거라.

레이날도 그러겠습니다, 대감님.

폴로니어스 그가 하고 싶은 대로 해주거라.

레이날도   알겠습니다, 대감님. [그가 나간다.]

폴로니어스 잘 가거라. [오필리어 황급히 들어온다.] 어쩐 일이냐, 오필리어,

　　무슨 일이지?

오필리어 아, 아버님, 아버님, 전 너무 무서웠어요. 75

폴로니어스 도대체 무슨 일로?

오필리어 아버님, 제 방에서 바느질을 하고 있었는데

　　햄릿 왕자님께서 그의 상의 단추를 모두 풀어 젖히고

머리엔 모자도 없는데 양말들은 잔뜩 더럽혀진 채로

양말대님도 없이 발목까지 내려와 마치 족쇄를 찬 모습이었으며   80

그의 셔츠 색처럼 창백하게 질린 얼굴에 무릎들은 서로 부딪힐

　　정도로 떨고 있었습니다.

극도의 연민에 휩싸인 표정을 보이며

마치 지옥에서 막 풀려나와

그 공포감들을 토로라도 하려는 듯 내 앞으로 다가왔습니다.

폴로니어스　너에 대한 사랑 때문에 미쳤구나?

오필리어　　　　　　　　　　　　모르겠어요, 아버님,   85

　　정말로 그럴까 두려워요.

폴로니어스　　　　　　　　뭐라고 하든?

오필리어　내 손목을 덥석 잡더니 날 꽉 껴안았어요.

　　그리고 나선 그분 팔 길이만큼 쑥 물러서더니

　　다른 손으로 이렇게 이마에 대면서

　　내 얼굴을 뚫어지게 바라봤는데   90

　　마치 제 초상화라도 그리려는 듯 보였어요. 오랫동안 그 상태로

　　　머물렀구요.

　　결국 내 팔을 가볍게 흔들더니

　　세 번씩이나 그의 얼굴을 위아래로 끄덕이곤

　　왕자님은 심금을 울리며 땅이 꺼질 듯한 깊은 한숨을 쉬었는데

　　마치 그분의 몸뚱아리가 산산조각으로 분해돼   95

　　숨이라도 끊어지는 것 같았어요. 그러고선 내 손을 놓고

　　그분 어깨 너머로 머릴 돌린 채

왕자님께선 눈도 없이 길을 찾아가듯

전혀 눈의 도움 없이 문밖으로 나갔어요.

마지막까지 눈길을 내게 못 박은 채로요.　　　　　　　　　　100

폴로니어스　자, 나와 함께 가자, 왕을 알현해야겠다.

이게 바로 사랑의 광증 상사병이란 거다

그 맹렬한 속성 때문에 자기 파멸로 가는 거야

아주 절망적 자포자기 상황으로 몰고 가는 거지

이 하늘 아래 이런저런 고통스런 격정이 흔히 그러하듯　　　　　　105

우리 인간의 천성을 심히 괴롭히는 거다. 안됐다만—

근데, 최근에 네가 왕자님께 무슨 심한 말이라도 한 거냐?

오필리어　아녜요, 아버님, 시키신 대로만 했어요.

왕자님 편지들을 되돌려드렸고

제게 가까이 하시는 걸 거부했어요.

폴로니어스　　　　　　　　그게 바로 왕자님을 미치게 한 거다.　110

유감이다 좀 더 주도면밀하게 사리 판단을 잘해

왕자님을 살펴보지 못했구나. 내가 두려워했던 것은 그분이 단지

　널 없이 여겨

농락하려 들지 않았나 하는 거였다. 빌어먹을 이놈의 의심!

젠장, 그런 게 우리 나이 또래의 고질적 생각으로

주제넘게 우리 생각이 앞질러가는 것인데　　　　　　　　　115

마치 젊은 층에서 흔하게 보이는 것으로

진중한 분별력이 모자라는 것과 마찬가지다. 자, 왕께 가자.

이건 알려야 한다. 이걸 남몰래 썩혀두게 되면

이 애정행각을 발설하는 것도 왕께 불충이 되겠지만 숨기면 더
큰 불행을 자초케 된다.

가자.   [그들 나간다.] 120

2장

**엘시노어 궁성의 알현실, 로비 뒤쪽으로 입구 좌우에 커튼들이 있고,
그 안 뒤쪽으로 출입문이 있다.**

우렁찬 나팔소리. 왕과 왕비가 들어오고 뒤따라 로젠크런츠와
길던스턴 그리고 시종들이 들어온다.

왕 환영한다, 친애하는 로젠크런츠와 길던스턴

더구나 짐이 오래전부터 무척이나 만나보고 싶었다.

짐이 너희들을 기용해야만 할 긴급한 사항이 있어

화급한 입궐을 재촉한 것이다. 무엇인가 너희들도 요즘

햄릿의 변신에 대해 들어본 적이 있겠지 — 그리 말할 수밖에 없는데 5

겉모습도 속모습도 사람이

예전과는 천양지차로 딴판이 됐어. 그런데 그게

그의 부친의 죽음 말고는 어째서 그가 그렇게

이성마저 박탈당하게까지 됐는지

난 생각이 떠오르질 않는다. 너희 두 사람에게 부탁컨대 10

아주 어린 시절부터 왕자와는 함께 자라왔고

그의 젊음과 처신에도 무척 친숙하므로

여기 이 궁에 잠시 머물 것을 수락하고

그동안 왕자와 함께 어울리면서

여러 즐거운 일들로 함께 이끌어도 보며 15

가능한 기회가 있을 때마다 최선을 다해 알아보라

대체 짐이 알지 못하는 그 무엇이 이렇게도 그를 고통스럽게 하는지

그게 밝혀지면 과인의 치료도 확보케 될 것이다.

왕비 좋은 친구들, 햄릿이 두 사람 얘길 많이 했다

내가 확신하지만 이 세상에 두 사람에게만큼이나 20

그가 더 이상 친숙하게 느끼는 사람은 없어. 둘만 괜찮다면

우리에게 보여주는 큰 호의와 선의라 생각하고

두 사람 시간을 우리와 잠시 지내면서

우리가 바라는 것을 실현키 위해 절실한 것을 해결해주면

두 사람 방문은 응당 감사의 사례를 받을 것이며 25

잊지 않고 폐하의 적절한 보답이 있을 것이다.

로젠크런츠   두 분 폐하,

제발 신들에게 가지고 계신 군주의 권위를 쓰시어

폐하의 지엄하신 뜻을 하명만 하시고

청하지 마시옵길 간청 드립니다.

길던스턴   차제에 저희 두 사람은 뜻에 따르겠습니다.

이곳에서 분골쇄신 저희들을 바치겠습니다. 30

폐하의 발아래 아낌없이 저희들의 충성을 바칠 것이오니

하명만 내려 주십시요.

왕 고맙다, 로젠크런츠 그리고 길던스턴.

왕비 고맙다, 길던스턴 그리고 로젠크런츠.

두 사람 지금 즉시 찾아가 35

너무나 변모한 나의 아들을 만나 보거라. [시종들에게] 너희들 중

누가 가서

이 사람들을 햄릿이 있는 곳으로 안내하라.

길던스턴 하늘이 도와 소인들의 체류와 업무들이

왕자님께 즐겁고 또한 도움이 될 수 있었으면 합니다.

왕비   그리 되길, 아멘.

로젠크런츠와 길던스턴 인사하고 시종과 함께 떠난다.
폴로니어스 들어와 왕과 둘이서만
다른 사람들과 좀 떨어져서 얘기한다.

폴로니어스 폐하, 노르웨이로 갔던 대사들이   40

좋은 소식을 갖고 돌아왔습니다.

왕   그대는 언제나 좋은 소식을 전해주는 그 원천이요.

폴로니어스 제가 그랬습니까, 폐하? 제가 확신하건대, 폐하

제가 저의 온 영혼을 생각하듯 저의 충의를

신께 그리고 성은이 망극하신 폐하께 바치려 생각합니다.   45

하오며 제가 생각해낸 건데—그렇지 않다면 이놈의 두뇌도

예전에 익숙하게 잘 해왔던 바와 같이 용의주도하게

정사를 제대로 처리하지 못하는 것이겠습니다만—제가 알아냈습

지요.

바로 햄릿 왕자님 광증의 원인을 말입니다.

왕   아 그걸 말해보시요. 목이 빠지게 듣고 싶던 차요.   50

폴로니어스 먼저 대사들 입궐을 허락하십시요.

제 소식은 그 화려한 성찬 후의 후식 같은 게 될 것입니다.

왕　　경이 치하해주고 그들을 안으로 데려오시요.　　　[폴로니어스 나간다.]

여보, 거트루드, 그 사람이 내게 말하길 알아냈다는군.

아들이 이상해진 모든 원천과 근원을 말이요.　　　　　　　　　　55

왕비　제 생각엔 다름이 아니라 바로 그 근원은

부왕의 승하와 과도하게 서두른 우리의 결혼인 듯합니다.

왕　　자 과인이 그에게 전말을 알아보겠소.

[폴로니어스, 볼티먼드, 코닐리어스와 함께 돌아온다.] 환영합니다 경들.

말해보시요, 볼티먼드 대사, 이웃 노르웨이 왕이 뭐라 하였소?

[두 사람 예를 올린다.]

볼티먼드　폐하의 친서에 대한 최대의 정중한 환영과 친선의 답사입니다.　60

신들의 첫 번째 문제 제기를 듣자마자 노르웨이 왕은 즉시

그의 조카가 모병을 중단토록 명을 내렸습니다. 그의 군대가 외

　양으론

폴란드 왕에 대항한 원정 준비인 것으로 보였지만

좀 더 면밀하게 검토해보고 노르웨이 왕이 정말로 알아낸 것은

그 군대가 바로 폐하를 겨냥한 것으로 판명된 것입니다. 그러자

　분개하여　　　　　　　　　　　　　　　　　　　　　　　65

노르웨이 왕의 지병과 노쇠함과 무기력증으로

쥐도 새도 모르게 기만당한 것을 알고 즉시 전쟁 준비 중지 소환

　명령을

포틴브라스에 대해 내렸고 그는 즉시 복종하였으며

노르웨이 왕으로부터 질책을 받았는데, 결국

그의 숙부 앞에서 맹세를 하고 결코 더 이상은　　　　　　70

폐하에 맞서 무력 공격 시도는 안 하겠다 하였습니다.

이에 대해 노르웨이 왕은 기쁨으로 충만해

포틴브라스에게 3천 크라운의 년 세입 봉토를 하사하고

폴란드를 공격하기 위해 이미 앞서 모병한

군대를 운용할 권한을 부여하였습니다.	75

한 가지 청원이 있는데, 여기 편지에 더 자세하게 적혀 있습니다만

[편지를 전한다.]

이러한 정벌을 위해 폐하의 영토를 거쳐

평화롭게 통과할 수 있도록 허락해 주십사 하는 것입니다.

이를 위한 안전보장과 허용 조건들에 관해선

그곳 편지 속에 적혀 있는 대로입니다.

왕	아, 좋소.	80

과인이 심사숙고를 위해 충분한 시간이 있을 때 읽어 보고

이 일을 좀 더 생각하여 답할 것이요.

솜씨 있게 잘 처리한 노고들 고맙소.

가서 휴식을 취하시요, 밤에 함께하는 주연을 베풀겠소.

자, 귀국을 환영합니다.	[볼티먼드와 코닐리어스 인사하고 떠난다.]

폴로니어스	이 일은 잘 되었습니다.	85

두 분 폐하, 말씀을 좀 드리자면

군주의 주권은 어떠해야 하는 것이며, 의무란 어떤 것이며

어째서 낮은 낮이고, 밤은 밤이며, 시간은 시간일 수 있는가 따지

는 것은

오로지 밤과 낮과 시간을 허비하는 것일 뿐입니다.

그리하여 간결이 기지의 정수이며   90

장황함은 사족이고 외양의 허장성세일 것임으로

간결하게 줄이겠습니다. 폐하의 훌륭하신 아드님은 미쳤습니다.

그걸 제가 미쳤다고 하는 것은, 어째서 진정한 광증으로 정의하

　느냐 하는 것은

미쳤다는 것 외엔 그 어떤 다른 것일 수 없다는 것 말고 무엇이겠

　습니까?

허지만 그건 그쯤 해두고—

왕비　　　　　　　　　　　　　　　말 기교를 좀 줄이고 핵심을 말하세요.　95

폴로니어스　왕비마마, 맹세합니다만 전 전혀 기교를 쓰지 않고 있습니다.

왕자님이 미쳤다는 것은 사실입니다. 사실이지만 안됐습니다

안됐지만 사실입니다. 형편없는 말재간은

버리겠으며 저는 기교를 쓰지 않을 작정입니다.

그렇다면 왕자님께서 미쳤다는 걸 인정해야겠지요. 그럼 이제　　100

이 결과에 대한 원인을 찾아내야 합니다.

또는 뭐 이런 결함의 원인이라 할 수도 있겠지요.

왜냐면 이런 정신적 결함의 결과는 바로 원인에 의해 발생하기

　때문입니다

상황이 이렇게 남아 있고 이렇게 남아 있는 게 상황이오니

자 귀 기울여 들어보시고 곰곰이 생각해 보십시오.　　105

　　　　　　　　　　　　　[그가 상의에서 편지를 꺼낸다.]

제게 딸자식이 하나 있습니다—제 자식일 때까지만 갖고 있는

　거지만—

그 애의 의무감과 순종하는 마음으로, 보시다시피,

이걸 제게 주었습니다. 자 들어보시고 유추해 주십시요. [읽는다.]

  "하늘에서 내려준 내 영혼의 우상, 이 세상 가장

  미려한 오필리어"—이건 형편없는 구절인데, 졸렬한 수사야, 110

  *"미려한"*이란 말은 졸렬한 수사지. 그래도 폐하 들어보십시요

   —이렇습니다. [읽는다.]

  "이 편지를 그녀의 화려한 순백의 가슴 속에, 이 사연을 등등."

왕비 이 편지가 햄릿으로부터 오필리어에게 갔단 말인가요?

폴로니어스 왕비마마, 잠깐 기다려 주십시요, 제가 편질 다 읽어드리겠

  습니다.

  "그대가 별이 불덩이인가 의심한다 하여도 115

  저 태양이 돈다는 걸 의심한다 하여도

  진실마저 거짓일거라 의심한다 하여도

  그래도 내가 사랑하는 걸 결코 의심하지 마시요.

오 사랑하는 오필리어, 난 이 시구들 작성하는 덴 젬병이요, 기교

 가 없어

내 연모의 괴로움을 표현할 방도가 없소. 그래도 난 그대만을 오

 매불망 사랑하오, 120

더없는 최상의 사랑, 믿어주오. 잘 있소.

 그대의 일편단심, 가장 사랑하는 여인,

이 편지는 제 딸아이가 순순히 제게 보여준 것으로
더구나 왕자님의 구애들이   125
어떤 때 어떤 방식으로 어떤 곳에서 이뤄졌는지
모든 전말을 제 귀에 알려주었거든요.

왕   허지만 어떻게 그녀가 햄릿의 구애를 받아들였소?

폴로니어스   절 어떻게 생각하시는지요?

왕   충성스럽고 명예를 중히 여기는 분이잖소.   130

폴로니어스   그러기 위해 노력하고 있습니다. 하오나 어찌 생각하실지요.
제가 진행 중인 이 열애를 목도했을 때
제가 그 사실에 대해 낌새를 알아차렸을 때, 이 말씀을 드려야겠
   습니다만
제 딸이 제게 이실직고하기 전에 말입니다─두 분 폐하가
다르게 말해서 폐하와 왕비폐하가 여기에서 어떻게 판단하실지   135
만약 제가 서랍 속에 집어넣어버리거나 수첩 속에 써놓고 썩혀버
   린다면
또는 제 마음에 장님이 되고 벙어리가 되도록 모두 닫아버린다면
행여나 이 열애를 하찮은 것으로 수수방관적 태도를 견지했더라면─
어떻게 생각하시겠습니까? 안 되는 거지요, 전 곧바로 수습에 들
   어갔고
제 어린 딸에게 이렇게 말했습니다.   140
"햄릿 왕자님께선 네가 넘볼 수 없는 별과 같은 분이시기에

이런 일이 절대로 있어선 안 된다." 한 다음 그녀에게 명을 내렸
    습니다.
왕자님과의 접촉을 아예 금할 것과
그 어떤 전령들도 받아들이지 말 것이며 어떠한 사랑의 증표도
    받아선 안 된다
이게 먹혀서 그 애가 제 충고의 과실을 땄고   145
왕자님께선 거부를 당하셨습니다—간략히 말하자면—
우울증에 빠지셨고 그다음은 식음을 전폐하셨고
그러니 잠을 못 이루시게 됐고 이어 허약해지셨으며
이러니 정신도 왔다 갔다 하셨고 악화일로로 진행돼
광증으로 이어져 바로 지금 왕자님께서 헛소리를 하시게 된 것으로   150
저희들이 모두 한탄하는 바입니다.

왕　　　　　　　　　　　　　　　　　　왕비도 이리 된 거라 생각하오?

왕비　그럴 거 같습니다. 아주 그럴싸합니다.

폴로니어스　한 번이라도 그런 적이 있던가요—알고 싶습니다—
제가 긍정적으로 "그렇다"고 말했는데
다르게 판명된 때가 있었습니까?

왕　　　　　　　　　　　　　　　　　　　없었소.   155

폴로니어스　만약에 이 사실이 다르게 판명된다면 여기부터 여기까지를
    가져가십시오.　　　　　　　　　　　　[머리와 어깨를 가리킨다.]
만약 적절한 정황이 제게 주어지면
제가 진실이 어디 숨겨져 있는지 찾아내겠습니다. 비록 그게 정말로
지구 한복판 깊숙이 감춰져 있더라도요.

햄릿 옷을 어수선하게 풀어 젖힌 채 책을 읽으며 뒤쪽 문으로
로비에 들어선다. 안쪽 실내에서 무슨 얘길 하는 목소릴 듣자
잠깐 멈칫하곤 몸을 숨겨 커튼들 중 하나 옆으로 가서 선다.

왕　　　　　　　　　　　　　　　그걸 어떻게 찾아낼 수 있겠소?

폴로니어스　폐하께서도 아시다시피 이따금 왕자님이 몇 시간 동안이고　　160

　　바로 이 로비를 거닐 곤 하십니다.

왕비　　　　　　　　　　　　　정말 그렇게 해요.

폴로니어스　그런 때가 오면 제 딸을 왕자님께 풀어놓겠습니다.

　　그때 폐하와 제가 큰 벽 커튼 뒤에 몸을 숨기고

　　두 사람 만남을 주시하는 겁니다. 만약 왕자님이 사랑하지 않는다면

　　그리고 그것으로 인해 왕자님 이성이 무너진 게 아니라면　　165

　　절 더 이상은 국가에 조력자로 두지 마시고

　　그냥 농사나 짓게 해주십시요.

왕　　　　　　　　　　해봅시다. [햄릿 책 위에 눈을 주며 앞으로 나온다.]

왕비　헌데 좀 보세요 저 불쌍한 햄릿이 책을 읽으며 오고 있네요.

폴로니어스　피하십시요, 두 분 폐하 간청 드립니다, 피하세요.

　　제가 당장 말을 걸어 보겠습니다. 아, 절 혼자 있게 해주셔야 합니다.　　170

　　　　　　　　　왕과 왕비 시종들 물러간다.

　　안녕하십니까 햄릿 전하?

햄릿　아하, 고맙소.

폴로니어스　전하, 절 아십니까?

햄릿　아주 잘 알지. 당신 생선 장수잖소.

폴로니어스 아닙니다, 전하.   175

햄릿 그렇다면 그런 사람처럼 정직하기나 했으면 좋겠네.

폴로니어스 정직하라구요, 전하?

햄릿 그렇다네 여보게, 정직해진다는 게, 이놈의 세상이 굴러가는 한
일만 놈 중 단 한 놈이라도 골라낼 수 있을까.

폴로니어스 그건 정말 사실입니다, 전하.   180

햄릿 만약 태양 빛이 죽어버린 개 몸속에 많은 구더기 무리를 슬게 한
다면 말야.

태양빛의 입맞춤을 위한 아주 훌륭한 썩은 고깃덩어리 인거지—
딸을 가졌나?

폴로니어스 갖고 있습니다, 전하.

햄릿 그녈 태양 별 속에 나다니지 않도록 하게. 임신은 축복이긴 하네만
당신 딸도 애를 밸지 모르잖나—친구,   185
그걸 조심해야지.   [다시 읽는다.]

폴로니어스 [방백] 대체 어떻게 그렇게 말할 수가 있지? 여전히 내 딸 얘
길 읊고 있잖아.

하지만 처음부터 날 알아보지도 못하고, 날 보고 생선장수라 했겠다.
아주 맛이 많이 갔네. 하긴 내 젊었을 때에도
사랑이란 것 때문에 지독스럽게 고생깨나 했지, 거의 바로 이 지
경였거든.   190
말을 다시 걸어봐야겠다.—전하 뭘 읽고 계십니까?

햄릿 말, 말, 말.

폴로니어스 주제가 뭡니까, 전하?

햄릿 어떤 놈들 사이에?

폴로니어스 제 뜻은 읽고 계신 주제를 말하는 겁니다, 전하.

햄릿 [폴로니어스 쪽으로 몸을 기울이자 폴로니어스 뒤로 물러선다.]

여보게, 중상들야. 왜냐면 여기에 삐딱한 작가놈이 있어 주둥일
    놀리는데

나이 꽤나 처먹은 놈들은 흰수염을 갖게 된다네, 그놈들 얼굴이

찌글 쭈굴하며 그놈들 눈깔들은 두툼한 송진과 오얏나무 진을 내뿜고

남겨둔 기지마저도 형편없이 바닥이 나 있거나

몽땅 아주 허약하기 짝이 없는 무릎 관절들을 갖고 있다는군―
    여보게, 이 모든

것들 난 가장 강력하고 힘차게 믿고 있지만

그래도 난 그런 걸 이렇게까지 적어 놓는다는 건 좀 점잖지 못하
    다 생각하네. 근데

여보게, 당신에 관해선 말야, 나처럼 점점 늙어갈 거 같은데―만
    약에 말이지

게처럼 당신이 뒤쪽으로 기어갈 수만 있다면.   [다시 읽는다.]

폴로니어스 [방백] 이게 광증이라 하더라도, 그 말 속에 조리가 서있어. ―

찬바람을 피해 안으로 들어가실까요, 전하?

햄릿 내 무덤 속으로?

폴로니어스 정말로 그건 숨이 끊어지는 거지요. ― [방백] 그의 대답들이

어떤 순간엔 얼마나 의미심장한가. ―광증이 때때로 터져내는

촌철살인의 기막힌 표현, 이성과 맑은 정신으론 그토록 훌륭하게

뽑아낼 수 없는 것이다. 이제 그를 떠나서

즉시 그와 내 딸 사이에 조우하게 만들 방법들을

강구해 봐야 할 것 같다. ─전하,

제가 전하를 떠나도록 허락을 받아야 할 것 같습니다.

햄릿　얼씨구, 내가 훨씬 더 기꺼이 떠나보내고 싶어 하는 그 어떤　　　215

다른 허락보다 더 쉽게 내게서 뺏어갈 순 없을 거야─내 목숨을

제외하고,

내 목숨을 제외하고, 내 목숨을 제외하고.

폴로니어스　안녕히 계십시요, 전하. [폴로니어스 깊이 숙여 인사하고 문쪽으로 간다.]

햄릿　이 지루하기 짝이 없는 얼간이들.　　　　　　[다시 책으로 돌아간다.]

로젠크런츠와 길던스턴 들어오다 폴로니어스를 만난다.

폴로니어스　햄릿 전하를 찾는 것 같은데. 저기 계시네.　　　　220

로젠크런츠　안녕히 가십시요!　　　　　　　　　[폴로니어스 나간다.]

길던스턴　존경하는 전하.

로젠크런츠　가장 존경하는 전하.

햄릿　[올려다보며] 나의 총명하고 좋은 친구들. 잘 있었나 길던스턴?

　　　　　　　　　　　　　　　　　　　[책을 덮는다.]

아, 로젠크런츠. 좋은 친구들,　　　　　　　　　225

둘 다 어떻게 지내나?

로젠크런츠　대지의 평범한 자식들로요.

길던스턴　과도하게 행복치 않을 정도로 행복한 거지요

운명의 여신 모자 꼭대기에 올라서진 못하거든요.

햄릿　그녀의 구두 밑창에 붙어 있는 것도 아니겠고?　　　230

로젠크런츠 아닙니다, 전하.

햄릿 그렇담 허리 부근서 놀고 있는 건데

아님 그녀가 사족을 못 쓰는 곳 복판에 들어가 있거나?

길던스턴 실은 저희들은 그녀의 은밀한 친구들입니다

햄릿 운명의 여신의 은밀한 곳에서? 아 아주 맞는 말이야.

그녀는 창녀잖아. 무슨 소식 있나?

로젠크런츠 별것 없습니다, 전하. 허나 세상은 바로 서가는 것 같습니다.

햄릿 그렇담 최후의 심판 날이 코앞에 온 거지. 너의 소식은 진실이 아냐.

좀 더 구체적 질문을 하지. 내 훌륭한 친구들, 대체 무엇이

자네들을 운명의 여신 힘에 놀아나게 하여

이곳 감옥까지 보내버리게 되었단 말인가?

길던스턴 감옥이라구요, 전하?

햄릿 덴마크는 감옥이지.

로젠크런츠 그럼 온 세상이 감옥이겠네요.

햄릿 근사한 감옥이야. 거기엔 수많은 유폐장들,

감방들, 지하 감옥들이 존재하지만, 덴마크 경우는

최악의 것이거든.

로젠크런츠 저희들은 그리 생각지 않습니다, 전하.

햄릿 아하, 그럼 너희들에겐 안 그런 거지. 왜냐면 아무것도

좋은 것도 나쁜 것도 아니고 단지 생각 자체가 그렇게 만드는 거지.

내겐 감옥이거든.

로젠크런츠 아, 그렇다면 전하의 야망이 감옥을 만드는 겁니다.

그게 전하 마음에 비해 너무도 협소한 거구요.

햄릿 아 맙소사, 난 한 개의 호두알 속에 갇혀있다 하더라도

내 자신을 무한한 공간의 군주라 생각할 수 있는데—만약 내가   255

악몽으로 시달리는 것만 없다면 말이지.

로젠크런츠 그 꿈들이 정말로 야망이란 겁니다. 왜냐면 바로

그 야망의 본질은 단지 꿈의 그림자에

지나지 않거든요.

햄릿 꿈 자체가 그림자일 뿐인데.   260

로젠크런츠 맞습니다, 저도 야망이 너무 허황되고 가벼운 것이어서

그것은 그림자의 그림자에 지나지 않는다고 생각합니다.

햄릿 그럼 우리 거지들은 실체고 우리 군주들과

야심만만한 영웅들은 바로 그 거지들의 그림자들이네.

자 우리 왕궁으로 갈까? 정말로 난 사실을 따지는 덴 숙맥이거든.   265

로젠크런츠+길던스턴 저희들이 왕자님을 모시겠습니다.

햄릿 절대 그러지 말아. 너희들을 하인배 부류와 같이

취급할 수는 없지. 그게, 너희들에게 정직한 사람처럼 말을 한다면.

내가 가장 끔찍하게 시중을 받고 있걸랑. 그런데 말야

솔직히 우정의 발로로 묻고 싶은데, 대체 엘시노어 성에 뭐 땜에 왔나?   270

로젠크런츠 왕자님을 뵙기 위해서지 그 외 어떤 다른 목적이 아닙니다.

햄릿 난 거지 신세야, 감사를 해야 하는 데는 더욱 비렁뱅이지만

그래도 고맙군. 그래, 사랑하는 친구들아, 내 감사 표시들은

반 푼 어치도 안 되거든. 너희들 불러서 온 거 아닐까?

그냥 스스로 좋아서 온 거야? 자유로운 방문인 거야?   275

자, 자, 날 정당하게 대해줘야지. 자, 자, 아니, 말해봐.

길던스턴 무슨 말을 해야 합니까, 전하?

햄릿 솔직한 답 말고 어떤 거라도 좋겠지. 너희들 불려왔잖아
너희들 표정에 모종의 자백이 드러나거든, 너희들의
겸연쩍어 하는 모습들이 위장될 만큼 충분히 교활함을 갖고 있진 못해. 280
난 그 훌륭한 왕과 왕비가 너희를 불렀다는 걸 알아.

로젠크런츠 무슨 목적으로요, 전하.

햄릿 그걸 너희들이 내게 가르쳐줘야지, 그러나 내가 너희들에게 엄숙
하게 물어볼게
우리 동료의 권리를 걸고, 우리 젊음의 화합을 걸고
늘 지켜온 우정의 의무감을 걸고, 285
또한 내가 말을 좀 더 잘 구사하는 사람이면
너희들에게 더 감동적인 호소를 할 수 있지만 솔직하게 돌리지 말고
내게 말해봐, 너희들 불러서 온 거야 아냐.

길던스턴 [로젠크런츠에게 방백] 뭐라고 하지?

햄릿 안 되지, 내가 지금 너희들 보고 있잖아—너희들이 날 아낀다면 290
딱 잡아떼진 말아.

길던스턴 전하, 저희들은 불려왔습니다.

햄릿 그 이유를 내가 말해주지. 그럼 내 선제 예측이 너희들의 비밀누설을
앞질러 손을 써주는 게 될 것이고, 왕과 왕비에 대한 너희들의 기
밀 유지가
깃털 하나 뽑히지 않고 보존되는 것이다. 난 말야 요즘 왜 그런지 295
나도 모르겠지만 모든 나의 즐거움도 잃어버리고 무에 연습마저도
팽개쳐버렸어. 정말로 내 마음이 지독히 짓눌리고 막막해져서

이 훌륭한 온 세상 판도가 나에게는 마치

황량한 해안가의 튀어나온 바위덩어리처럼 보이고, 이 가장 찬란

　한 천정 하늘도,

보라구, 이 수려하게 펼쳐져 있는 천궁의 모습도　　　　　　　　300

황금빛 성좌들로 가득 수놓아진 이 웅장한 창공마저도

아, 그게 내겐 단지 추악하고 병균으로 가득 찬 공기의 집합체에

지나지 않는 것으로만 보인다. 인간이란 얼마나 위대한 걸작품인가

이성으론 얼마나 고귀하며, 능력엔 얼마나 무한대이며

그 형상과 활동성에선 얼마나 멋지게 완비되고 경탄할만한가,　　305

행위에 있어선 마치 천사와 같고, 그 분별력에 있어선 얼마나 신

　과 같은가.

온 세상의 아름다움이며, 완벽한 만물의 영장이다 ―

그러나 내겐 이게 가장 더러운 흙먼지 덩어리로만 보이니 대체

　어찌 된 것인가?

인간 자체가 날 즐겁게 하지 않는다 ― 여자도 아니다

너희들 미소 짓는 꼴을 보니 너희들에겐 즐겁게 해주나 보지.　　310

로젠크런츠　전하, 제 생각 속엔 전혀 그럴 턱이 없습니다.

햄릿　그럼 왜 웃었지?

　인간 자체가 날 즐겁게 하지 않는다 했을 때?

로젠크런츠　생각 좀 해보느라구요, 전하, 만약 전하가 사람에게서 즐거

　움을 느끼지 못한다면 그 연극하는 사람들이 전하로부터 얼마나

　초라한 대접을 받을까 해서요.　　　　　　　　　　　　　　315

　저희들이 길을 오다 그 배우들을 조우하고 일단 앞질러 왔는데,

그 사람들이 전하께 공연을 보여드리려고 이리로 오고 있습니다.

햄릿　왕을 연기하는 배우는 환영을 받을 것이고―그의 왕 역은

　　　나로부터도 찬사를 받게 될 거야, 모험 기사 역 배우는

　　　칼과 방패를 사용하도록 해줄 것이며, 애인 역은 응분의 대가 없이　320

　　　한숨짓지 않도록, 독특한 성격배우에겐 방해받지 않고 맡은 역을

　　　　끝낼 수 있게 해주고

　　　광대는 언제라도 건드리면 쉽게 웃음이 터질 수 있는 웃음을 만

　　　　들도록

　　　그리고 여자 역 배우는 마음껏 심경을 털어놓도록 해줄 것이다―

　　　그렇지 못하면 그 무운 시구 대사가 엉킬 테니까.

　　　어떤 배우들인가?　325

로젠크런츠　전하가 평소 그렇게 즐거움을 느끼셨던

　　　수도의 비극배우 극단입니다.

햄릿　어떻게 그들이 순회공연을 나오게 됐지? 그들이 수도 안에 진을

　　　　치는 게

　　　인기 평판이나 이익을 창출하는 데 어느 모로 보나 더 좋았을 텐데.

로젠크런츠　최근의 정치 변혁 사태로 인해 그들의 공연 금지가　330

　　　발생한 때문이라고 생각합니다.

햄릿　그들이 내가 수도에 있었을 때와 같은 명성을 견지하고 있을까?

　　　사람들이 그렇게 줄지어 따라다녀?

로젠크런츠　아닙니다, 사실은 안 그런 것 같습니다.

햄릿　어쩌다 그리 됐지? 점점 녹이 슬어버렸나?　335

로젠크런츠　아닙니다, 그들의 노력은 예전의 상황을 유지했으나

깃털이 다 나지 않은 매와도 같은 소년 극단이 있었는데

논쟁의 절정에서 발악적인 대사연기를 하여 가장 폭발적으로

박수를 받았습니다. 이런 현상들이 이제 와선 유행이 되었고

일반대중 성인극단 무대들을—소위 소년극단 배우들이 그렇게

   부르는데—악착같이 공격했으며

많은 칼 찬 한량들마저 어린이 극단을 위한 극작가들 펜대가 두

   려워

거의 극장으로 찾아오질 못한답니다.

햄릿   뭐라, 그들이 아이들이라고? 누가 그들을 관리하지?

어떻게 그들이 보수를 받아? 그들이 변성기를 맞기 전에

목청을 뽑아 대사할 수 있는 동안만 연기 직업을 보장받을 수 있

   는 거야?

훗날 그들도 불만을 토로하게 되지 않을까, 그들도 나일 먹게 되면

스스로 일반 대중 배우가 될 텐데—거의 틀림없이 그렇게 될 거

   고—만약 그들이

더 이상 좋은 생계수단이 없어지면—그들을 써먹었던 극작가들

   이 그들에게

잘못을 저질러 그런 지경에 빠지도록 만들어버렸다고 할 텐데 말야?

로젠크런츠   사실 양쪽 다 크게 소란이 있어왔고

온 나라가 그들을 논쟁 판에 끼어들도록 유도하는데 전혀 죄의식

   을 갖지도 않았죠.

한동안은 연극 대본에 돈을 주지도 않았는데

문제가 되는 대사 속에 극작가와 배우가 치고받으며

드잡이하는 장면을 넣지 않으면 말입니다.

햄릿   그게 가능하단 말이야?

길던스턴   아, 심각한 논쟁들 간의 전투가 있었습니다.

햄릿   소년 배우들이 이겼나?

로젠크런츠   그렇습니다, 전하, 성인 극단들을 휩쓸고 관객들도 다 차지
해버렸습니다

햄릿   아주 이상할 것도 없지. 나의 숙부가 덴마크 왕이 되자
아버님 살아계실 땐 숙부를 보면 경멸스런 표정을 짓곤 하던 자들이   360
이젠 숙부의 쬐끄만 미니어처 초상화를 하나 사기 위해
이십 더커트[5]도 좋고, 사십도 좋고, 오십도 좋고, 일백 더커트도
좋고 마구 주니까.
빌어먹을, 이게 뭔가 제대로 굴러가는 꼴은 아니지
철학자들이라도 그 꼴을 밝혀낼 수가 있을까? [우렁찬 나팔소리 들린다.]

길던스턴   배우들이 왔습니다.   365

햄릿   친구들, 엘시노어에 잘 왔어.

[로젠크런츠와 길던스턴에게 머리 숙여 인사한다.]

악수하자구, 자, 그럼. 환영에 적절히 수반되는 것이 바로
유행과 격식을 따르는 거라더군. 너희들에게도 이런 격식에
따를 수 있도록 해줘야지—[손을 잡는다.] 내가 배우들에게 환영을
표하는 것이,
내 말은 겉으론 극진하게 보여줘야 하지만 너희들에게 베푸는 것보다   370
더 극진하게 환영해주는 것으로 보이지 않도록 해야 하는데 말

---

5. 더커트(ducat): 황금 주화로 약 9실링(gold coin about 9 shillings).

야. 너희들 환영한다.

그렇지만 내 숙부인 부친과 숙모인 모친은 헛다리짚은 거지.

[폴로니어스 들어온다.]

길던스턴 무엇 때문에요, 전하.

햄릿 난 북북서풍이 불 때만 미친단 말이지. 남풍이 불 때는

매와 왜가리를 확연히 구별할 수 있거든.   375

폴로니어스 안녕하시요 신사분들.

햄릿 잘 들어봐, 길던스턴, 그리고 너도―귀마다 쫑긋 세우고 잘 들어

보라구.

너희들이 저기 보는 저 위대한 아기가 아직도 아기 싸는 강보에서

나오질 못했거든.

로젠크런츠 아마도 두 번째로 그 안에 들어간 듯합니다.   380

나일 많이 먹음 두 번째로 다시 어린 아이가 된다잖아요.

햄릿 내가 장담하지만 저분이 내게 배우들에 대해 보고하려고 오는 거야.

잘 들어봐. ― [목소릴 높인다.] 이봐, 너희들 말이 맞아, 월요일 아침

쯤 보자구.

그게 정말 그때였었다니까.

폴로니어스 전하, 보고드릴 새 소식이 있습니다.   385

햄릿 대감, 보고드릴 새 소식이 있습니다. 로시어스[6]가 로마에서

배우로 있을 때―

폴로니어스 배우들이 여기에 왔습니다, 전하.

햄릿 우와, 우와―

---

6. 로시어스(Roscius): (~62BC) 로마의 유명한 희극 배우―Cicero와 동시대인.

폴로니어스 제 명예를 걸고—

햄릿 그렇다면 각 배우마다 당나귀 등에 걸터앉고 온 거겠군—

폴로니어스 이 세상에 최고의 배우들입니다, 어떤 장르의 극이라도, 비극

희극, 사극, 전원극, 전원극적 희극,

사극적 전원극, 비극적 사극, 비극적 희극적

사극적 전원극, 장면 구별 없는 고전극이든지 또는 길이 시간 장

소 일치와 상관없는

신극이든 좋습니다. 세네카[7] 작품도 지나치게 무겁지 않고, 플로

터스[8] 작품도 지나치게

가볍지 않거든요. 극작법을 준수하는 연극이든 준수하지 않는

연극이든 이 배우들은 독보적인 연극인들입니다.

햄릿 오, 제프타, 처녀 딸을 제물로 바쳐 희생시킨, 이스라엘의 명판관,

얼마나 귀중한 보물을 당신이 갖고 있는지!

폴로니어스 얼마나 귀중한 보물을 당신이 갖고 있는지라니요, 전하.

햄릿 아하,

하나밖에 더 없는 아름다운 딸

그 사람이 그 딸을 끔찍이도 사랑했네.

폴로니어스 [방백] 아직도 내 딸년에 매달리고 있네.

햄릿 내가 맞지 않소, 명판관 제프타[9] 양반?

---

7. 세네카(Seneca): (c4~65BC) 로마의 극작가 정치가 철학가.

8. 플로터스(Plautus): (c254~184BC) 로마의 유명한 희극작가(cf. 테렌스(Terence c195~159BC) 희극 작가).

폴로니어스 전하께서 절 제프타라 하신다면 전하, 제가 끔찍이도 사랑하는
딸을 하나 갖고 있긴 합니다.

햄릿 아니지, 그 말이 뒤를 잇는 시구가 아니잖소?

폴로니어스 어떤 것이 뒤따릅니까?

햄릿 오호,

신만이 알고 있는 사주팔자

그리고 그다음은, 아시다시피,

---

9. 제프타(Jephthah): 햄릿은 구약 성경 사사기(Judges XI 30∼40)에 나오는 이스라엘
의 판사 제프타(Jephthah)를 빗대어 놀리고 있다. 제프타는 당시 이스라엘 중부 동
쪽−사해(Dead Sea) 동북쪽−에 있던 Ammon과의 전쟁에서 만약 승전해 귀향하면
제일 먼저 자기를 반기는 사람을 여호와에게 제물로 바치기로 했었는데 그게 바로
그의 외동딸이었고 약속대로 실행하였다.

이것을 노래한 민요(ballad) "A ballad entitled the song of Jephthah's daughter at
her death"가 1567∼8년에 출판되었지만 어떤 것도 전해오지 않았고 같은 내용의
ballad가 1624년에 "Jephthah Judge of Israel"로 출판되었는데 그 첫 번째 연이 이
렇게 시작된다.

I read that, many yeares agoe,	오랜 세월 전 난 읽었네
When Jeptha, Judge of Israel,	이스라엘의 판사 제프타가
Had one fair daughter, and no more,	하나밖에 더없는 아름다운 외동딸
Whom he beloved passing well,	끔찍이도 사랑했네
And as by lot, God wot,	신만이 알고 있는 사주팔자
It came to pass, most like it was.	어쩔 수 없이 일어날 일 일어나
Great warres there should be,	큰 전쟁 벌어지게 되니
And who should be, chiefe but he, but he.	그 사람 없이 없으면 누가 대장될까.

일은 벌어졌구나, 어차피 그리 될 일.*

그 경건한 찬송가의 첫 번째 연이 대감한테 더 많은 걸 보여줄 것이요.   415
자 여기에 내말을 줄여버린 장본인들이 오고 있잖소.

　　　[배우들 네다섯 명 들어온다.]

잘 왔소, 공연의 대가들. 모두 환영합니다. ─건재한 그대들을 보니
내가 즐겁소. ─환영이요, 좋은 친구들. ─아하, 옛 친구
이야 자네 얼굴이 지난 번 내가 만난 이후 수염으로 덮이게 됐군.
덴마크에서 내게 그걸로 도전이라도 해보려고 온 것인가?─   420
이게 누구야, 나의 꽃띠 아가씨 나의 애인 아닌가! 우리 아가씨를
　걸고 맹세코
지난 번 내가 봤을 때보다 예쁜 무대신발 굽 높인 뒤축 높이만큼이나
천당에 가까워졌군. 하느님께 목소리 좀 지켜 달라 기도해야지
마치 못쓰게 된 금화 조각처럼 동그라미 안에서 금이 가지 않도록─
연기의 마술사들, 모두 잘 왔어. 이제 우리 판을 벌여서 프랑스
　매사냥꾼들처럼   425
우리 눈에 잡히는 어떤 새에게라도 매를 날려 보자구.
당장 대사연기 판을 벌여보자. 자 자네들 연기의 진 맛을 좀 보여
　줘야겠어.
해보자구, 정열적 대사 연기부터.

첫째 배우　전하, 무슨 대사를 할까요?

햄릿　전에 한 번 내게 해주었던 대사를 들은 적이 있다.   430
　그러나 공연된 적은 없었고 공연됐었다 해도 한 번 이상은 아니었어─

왜냐면 그 연극이 내 기억으론 대중을 즐겁게 하진 못했지

돼지들에게 진주를 던져준 격이었거든. 그러나 그것은, 내 감각

　으로 느끼기엔 —

그리고 나보다 훨씬 더 그런 문제들에 있어서 권위를 발하는 다

　른 사람들에게도

아주 탁월한 연극이었어, 장면들 구축도 훌륭했고　　　　　　　435

능숙한 솜씨로 고도의 적정성을 유지하며 쓰였단 말이지.

누군가 내게 귀띔하길 내용에 맛을 돋우기 위해

대사에 그 어떤 양념도 치지 않았고, 작가로 하여금

겉치레 비난을 받을 수 있는 그 어떤 내용도 없었으며

성실한 기법을 썼고 달콤한 듯 건실하며 단순한 보여주기　　　440

방식보다 훨씬 더 진실한 아름다움을 추구했다고 평했다.

그 속에 한 대사를 내가 엄청 좋아한 것은, 트로이 왕자 이니어스[10]의

아프리카 여왕 다이도[11]에 대한 얘기로, 그중에서도 특히

트로이의 왕 프라이엄[12] 참살 장면이었어. 그 대사가 당신 기억

　속에 살아 있다면

---

10. 이니어스(Aeneas): 트로이의 마지막 왕 프라이엄(Priam)의 왕자. 트로이 패망 후
　　트로이를 떠나 수많은 여행을 거쳐 결국 로마를 건설하였다 함.

11. 다이도(Dido): 이니어스(Aeneas)가 트로이 패망 후 아프리카 카티지(Carthage, 지금
　　의 지중해 아프리카 북단 중부 지중해 연안에 있는 Tunisia)에 도착했을 때 그곳의
　　여왕으로 이니어스(Aeneas)를 뜨겁게 사랑했지만 그가 버리고 떠나게 되자 자신을
　　불태워 자살했다 함. 버질(Vergil)이 쓴 이니이드 제2권(Aeneid, Book II) 참조.

12. 프라이엄(Priam): 트로이의 마지막 왕. 그리스와의 트로이 전쟁에서 패배하였고 그
　　리스를 위해 싸우다 죽은 아버지 아킬레스(Achilles)의 복수를 벌렸던 아들 피러스
　　(Pyrrhus)가 목마를 타고 트로이 성에 숨어들어 결국 참혹하게 살해함.

이 대사부터 시작합시다 — 가만있자 — 어떻게 가더라 —

그 광포한 피러스,[13] 맹렬 흉포하기로 유명한 허케이니어의
호랑이[14] 처럼 —

이게 아닌데. 피러스부터 시작하지 —

그 광포한 피러스, 그의 검은 갑옷도

그의 목적처럼 시커멓고 캄캄한 밤도 한통속이 돼

그 숙명적 목마 속에 매복하여 450

이제 이 무섭고 암흑 같은 안색은

훨씬 더 참혹한 모습으로 변하였다. 머리에서 발끝까지

이제 온통 핏빛 범벅이 되어 끔찍하게도

아버지들 어머니들 딸들 아들들의 선혈로 물들었고

화염에 휩싸인 거리들과 함께 엉겨 붙었으며 455

그 거리들의 광포하고 저주스런 화염 불꽃은

그들 주인의 살해참상을 비춘다. 분노와 화염에 그을리고

이렇게 들러붙은 피칠로 온몸이 덮여

홍옥처럼 새빨개진 두 눈을 부라리며 지옥의 악마같은 피러
스가

---

13. 피러스(Pyrrhus): 트로이 전쟁 중 그리스 군 아킬레스(Achilles)의 아들, 트로이의
왕 프라이엄(Priam)을 살해함.

14. 허케이니아 호랑이(Hyrcanian beast): 남부 카스피해(Caspian Sea) 연안 — Caucasus
남부 — 에 사는 무섭고 난폭하기로 유명한 호랑이.

노왕 프라이엄을 찾아다닌다. 460

자 자네가 계속해봐.

폴로니어스 놀랍습니다, 전하, 대사가 기막힙니다, 대사의 강약도 일품이시고
이해력도 출중하십니다.

첫째 배우   이윽고 피러스가 프라이엄 왕을 찾아냈는데
그리스 병사를 향해 내려치는 힘이 너무 약하다. 프라이엄
　　의 오래된 칼은
그의 팔에는 버거운 듯 땅에 떨어져버려 466
복종을 거부한다. 애초 적합한 상대가 아니었는데
피러스가 프라이엄을 향해 몰아쳤으나 광분하여 빗나갔지만
피러스의 맹렬한 칼부림과 몰아친 광풍으로 인해
그 허약해진 노왕은 쓰러진다. 그때 시체 같은 트로이 왕궁 일
　　리엄은 470
이 치명상을 느끼기라도 한 듯 화염에 휩싸인 왕궁 첨탑들
　　과 함께
붕괴돼 주저앉고 그 단말마의 붕괴 굉음은
피러스를 망연자실케 한다. 보라,
프라이엄 대왕의 백발이 성성한 머리를 향해
사정없이 내리쳤던 그의 칼은 허공에 박혀버린 듯 멈춰 섰고 475
그림 속 폭군처럼 얼어붙은 피러스는
목적도 의무도 그 어느 것도 기억을 상실한 듯

어쩔 줄을 몰랐다.

그러나 우리가 흔히 어떤 태풍이 불기 직전에 보듯이

적막이 하늘에 걸린 채, 구름은 꼼짝 않고   480

거대한 바람도 쥐죽은 듯 하여 그 아래 대지는

죽음처럼 숨 막히던 차에 아, 가공할 뇌성벽력이

창공을 찢어버린다. 그러한 피러스의 망설임 뒤에

복수심을 일깨워 새로운 도발을 감행케 하는데

영구불멸로 주조되는 군신 마르스의 갑옷을 벼리기 위해 485

외눈 거인 사이클롭스[15] *가 내리치는 망치질도*

결코 지금 피러스의 선혈이 낭자한 검이

가차 없이 프라이엄 왕에게 내려치는 것에 비할 바 없다.

아, 아, 그대 창녀 같은 운명의 여신아! 모든 신들이여

전체 회의를 열어 그녀의 권력을 박탈하고   490

그녀 운명의 수레바퀴의 살과 테를 모조리 부숴버려

그 바퀴통을 천국의 구릉 아래, 지옥 악마들 득실대는

저 밑바닥으로 던져버려 주십시오.

폴로니어스 이건 너무 장황한데.

햄릿 내가 후에 이발사를 데려다 대감 수염과 함께 잘라버릴 거야. —

    자, 계속하자.   495

    이 분은 저급한 우스개나 음담패설 아니면 주무시는 사람이니.

---

15. 사이클롭스(Cyclops): 대장쟁이 신 벌컨(Vulcan)이 고용한 외눈박이 거인 3형제 —
군신 마르스(Mars)의 갑옷도 만들어 주었다 함.

계속하자, 프라이엄 왕의 왕비 헤큐바[16]로 가자구.

첫째 배우   그러나, 아, 처절하다, 누가 그 베일로 감춘 여왕을 보았을까 —

햄릿   "그 베일로 감춘 여왕".

폴로니어스   잘하네요.   500

첫째 배우   하염없이 흐르는 눈물로 타오르는 화염을 꺼버리려는 듯 맨 발로
         아래 위층을 뛰어다니는데 방금 전까지만 해도 여왕 보관
            이 자리 잡았던
         바로 그 머리에는 천 조각이 둘러져 있고, 길고 화려한 황복을
            입었던
         그녀의 야위고 다산으로 허약해진 허리엔
         공포에 놀라 엉겁결에 둘러친 담요 하나만 보인다. —   505
         이 광경을 본 그 누구라도 혹독한 독설로
         운명의 여신의 포악한 통치에 맞서 반기를 들었을 것이다.
         그러나 만약 신들 자신이 그때 헤큐바를 보게 되고
         피러스가 그의 검으로 그녀 남편의 사지를 도륙 질해 버리는
         끔찍한 짓거릴 헤큐바가 목격할 때 신들마저도   510
         그 순간 그녀가 지르는 광풍같은 외마디 비명 소리들을 들

---

16. 헤큐바(Hecuba): 트로이 프라이엄(Priam) 왕의 아내로 헥터(Hector), 패리스
    (Paris), 트로일러스(Troilus), 카싼드라(Cassandra) 등 19명 자식들의 어머니. 호머
    (Homer)와 버질(Vergil)에 따르면 프라이엄 왕은 여러 명의 아내들과 첩들에 의해
    50명의 자식들이 있었다 한다.

게 되면

아무리 인간 만사에 전혀 마음이 동하지 않는다 하더라도

캄캄한 하늘에 반짝이는 별들마저 통곡케 하고

신들의 가슴 속에도 처절한 연민의 정을 느끼게 하였을 것

이다.

폴로니어스 보십시요, 안색까지 바뀌고 게다가 515

두 눈엔 눈물이 가득합니다. 자 이제 그만 하게.

햄릿 잘했어. 당신이 이 대사의 나머지 부분을 곧 연기할 수 있도록 해

주겠다. ―

대감, 이 배우들이 잘 머물 수 있도록 좀 보살펴 주겠소?

알아들었소, 이 사람들을 융숭하게 대접해주시요.

왜냐하면 바로 이 사람들이 시대의 축도며 압축된 연대기이기 때

문이지. 520

사는 동안 그들의 비난을 받는 것보다

죽은 뒤에 나쁜 묘비명을 갖는 것이 더 좋을 것이요.

폴로니어스 전하, 그들의 신분에 따라서 잘 대접하겠습니다.

햄릿 빌어먹을, 제발 좀 더 대접을 융숭하게 해주시요. 모든 사람을

그 신분에 따라서만 대접하면 매 맞지 않을 사람이 누가 있겠소? 525

이 사람들을 대감 명예와 권위를 걸고 베풀어 주시요.

그들이 대접받아야 할 것이 적을수록 대감의 후의가 커지는 것이니.

안으로 안내하시요.

폴로니어스 자 여러분들, 갑시다. [문 쪽으로 간다.]

친구들, 이 분을 따라가게. 내일 연극을 한 판 벌입시다.　　　　530

[첫째 배우를 멈춘다.]

들어보겠나, 옛 친구?

"곤자고의 살인" 공연할 수 있겠나?

첫째 배우　예, 할 수 있습니다, 전하.

햄릿　내일 밤 그 공연을 가질 것이다. 필요하다면

약 12행 또는 16행 정도의 대사를 암기할 수 있을까　　　535

내가 그 극본 속에 써넣을 생각인데, 할 수 있겠나?

첫째 배우　예, 전하.　　　　[폴로니어스와 나머지 배우들 나간다.]

햄릿　아주 잘됐어. 그분을 따라가게

그리고 그분을 골탕 먹이진 말게나.　　　　[첫째 배우 나간다.]

[로젠크런츠와 길던스턴에게] 자, 나의 좋은 친구들　　　540

밤까지는 헤어져야 할 것 같은데, 너희들 엘시노어에 온 걸 환영한다.

로젠크런츠　안녕히 계십시요, 전하.　　　　[로젠크런츠와 길던스턴 나간다.]

햄릿　그래, 그래, 잘 가라구. 이제 나 혼자다.

아 나는 얼마나 천박하고 비열하기 짝이 없는 노예 같은 놈인가!

이게 기막힌 일 아닌가, 이 배우가 여기에서　　　545

단지 허구 속에서, 감정의 상상 속에서

어떻게 그의 영혼을 그가 상상한 것과 일치되도록 할 수 있단 말인가.

상상을 하는 것만으로 감동되어 그의 얼굴이 온통 창백해지고

두 눈엔 눈물이 넘쳐흐르고 낯빛에 나타난 미쳐버린 표정

떨리는 음성 그리고 그의 모든 활동기능을 어떻게　　　550

외양과 상상이 합치되도록 할 수 있단 말인가? 모든 게 아무것도

없는 것인데!

헤큐바를 위해서!

도대체 헤큐바가 그에게 무엇이란 말인가? 그는 또 헤큐바에게
　뭐란 말인가

그 배우가 그녀를 위해 울 수 있단 말인가?

만약에 내가 가지고 있는 감정의 동기와　555

그 배알을 바로 그 배우가 가지고 있다면

그가 어떻게 하려 했을까? 그는 눈물로 무대를 익사시키고

가공할 대사로 관객의 귀청을 찢어놓았을 것이며

죄지은 자를 미치게 하고 죄 없는 자를 무서움에 떨게 하고

무지한 자를 혼비백산케 하며　560

눈과 귀의 기능을 정말로 마비시켜 버렸을 것이다.

그러나 난

무뎌빠지고 덜 떨어진 악당 놈으로

넋 나간 멍청이처럼 정신없이 헤매고 응당 해야 할 일은 새까맣
　게 잊은 채

말 한마디조차 하지 못 한다—부왕을 위해 아무것도 못하다니　565

그분께 속한 모든 것과 가장 고귀한 생명마저

저주스럽게 박탈을 당했는데도. 난 비겁자인가?

누가 날 악당이라 욕할까, 내 머리통을 부수고

내 수염을 뽑아내 내 면상에 날려버리고

내 코를 비틀어대고 뼛속까지 거짓말쟁이라 부르고　570

누가 이런 짓을 할까?

하!

맹세코, 난 그런 모욕도 받아들여야 한다.

난 고분고분하기 짝이 없고 억압에 혹독하게 대항할

배알조차 찾아볼 수 없는 자이다, 그렇지 않았다면

이 노예 같은 악당 놈의 내장으로 하늘에 떠도는

솔개들을 살찌웠을 것이다. 잔학하고 음험하기 짝이 없는 악당 놈!

무자비한 대역 죄인이며 음탕한 인면수심의 악당 놈!

아, 복수다!

도대체, 난 얼마나 멍청한 놈인가! 가장 고상한 사람이지

사랑하는 아버지가 살해를 당한 자식 놈이고

천국과 지옥을 걸고 나의 복수를 위해 분발해야 하는데도

창녀처럼 잡스런 말들만 씨부렁거리며 내 흉중심사를 털어놓고

꼭 화냥년 하는 짓거리처럼 저주나 퍼붓고 있으니

천박한 부엌노예 같은 놈! 그게 무슨 꼴인가! 옘병할!

좀 돌아라, 나의 두뇌야. 음ㅡ그래, 내가 들은 적이 있지

죄를 범한 것들은 연극 공연하는 걸 보고 앉아있으면

바로 고도의 연극 공연 연기술에 의해서

영혼 깊숙이 충격을 받아 즉석에서

그자들이 범한 죄상을 털어놨다고 하였다.

살인이란 혀가 없어도 상상도 못할 기상천외의 목소리로

스스로 실토하기 마련이다. 내가 이 배우들을 써서

바로 나의 숙부 면전에서 아버님의 살해와 비슷한

모종의 연극을 공연해 볼 것이다. 그의 표정들을 면밀히 살펴보고

양심에 가책이 되도록 급소를 치고 들어갈 것이다. 그자가 겁을
　먹고 움찔하면
감 잡고 내 갈 길은 뻔한 것이다. 내가 본 바로 그 망령이
악마일지도 모르고, 악마란 것은 그럴 듯한 모습으로
변신할 마력을 갖고 있다잖는가, 맞아, 어쩌면
요즘 나의 허약함과 우울증을 틈타서　　　　　　　　　600
악마 놈은 바로 그렇게 정신적 고통 받는 사람들을 휘어잡는 명
　수라는데
날 파멸시키기 위해 현혹시키고 있을 지도 모른다. 난 이것보다
　는 훨씬 더
확실한 근거들을 찾아내야 할 것이다. 이 연극이 바로 그것이다
여기서 내가 숙부왕의 본심을 잡아챌 것이다.　　　　[햄릿 나간다.]

하루가 지나간다.

3막

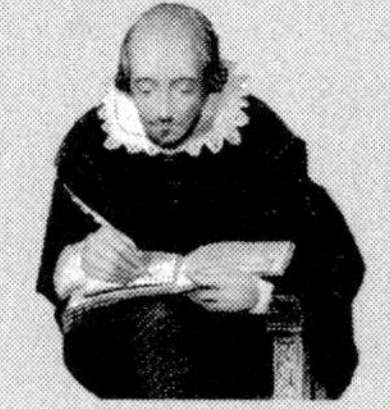

1장

**엘시노어 궁성의 접견실 로비, 벽마다 커튼이 쳐 있고,
한가운데는 한 개의 책상,
한쪽으론 그리스도 상 십자가가 놓여 있는
기도용 작은 탁자가 있다.**

왕과 왕비가 폴로니어스와 로젠크런츠
그리고 길던스턴과 함께 들어오고
조금 뒤처져서 오필리어가 뒤따라 들어온다.

왕　　너희들이 어떻게라도 이리저리 말을 돌려 시도해 봐도
왜 햄릿이 그런 오리무중 넋 나간 짓거리를 하는지
평온하기만 하던 그의 시간들을 모두 아주 벌집을 쑤셔놓은 듯
격정적이고 위험하기까지 한 광증을 보이며 그러는지 알아내지
못했단 말인가?

로젠크런츠　왕자님 스스로 마음을 종잡을 수 없다고 실토하십니다만　　5
무슨 이유로 그러시는지 결코 밝히지 않으십니다.

길던스턴　저희들이 왕자님 의중을 알아내려 해도 더 이상 걸려들지를 않고
교묘한 미친 짓을 해대며 빠져 나가십니다
왕자님의 본심을 털어놓을 수 있도록
아무리 유도해 봐도요.

왕비　　　　　　　왕자가 너희들을 잘 맞아는 주던가?　　10

로젠크런츠　아주 신사답게요.

길던스턴 하지만 억지로 비위를 맞추려 하셨습니다.

로젠크런츠 질문하시는 것은 인색하셨습니다만 저희들의 질문엔

아주 자유로이 대답하셨습니다.

왕비   무슨 즐길 거리라도 제안해

그를 좀 떠보았나?

로젠크런츠 왕비 폐하, 저희들이 왕자님께 가던 중에 일단의 배우들을 만나

그들을 앞질러 간 일이 있었습니다. 물론 왕자님께 말씀드렸고

그 말을 듣자 내심 기뻐하시는 것 같았습니다.

그 배우들이 지금 이 궁 안 어딘가에 있는데

제 생각으론 그들이 이미 명을 받아

오늘 밤 왕자님 앞에서 연극을 할 것입니다.

폴로니어스   틀림없는 사실입니다,

왕자님께선 두 분 폐하께서 그 연극 공연을 관람하실 수 있도록

간청해드릴 것을 제게 부탁하셨습니다.

왕 온 마음으로 환영이요. 왕자가 그렇게나 마음을 쏟았다고 들으니

내겐 무척 만족스러운 일이요.

자, 두 사람은, 그에게 앞으로도 좀 더 권유해서.

그의 목적을 이러한 유흥에 심취해서라도 돌리도록 하라.

로젠크런츠 그렇게 하겠습니다, 폐하.   [로젠크런츠와 길던스턴 나간다.]

왕   사랑하는 거트루드, 날 혼자 있게 해주시요

은밀하게 햄릿을 이곳으로 오도록 사람을 보냈고

그가 마치 우연인 듯 바로 여기에서

오필리어를 만나도록 해놓았소.

그녀의 부친과 나 자신은 합법적인 탐지자들로서

보이지 않도록 우리를 숨기고

그들의 만남을 공정하게 평가하여

그의 처신에 따라서   35

왕자가 이토록 고통 받는 것이

사랑의 괴로움 때문인지 아닌지 알아낼 것이요.

왕비   그대로 따르겠어요.

그리고 오필리어, 너의 역할에 관해서 내가 바라는 것은

너의 아름다움이 다행히 햄릿 광증의 원인이었음 좋겠다.

마찬가지로 너의 미덕들이 햄릿을 원래 정상 상태로   40

돌려줄 수 있기를 바란다.

너희들 두 사람의 명예를 위해서도 말이다.

오필리어   왕비 폐하, 저도 그렇게 되기를 바랍니다. [왕비 나간다.]

폴로니어스 오필리어, 여기를 거닐고 있거라. ─폐하, 이제 어서

우리를 숨겨야 하겠습니다. ─이 책을 읽고 있거라.

[탁자에서 책을 하나 잡는다.]

그러한 종교적 처신을 보여주는 것이 네가 혼자 있게 된 모습을   45

자연스럽게 보이도록 해줄 것이다. ─이런 짓을 하는 것은 흔히

　비난의 대상이 되지만

경험상 너무 흔히 있는 일이다, 겉으로만 나타내는 신앙심과

경건한 듯한 행위로 스스로 악마 본성에

사탕발림하듯 기만하는 것이다.

왕 [방백]   아 그것은 사실이다.

얼마나 저 말이 내 양심을 채찍으로 치고 들어오는가.   50

창녀의 뺨이 분칠로 단장되면

뺨을 돕는 분보다 더 추한 것이지만

나의 가장 위선적인 말 뒤에 감춰진 나의 행실보다 더 추악하진

　않을 것이다.

아, 무거운 짐이다!

폴로니어스　왕자님 오는 소리가 들립니다. 피하셔야 합니다, 폐하.   55

두 사람 커튼 뒤에 몸을 숨긴다.
오필리어 탁자를 보고 무릎을 꿇는다.
햄릿 깊은 실의 속에 들어온다.

햄릿　사느냐 죽느냐 그것이 문제다

광포한 운명의 돌팔매와 화살을 맞아도

그 고통을 감내하며 사는 것이 정신적으로 더 고귀한 일인가

아니면 고통의 바다에 대항해 무기를 들고

맞서 싸워 그것들을 끝장내는 것이 더 고귀한 일인가. 죽는다는

　것도―잠잔다는 것   60

그 이상은 아니다. 잠을 취함으로서 우리가

육신이 받아들일 수밖에 없는 가슴앓이와

수많은 천부적 고통들을 종식시킬 수 있다 하는데

그것은 절실하게 소망하는 최상의 결론일 것이다. 죽는다, 잠을 잔다,

잠을 잔다는 것은, 어쩌면 꿈을 꾸게 된다는 것―그렇다, 바로 거

　기에 문제가 있다.   65

왜냐하면 이런 삶의 치명적 고통의 굴레를 훌훌 벗어버릴 수 있을 때
바로 그 죽음의 잠 속에 어떤 꿈들이 나타날까 하는 것이
우릴 주저앉게 만들고 마는 것이다─
그곳에 그토록 질기고 긴 삶의 재앙을 만드는 이유가 있다.
누가 감히 이 세상의 채찍과 경멸   70
탄압자의 악행, 오만한 자의 불손한 태도
무시당한 짝사랑의 고통, 재판 절차의 지체
관리의 오만방자함, 선량한 사람들이 오랫동안
비열한 인간들로부터 받는 모욕 등을 감당할 수 있단 말인가
단지 한 자루의 단검만 있으면   75
스스로의 목숨을 끝장내버릴 수 있잖은가? 누가 감히 지친 인생
　여정에서
괴로운 신음소리로 진땀을 흘리며 무거운 짐을 견뎌낼 수 있겠는가
아직 그 누구도 알 수 없는 나라 그 경계를 넘어 그 어떤 여행자도
결코 돌아오지 못하는 바로 그 죽음의 뒤 내세에 다가올
무엇인가에 대한 공포가 그 의지를 좌절시켜 버리고   80
우리가 결코 알지 못하는 미지의 다른 세계로 날아가기보다는
오히려 지금 우리가 겪고 있는 고난들을 참도록 하는 게 아니라
　면 말이다.
이렇게 깊이 생각하는 습성이 우리 모두를 겁쟁이로 만든다.
이렇게 해서 원래의 단호한 결의의 색깔이
사색의 창백한 색깔로 뒤덮여버리고   85
위대한 열망과 중요성을 가진 계획들도

이 때문에 진행하던 노선이 틀어져

실행의 이름조차 잃어버리는 것이다. 자 가만 있자,

아름다운 오필리어! 숲속의 요정님, 그대의 기도 속에

내 모든 죄들도 잊지 말고 함께 빌어주시요.

오필리어　　　　　　　　　　　　[일어서며] 안녕하세요, 왕자님　90

오랜만에 뵙는데 그간 어떻게 지내셨는지요?

햄릿　아, 감지덕지요.

오필리어　왕자님, 여기에 왕자님께서 주신 기념품들을 가져왔어요.

오랫동안 다시 돌려드리려고 마음먹었던 것입니다.

이제 그것들을 받아주세요.

햄릿　　　　　　　　　　아니요, 난 안 받겠소.　95

내가 그대에게 그 어느 것도 선물한 적이 없는데.

오필리어　왕자님, 그렇게 하신 걸 잘 아시잖아요.

그 선물들과 함께 달콤한 말씀들도 해주셨습니다.

그래서 더욱 값진 것으로 만들어주셨고요. 이제 그들의 향기가

　사라졌으니

이것들을 다시 가져가세요. 고결한 마음에게는　100

귀한 선물은 주신 분이 변심을 하게 되면 초라해지니까요.

여기 있습니다, 왕자님.

　　　　　　[그녀 가슴으로부터 보석들을 꺼내 탁자 위에 올려놓는다.]

햄릿　하, 하! 당신은 정숙한가?

오필리어　왕자님?

햄릿　당신은 아름다운가?　105

오필리어 무슨 뜻입니까, 왕자님?

햄릿 만약 당신이 정숙하고 아름답다면 당신의 정숙함이

　　당신의 아름다움에 가까이 붙어 다니게 하지 마시요.

오필리어 왕자님, 아름다움이 정숙함보다

　　더 쉽게 교제를 하나요?　　　　　　　　　　　　　　　110

햄릿 그렇지, 정말로, 정숙함의 힘이 아름다움을 그와 똑같은 정숙함

　　의 모습으로

　　바꾸는 것보다 아름다움의 힘이 정숙함을 예전 모습으로부터

　　포주의 모습으로 훨씬 더 빨리 바꿔버린단 말이지.

　　이게 예전엔 얼토당토않은 것처럼 생각됐는데,

　　지금은 세상이 그걸 증명해 주거든. 한때는 내가 당신을 사랑했었지.　115

오필리어 진정으로요, 왕자님, 그렇게 믿도록 해주셨습니다.

햄릿 당신은 날 믿지 말았어야 했어. 왜냐면 아무리 좋은 미덕을

　　오래된 썩은 밑동에 접목해 봐도 변함없이 그 본색을 드러내는 거지.

　　난 당신을 사랑하지 않았어.

오필리어 전 더욱 기만을 당한 거네요.　　　　　　　　　　　120

햄릿 [탁자를 가리키며] 당신은 수녀원으로나 가는 게 좋겠어. 아니, 죄지

　　은 자들을

　　낳는 어미가 되고 싶단 말인가? 나 자신도 꽤 덕을 쌓으려는 사

　　람이지만

　　아직도 나의 어머니가 날 낳지 말았으면 훨씬 더 좋았을 거란

　　그런 죄의식에 대해 나 자신에게 비난을 퍼붓고 있거든. 난 아주

　　자만심 강하고,

복수에 불타고, 야심에 차있으며, 그 죄악들을 억누를 수 있다 생
  각한 것보다,   125

그 죄악들에 어떤 형상을 부여할 상상력보다 그 악들을 실행에
  옮길 세월보다도,

훨씬 더 많은 죄악들이 내가 불러줄 신호만 기다리고 있거든.

나와 같은 놈이 지옥과 천국 사이를 기어 다니며 뭘 할 수 있을까?

우린 모두 철두철미 악당놈들이니, 우리 중 그 어떤 놈도 믿지 마라.

어서 길을 떠나 수녀원으로 가라.   130

[갑자기] 당신 아버지 어디 있지?

오필리어 집에요, 왕자님.

햄릿 그에겐 집의 문들을 모두 닫아버려, 그가 자신의 집안 말고는

그 어디에서도 광대 짓거릴 하지 않도록. 잘 가라. [문 쪽으로 간다.]

오필리어 [탁자 앞에 무릎을 꿇는다.] 아, 하느님, 그분을 도와주세요.   135

햄릿 [돌아와 격앙되어] 당신이 결혼하고 싶다면, 당신 지참금으로 이 저
  주를 주지.

당신이 얼음같이 정숙하고 눈과 같이 순결하다해도

당신은 중상모략을 피할 수 없을 것이다. 수녀원으로 가라

잘 가라. 그래도 당신이 결혼하고 싶어 한다면, 바보와 결혼하든지.

왜냐면 똑똑한 남자들은 여자들이 어떻게 남편들을 오쟁이 진 놈으로   140

만들어버릴지 알고도 남거든. 자, 수녀원으로, 가라 —

당장 가버려. 잘 가라.   [문 쪽으로 간다.]

오필리어 하늘의 천사들이여, 왕자님을 되돌려 주십시요.

햄릿 [한 번 더 되돌아와] 너희들의 분칠해대는 짓거릴 너무도 귀가 따갑

게 들었지.

신이 너희들에게 얼굴 하나를 주었지만 너희들은 스스로 다른 얼
　굴을 만들잖아.

음부처럼 흔들어대고, 요부처럼 걷고, 간드러지게 아양 떨고,

신의 창조물에 어리석은 애칭을 붙여대고, 너희들의 난잡한 짓거릴

무지의 소치로 시침 떼고. 집어 쳐라, 난 더 이상 그따윌 참지 않

　을 것이다

그게 바로 날 미치게 만들었거든. 내가 단언하지만 우린 결혼해

　선 절대 안 돼.

이미 결혼한 놈들은ー단 한 놈을 제외하곤ー살려둬야지.

결혼 못한 나머지 것들은 그 상태 그대로 둘 것이다. 수녀원으로 가라.

[햄릿 나간다.]

오필리어　아, 그토록 고결한 마음을 가진 분이 이렇게 무너져 버린 것인가!

중신으로, 기사로, 학자로, 통찰력에서, 화술에서, 검술에서도,

훌륭한 국가의 소망이었고 총화였으며

풍속의 거울이었고 예의범절의 원본과 같은 분이었으며

모든 보는 사람들로부터 추앙을 받았던 분이 더없이 참담하게 황

　폐화되다니!

이제 난 여인들 중에 가장 절망적이고 비참한 처지다

그의 음악같이 달콤한 맹세의 꿀을 빨아먹었는데

이제 그 감미로운 종소리 같던 절대 제왕의 고결한 이성도

화음의 조화가 완전히 깨져 거친 소리만 내고

가장 찬란하게 꽃피웠던 젊음의 용모와 자태가

광증으로 인해 시들어버렸구나! 아 절망뿐이다!

찬란했던 과거의 모습을 처절한 현재의 모습으로 보다니!

왕과 폴로니어스 커튼들 뒤로부터 슬며시 나온다.

왕 사랑이라고? 햄릿의 감정은 그런 쪽으로 흘러가는 것이 아니다

그가 한 말도, 약간 규범을 벗어나긴 했지만   165

광증과 같진 않았어. 그의 마음 속 깊숙이 무엇인가 있는 것이다

바로 그 위에 그의 우울증이 알을 품고 있는 꼴이며

난 그게 알을 까고 터져 나오면

상당한 위험이 있을 거란 의심이 들었고 그걸 사전에 막기 위해

화급한 결정으로 햄릿을 신속히 영국으로 보내서   170

우리에게 지체된 조공[17]을 요구하도록

결정해버렸소.

어쩌면 다른 모습의 바다들과 국가들이

다양한 이국적 풍물들과 함께 왕자의 가슴속에

똘똘 뭉친 무엇인가를 쫓아내 줄지도 모르지   175

그 무엇인가에 대한 생각으로 그의 두뇌가 계속 쿵쾅거리고

이렇게 그를 예전 자신의 세계로부터 일탈케 만드는 거야. 어떻

게 생각하시요?

---

17. 조공(tribute): 영국의 일부 지역들은 자주 침입했던 강력한 데인(덴마크인)들에게
바칠 공물로 부과한 조세로 Danegeld 제도가 10세기 후반부터 영국에 있었다.

오필리어 앞으로 나온다.

폴로니어스 틀림없이 그 방법도 좋을 것 같습니다. 하지만 전 아직도 믿
  습니다.
  이 괴로움의 원인도 시작도
  버림받은 사랑으로부터 나온 것이라 생각합니다. 자, 어떠냐 오
  필리어?   180
  햄릿 전하가 말씀하신 걸 우리에게 다시 말할 필요는 없다.
  우리가 모두 들었으니까. 폐하, 편하신 대로 하십시요.
  그러나 만약 괜찮다 하시면, 연극이 끝난 후에
  왕비 전하께 단독으로 왕자님을 만나
  그의 괴로움을 드러내줄 걸 청하고 왕자님과 함께 허심탄회하게
  얘길 하도록 하면   185
  제가 그분들의 모든 대화를 들을 수 있는 가까운 거리에
  저의 몸을 숨겨 놓겠습니다. 만약 왕비님께서 알아내지 못하시면
  왕자님을 영국으로 보내십시요. 아니면 왕자님을 폐하의 혜안으로
  최선이라 생각하시는 곳에 유폐시키셔도 좋을 것 같습니다.

왕   그리 하겠소.
  지체 높은 자의 광증은 결코 감시 없이 풀어둘 수 없는 것이다.   190

[두 사람 나간다.]

2장

**엘시노어 궁성의 홀, 객석을 위해 양쪽으로 배치된 좌석들,
가운데 뒤 쪽으로 연단이 있고
그 연단 뒤로 극중극 무대를 가리는 커튼이 쳐 있다.**

햄릿과 세 명의 배우들이 커튼 뒤로부터 나온다.

햄릿 부탁컨대 내가 당신에게 당부한대로 대사를 해보라구
혀를 부드럽게, 그러나 만약 당신이 그 대사를
많은 당신 배우들이 그러듯이 과장을 한다면 내가 차라리 마을의
포고문이나 외치고 다니는 자를 시켜 대사를 하도록 할 거야. 당
　신 팔로 이렇게
너무 심하게 휘젓고 다니지도 말고 모두 부드럽게 연기를 해야 돼.　5
폭우처럼 쏟아 붓든가 태풍처럼 몰아치든가 어쩌면 감정의
소용돌이 속에 처할 때도 부드러움을 줄 수 있도록 절제력을 확
　보해야 돼.
아, 날 몹시 기분 상하게 하는 건 가발을 쓴 막무가내 식 친구가
열정을 넝마가 되도록 조각조각 찢어 던지며 맨 앞 싸구려 관객들의
귀청을 째는 거야, 이런 관객들은　　　　　　　　　　　　　　10
대개 설명할 수 없는 무언극과 시끄러운 소음밖에는
이해를 못하는 사람들이거든.
그런 사람은 과도하게 호통이나 치는 터머건트[18] 꼴이니 매질이

라도 좀 해줘야 돼.

폭군 헤롯 왕[19]을 뺨치거든. 제발 그런 건 피해야지.

첫째 배우   틀림없이 그렇게 하겠습니다.   15

햄릿   너무 길들여지지도 말아야 하고, 자신의 분별력을

스승으로 삼는 거야. 연기를 극중 언어에 맞추고

대사를 행동에 맞추는 거지, 특별히 지켜야 할 것으로

자연스러움 그 절제의 도를 범해선 안 된다는 것이다.

어느 것이든 과도한 것은 연극을 하는 목적을 벗어나는 것이며   20

연극을 하는 목적은 처음이나 지금이나 과거나 현재나

사물의 본성을 비추는 거울을 들어 올리듯 하는 것이다

미덕은 미덕의 본모습을, 악덕은 악덕 자신의 상을 그리고

시대의 진정한 시대성과 시대상의 참모습을 보여주는 거야.

이게 과도하거나 부족하게 되면 교육받지 못한 관객을 웃게 하지만   25

식견 있는 관객을 불만스럽게 할 수밖에 없지

바로 그 단 한사람의 식견 있는 관객의 비판도 극장을 가득 메운

교육받지 않은 오합지중의 관객들보다 더욱 귀중하게 여겨야 하

는 거구

아, 내가 본 연극의 배우들이 있는데 —

다른 관객들이 칭찬하는 걸 들었어 그것도 아주 드높이 —   30

---

18. 터머건트(Termagant): 중세 마호메트(Mohammedans＝Muslims 회교도)들이 신봉
하던 상상 속의 신으로 옥스퍼드 사전에 따르면 종교극 또는 도덕극 등에서 광포
한 성격을 나타내는 인물로 등장.

19. 헤롯왕(Herod): 유대왕 헤롯(37~4 BC)은 어린 예수를 죽이기 위해 베들레헴의 2세
이하 모든 남자아이를 죽였고 중세극들에서 흔히 등장하는 전형적 폭군.

흠집을 내려고 하는 것은 아니지만, 그 배우들은 기독교인의 억
　양도 아니고

기독교인의 걸음걸이도 아니고 이교도, 심지어 사람의 것도 아니었어.

너무 형편없이 뒤뚝거리며 다니고 고래고래 소릴 질러서

조물주의 견습공들이 만든 인간들인데, 제대로 만들지도 못하고

인간성을 아주 혐오스럽게 흉내 낸 꼴이란 생각이 들 정도였거든.　　35

첫째 배우 저희들 극단에서 그 점을 상당부분 함께

개선해왔다고 생각합니다.

햄릿 아, 그걸 철저히 개선해야 돼. 당신 극단의 광대역을 하는 사람들이

그들에게 정해진 것 외엔 더 이상 얘길 하지 않도록 해야 될 거야―

왜냐면 그들 중 어떤 사람들은 스스로 웃음을 웃어　　40

그 시간엔 그 연극에 필요한 필수적 부분이

전달돼야 할 때인데 상당수의 멍청한 관객들이

따라 웃도록 유도하고 있거든.

그건 비렁뱅이 짓이고 그 역할을 하는 광대로선 가장 경멸스런

무대야합의 야심을 드러내는 거지. 자, 가서 준비하게.　　45

[첫째 배우 커튼 뒤로 나간다.]

폴로니어스가 로젠크런츠와 길던스턴과 함께 들어온다.

안녕하시요, 대감?

왕께서 이 연극 공연 관람하신답니까?

폴로니어스 왕비님께서도 함께요, 바로 오실 겁니다.

햄릿 배우들에게 서두르라고 하시요.　　　　[폴로니어스 인사하고 나간다.]

햄릿　너희들 두 사람도 그들이 서두르도록 도와주겠나?　　　　　50

로젠크런츠　예, 전하.　　　　　[로젠크런츠와 길던스턴 폴로니어스를 따라간다.]

햄릿　이야, 호레이쇼!　　　　　[호레이쇼 들어온다.]

호레이쇼　전하, 부르심에 따라 여기에 왔습니다.

햄릿　호레이쇼, 너는 내가 사람들과 교제를 시작한 이후

만난 사람들 중에서도 진정으로 명예를 존중하는 사람이다.　　　　　55

호레이쇼　아, 전하―

햄릿　아냐, 내가 입에 발린 소리 한다고 생각해선 안 돼.

내가 그 어떤 이득을 너로부터 기대할 수 있겠어

자신을 먹이고 옷을 입히기 위한 아름다운 영혼 외에

아무런 수입이 없는데. 왜 그 가난한 사람에게 아양을 떨겠나?

아냐, 그 사탕발림의 혀는 어리석은 호사가나 핥게 하고　　　　　60

이득이 아첨만을 따라가는 무릎은 언제나 임의로

고분고분 휘어지는 관절로 굽실대도록 해야지. 듣고 있나?

나의 고귀한 영혼이 스스로 선택의 주인이 되고

사람들 중에서 내 영혼의 선택을 가려내게 된 이래

너를 내 영혼을 위한 친구로 결정했어. 왜냐면 넌　　　　　65

모든 고통을 겪는 사람이면서도 아무런 고통도 겪지 않는 듯

운명의 타격과 보상을 한결같은 고마움으로

받아들인 사람이었어. 열정과 판단력이 아주 잘 혼합돼 있는

사람들은 축복을 받은 거지

그 사람들은 운명의 여신이 즐기고 싶은 대로 소리를 내기 위해　　　70

그녀의 손가락에 놀아나는 피리가 아닌 거야.

감정의 노예가 아닌 그런 사람을 내게 보내주게, 그러면 내가 그를

내 가슴 깊숙한 곳에, 그렇지, 내가 네게 그러듯이

내 가슴 한복판에 늘 담아두겠어. 내가 말을 너무 많이 한 것 같군.

오늘 밤 왕 앞에서 연극 공연이 있어.　　　　　　　　　75

그중 한 장면은 내가 너에게 아버지 죽음에 대해서 얘기했던

바로 그 정황과 아주 유사할 거야.

그 장면이 전개되는 걸 구경할 때

네 영혼의 가장 예민한 판단력을 발휘해

나의 숙부를 관찰해줘. 만약 그의 숨겨진 죄의식이　　　　80

어떤 한 대사에서 스스로 드러나지 않는다면

우리가 목격한 것은 저주받은 유령이고

나의 상상은 마치 대장장이 신 벌컨[20]의 시커먼

대장간처럼 더러운 거지. 숙부를 용의주도하게 주목해줘.

나도 그의 얼굴에 내 두 눈을 떼지 않을 테니　　　　　85

공연 후 우리 둘 다 숙부 반응의 의미를 알아보기 위해

머릴 맞대고 판단해 보자구.

호레이쇼　　　　　　　　　알겠습니다, 전하.

만일 그가 이 연극이 공연되는 동안 무언가 속여

감시를 따돌린다면 제가 방심한 것에 대해 처벌을 달게 받겠습니다.

트럼펫과 북소리 들린다.

---

20. 벌컨(Vulcan): 대장장이의 신.

햄릿   그들이 연극을 보러 오고 있어. 난 좀 놀아나 봐야겠군.   90

자, 자리를 잡아.

왕과 왕비 들어오고, 뒤이어 폴로니어스 오필리어 로젠크런츠 길던스턴
그리고 다른 궁정인들 따라 들어와 앉는다. 왕과 왕비 폴로니어스
한쪽에 앉고, 오필리어 호레이쇼 그리고 다른 사람들 다른 쪽에 앉는다.

왕   어떠하냐 나의 사촌 햄릿?

햄릿   급살 맞게 좋습니다. 카멜레온 요리가 아주 죽입니다. 전 공기를
먹고 살거든요,

약속을 먹고 사는 거죠. 그렇게 잡아먹을 식용 수탉[21]만 기를 순
없잖습니까.

왕   햄릿, 대답과는 상관없는 말이다.   95

이런 말은 나에 대한 대답이 아닐 텐데.

햄릿   아니죠, 지금은 제 것도 아닙니다. ―   [폴로니어스에게]

대감, 대학 다닐 때 연극했다면서요.

폴로니어스   그랬습니다, 전하,

그것도 괜찮은 배우로 대접받았습니다.   100

햄릿   무슨 역을 연기 했나요.

폴로니어스   줄리어스 시저[22] 역을 했습니다. 제가 의회 의사당[23] 청사에

---

21. 식용수탉(capon): 햄릿은 이 단어로 숙부 클로디어스가 거짓으로 햄릿을 키웠다가
적절한 시기에 자기를 제거할 것임을 암시.

22. 줄리어스 시저(Julius Caesar): (100~44 BC) 로마의 군인이며 정치가, 친구
Brutus와 Cassius 등 귀족들에 의해 암살됨.

23. 의회 의사당(Capitol): 시저는 실제로 큐리아 폼페이(Curia Pompei ― 폼페이의 상

서 살해당했지요.

브루터스가 절 살해했습니다.

햄릿　그 사람이 그렇게 거대한 소를 잡다니 잔인하기 짝이 없군.

　　　배우들이 준비가 되었을까?

로젠크런츠　예, 전하, 전하의 허락을 기다리고 있습니다.

왕비　이리 와라, 사랑하는 햄릿, 내 곁에 앉아라.

햄릿　아니요, 어머니, 여기 훨씬 더 끌리는 자석이 있거든요.

[오필리어 쪽으로 향한다.]

폴로니어스　[왕에게 방백] 오호, 폐하 보셨습니까? [함께 수군대며 햄릿을 감시한다.]

햄릿　아가씨, 내가 아가씨 무릎 사이에

　　　좀 누워볼까?

오필리어　안돼요, 왕자님.

햄릿　내 얘긴 내 머릴 아가씨 무릎위에 두겠단 말인데.

오필리어　좋습니다, 왕자님.

햄릿　내가 뭐 엉뚱한 짓이라도 하려는 줄 알았나?

오필리어　안 그러실 거라 생각했습니다, 왕자님.

햄릿　처녀 다리 사이에 눕는다는 것 참 멋진 생각인데.

오필리어　뭐라구요, 왕자님.

햄릿　아무것도 아냐.

오필리어　즐거우신가 봐요, 왕자님.

햄릿　누가, 내가?

오필리어　예, 왕자님.

원－Pompei's Senate House)에서 암살당함.

햄릿 아무렴, 당신의 유일한 광대작가지. 어찌 사람이

즐겁지 않으리요? 자, 나의 어머니가 얼마나 즐겁게 보이는지 보라구.

내 아버님이 돌아가신 지 두 시간도 안됐는데.　　　　　　　125

왕비 몸을 돌려 왕과 폴로니어스에게 속삭인다.

오필리어 아녜요, 네 달이나 됐는데요, 왕자님.

햄릿 그렇게 오래됐나? 아니 그럼, 악마에게 검은 상복을 입히고

난 검고 오래된 수달피 정장이라도 입어야겠군, 아 하느님, 두 달

전 돌아가신 게

아직도 잊히지 않다니! 그럼 인간의 기억 속에

그가 살았던 생애보다 반년은 더 살아남겠는걸　　　　　　　130

그렇다면 교회들을 지어야 하겠지 그렇지 않으면

인형말 타고 춤추는 인물과 함께 잊혀져버릴 테니까,

그 묘비명은 "아, 아, 인형 말 타고 춤추던 인물[24]은 잊혀졌네"

트럼펫이 울리고 커튼이 열리고 뒷무대가 보이며
그곳에서 무언극이 진행된다.

무언극

---

24. 인형 말을 타고 춤추는 인물(hobby-horse): 영국 오월제 놀이(May Day game)나
오월제 민속춤 (morris dance)에서 있었으며 청교도는 이단으로 간주해 셰익스피어
시대엔 금하자 민요가 생겼는데 그 일절은 이렇다. "*아, 아, 그 인형 말은 잊혀져버
렸네*'(*For O, for O, the hobby-horse is forgot!*).

왕과 왕비가 들어오고 왕비가 왕을 그리고 왕이 왕비를 다정히 포옹한다. 그녀가 무릎을 꿇고 그에게 사랑의 맹세를 보여준다. 왕이 그녀를 일으켜주고 그의 머리를 그녀 목에 가져간다. 왕이 꽃이 가득한 화단 위에 몸을 누인다. 왕비는 그가 잠든 걸 보고서 그를 떠난다. 이윽고 또 한 남자가 들어와 그의 왕관을 벗겨 그것에 입맞추고 자고 있는 왕의 양쪽 귀에 독을 쏟아 부은 뒤 도망간다. 왕비가 돌아와 왕이 죽은 것을 발견하고 과도한 애도의 행동을 보여준다. 그 독살자가 서너 명의 배우와 함께 다시 들어온다. 그 남자들이 그녀를 위로하는 듯 보인다. 죽은 시체를 들어낸다. 독살자가 선물들을 가지고 왕비에게 구애를 한다. 그녀는 짐짓 거칠게 거부하는 듯 하지만 결국 그의 사랑을 받아들인다.

커튼이 닫힌다. 햄릿은 마음이 착잡한 듯한 모습을 보이며, 왕과 왕비에 눈길을 던진다. 연극이 진행되면서 왕과 왕비는 폴로니어스와 얘길 주고받는다.

오필리어 이게 무슨 의미인가요, 왕자님?

햄릿 아하, 이건 은밀히 꾸며지는 못된 짓이지. 장난질 좀 쳐보자는 거야. [135]

오필리어 이 무언극이 연극의 줄거릴 보여주는 것 같네요.

배우 한 사람이 커튼 앞으로 나오자 왕과 왕비 몸을 돌려 듣는다.

햄릿 이 친구가 알려주겠지. 배우들은 비밀을 지킬 수 없거든, 그들이 모든 걸 털어놓을 거야.

오필리어 이렇게 보여주는 연극이 뭘 의미하는지 그가 말해줄까요?

햄릿　[매정하게] 그렇지, 당신이 그에게 내보여줄 그 어떤 걸 내보여주더라도,　140

　　　만약 당신이 내보여주는 게 수치스럽지만 않다면

　　　그 사람은 그게 뭘 의미하는지 당신에게 알려주는데 조금도 부끄

　　　러워하지 않을걸.

오필리어　왕자님 짓궂으시네요, 짓궂으세요. 전 연극이나 볼래요.

프롤로그　*저희들을 위해서 그리고 저희들의 비극을 위해서*

　　　여기에서 여러분들의 관대한 호의를 구하며 엎드려 인사드립니다.　145

　　　인내심을 가지고 잘 들어주시길 부탁드립니다.　　　[나간다.]

햄릿　이게 프롤로그야, 반지에나 새기는 명언이야?

오필리어　짧네요, 왕자님,

햄릿　여자의 사랑처럼.

　　　연단 위로 두 명의 배우 극중 왕과 극중 왕비가 오른다.

극중 왕　*태양신 피버스[25]의 불마차가 넵튠[26]의 바다와*　150

　　　텔러스[27]의 둥근 육지 궤도를 서른 번이나 돌고

　　　달이 서른 번을 열 두 번씩 빌린 빛으로

　　　온 세상을 돌아 열 두 번씩 서른 번의 세월이 돌았소.

　　　사랑이 우리의 가슴을 그리고 하이멘[28]이 우리의 손을

---

25. 피버스(Phoebus): 태양신으로 그의 불마차를 운행.

26. 넵튠(Neptune): 바다의 신.

27. 텔러스(Tellus): 대지의 여신(Goddess of the Earth).

가장 신성한 결합으로 서로를 맺어주신 이후로 말이요. 155

극중 왕비 그토록 수많은 여행들을 태양과 달이 계속하여

우리의 사랑이 다하기 전에 다시 헤아릴 수 있도록 하여 주세요.

하지만 가슴 아프게도 폐하께서 요즈음 편치 않으셔서

예전의 즐거워하던 모습도 그 당당하던 모습도 간 데 없어

심히 걱정스럽습니다. 하지만 제가 걱정한다 해서 160

폐하께선 조금도 염려치 마세요.

여자의 걱정과 사랑은 잘 조화를 유지하는 거라서

부족하지도 과도하지도 않을 것입니다.

이제 저의 사랑은 경험해보셔서 잘 아시겠습니다만

더없이 큰 사랑에서 샘솟는 것으로 그리 걱정하는 것입니다. 165

사랑이 커지는 곳에 아무리 작은 염려도 걱정이 되고

작은 걱정이 커지는 곳에 위대한 사랑이 커가는 것입니다.

극중 왕 사랑하는 왕비, 실은, 내가 머지않아 당신을 떠나야 할 것 같소.

내 강건한 생명력의 기능들이 빠져나가고 있는 듯하니

당신은 이 아름다운 세상 뒤에 살아남아서 170

존경과 사랑을 받으시요. 운 좋게 친절한 사람을

남편으로 삼아 부디—

극중 왕　　　　　　　　　아 망칙스러우니 더 이상 말을 하지 마세요.

그런 사랑은 제 가슴으론 반역이나 다름없습니다.

두 번째 남편을 맞으면 저주를 받게 해주세요.

두 번째 남편을 맞는 것은 첫 번째 남편을 죽이는 짓입니다. 175

---

28. 하이멘(Hymen): 결혼의 신

햄릿 [방백] 이건 쓰디쓴 쑥 맛인데.

극중 왕비 두 번째 결혼으로 가는 동기는
이해타산을 위한 천박한 계산이지 절대 사랑에서 나온 게 아닙니다.
두 번째 남편이 침대에서 제게 키스를 할 때는
두 번째로 제가 고인이 된 남편을 죽이는 것입니다.　　　　　180

극중 왕 지금 당신이 말하는 것이 당신의 진정한 의견이라 믿겠소.
그러나 우리가 굳게 결의한 것을 자주 깨기도 하고
결심은 단지 기억의 노예이며
맹렬하게 시작해서 형편없는 힘을 내거나
현재는 익지 않은 과실이라 나무에 잘 붙어있지만　　　　　185
그것들이 잘 익게 되면 흔들지 않아도 떨어지는 법.
우리들 자신에게 빚이 된 것을
스스로 갚기를 잊어버리는 것이 필연이요.
열정 속에 우리 자신에게 제안하던 것도
그 열정이 끝나면 그 결심도 빛이 바랜다오.　　　　　190
슬픔이든 기쁨이든 그 격렬함도
스스로가 그들 자신의 실행력을 망가뜨리는 거요.
즐거움이 가장 흥청거리는 곳에 짙은 슬픔이 가장 절절하고
사소한 이유로도 슬픔이 기쁨으로 변하고 기쁨은 슬픔으로 변하며
이 세상이 영원한 것도 아니고 이상한 것도 아니며　　　　　195
우리의 사랑도 우리 운에 따라 변하기 마련으로
사랑이 운을 이끄는지 아님 운이 사랑을 이끄는지

아직 우리가 증명하도록 남겨져 있는 것이요,

세도가도 망하면 그의 심복도 도망을 가고

가난뱅이도 출세를 하면 적도 친구가 된다오.   200

지금까지 보아 사랑도 운을 따르는 것 같소

궁핍하지 않은 사람은 결코 친구를 잃지 않고

부족한 사람은 믿을 수 없는 친구를 시험해보려다

곧바로 그를 적으로 변하도록 만들어버리는 거요.

그러나 내가 시작한 곳에서 다시 정리하여 마무리해보면   205

우리 의지와 숙명은 너무 엉뚱하게 돌아가기 때문에

우리의 미래 계획들이 늘 뒤집히기도 하고

우리의 생각들은 우리 것이지만 그들의 종말은 우리 것이 아니잖소.

그래서 당신이 그 어느 두 번째 남편과도 결혼 안한다 하지만

당신의 첫 번째 남편이 죽으면 당신 생각들도 죽을 것이요.   210

극중 왕비 대지가 제게 음식을 허락지 않고 하늘이 빛을 가리며

낮과 밤이 제게서 즐거움과 휴식을 차단해 버리고

저의 믿음과 희망이 절망으로 바뀐다 해도

감옥 속 은둔자가 즐기는 것이 제가 원하는 것입니다.

모든 역경이, 즐거움의 모습을 망쳐버리고,   215

제가 잘 해보려 했던 것마저도 파괴해버려

현세와 내세 모두 저를 따라 영원한 고통을 준다 해도

과부가 될지언정 저는 영원한 아내로 남겠습니다.

햄릿 이제 그녀가 그 맹세를 깨면 어쩌나.

극중 왕 *든든한 맹세구려. 여보. 잠깐 날 여기 혼자 있게 해주시요,*   220

내 정신이 무뎌지니 잠을 좀 청해서

지루한 하루를 속여 넘겨보고 싶소.   [잠을 청한다.]

극중 왕비   *아주 푹 주무세요.*

그래서 우리 둘 사이에 악운일랑 다가오지 않게 해주십시요, [나간다.]

햄릿 [왕비에게] 어떻게 이 연극 좋아하시는지요?

왕비 내 생각엔 이 여자가 지나치게 과장되게 약속을 하는 것 같구나.   225

햄릿 아, 그래도 그녀가 약속을 지킬걸요.

왕 이 연극의 대요를 들은 적이 있었나?

불경스런 부분은 없겠지?

햄릿 없지요, 없구말구요, 그들은 단지 익살 좀 부리는 겁니다—익살

독살이죠.

추호도 불경스런 건 없습니다.   230

왕 연극 제목을 뭐라 하던가?

햄릿 "쥐덫"입니다—이것 참, 얼마나 멋진 비유인지요!

이 연극은 비엔나에서 자행된 살인을 본딴 것인데—곤자고가

공작의 이름이고, 그의 부인은 밥티스타입니다—곧 보실 겁니다.

악당 놈을 다룬 작품인데, 그게 뭐 어떻습니까?   235

폐하 그리고 저희들은 순수한 마음의 소유자기에 우리완 전혀

관련 없습니다. 도둑이야 제 발 저리겠지만 양심이 깨끗한 사람이야

뭐 어떻겠습니까.

루시아너스 역을 맡은 셋째 배우 허리가 잘록한 검은 상의를 입고
한 손엔 독약 병을 들고 들어온다. 그는 얼굴을 찡그리고 위협적인
몸짓을 하며 성큼 성큼 잠자고 있는 왕에게 다가간다.

햄릿　이 배우는 왕의 조카 루시아너스입니다.

오필리어　왕자님, 서사 역 빰치게 잘하시네요.　　　　240

햄릿　난 당신과 당신 애인 사이를 해설할 수도 있지

만약 그 꼭두각시들이 어울려 놀아나고 있는 걸 볼 수만 있다면.

오필리어　날카롭게 찌르시네요, 왕자님, 날카롭게 찌르세요.

햄릿　내 날카롭게 파고드는 욕정을 무디게 하려면 신음깨나 질러야 할걸.

오필리어　기지가 점입가경 갈수록 태산이네요.　　　　245

햄릿　여자들이란 그런 식으로 계속 남편들을 바꿔치는 거야ー [올려다본다.]

시작해라, 살인자야. 엠병할, 너의 저주스럽게 찡그린 낯짝 좀 버

리고 시작하거라.

자, 까악 까악 울어대는 까마귀가 복수를 소리치고 있다.

루시아너스　*생각들은 칠흑 같고, 손들은 재빠르고, 독약은 확실하고, 때*

는 안성맞춤

상황도 내편이고, 보는 자 그 누구도 없으니　　　　250

너, 야밤에 독초를 캐와 섞어 만든 독약

마녀의 수장 헤커티의 저주가 세 번을 곱하고, 세 곱의 독기를 더

배양한

네 천부적 마력과 무시무시한 독성으로

이 강건한 목숨을 즉시 찬탈하라. [독액을 자는 왕의 양쪽 귀에 쏟아 붓는다.]

햄릿 루시아너스가 왕궁 정원에서 왕을 독살하는 거죠. 왕의 이름이
　　곤자고입니다.

이 얘긴 현재도 전해오고 있는데 아주 훌륭한 이태리어로 쓰여져
　　있죠.

폐하께선 이제 곧 이 살인자가 어떻게 해서

곤자고의 아내 사랑마저 가로채는지 보시게 될 겁니다.

클로디어스 창백해진 채 비틀거리며 일어선다.

오필리어 폐하께서 일어서시네요.

햄릿 뭐, 공포소리에 놀라셨나?

왕비 어찌 그러십니까, 폐하?

폴로니어스 연극을 중지하라.

왕 나에게 빛을 달라. 가겠다!　　　　　　　[홀로부터 급히 나간다.]

폴로니어스 불을 가져오라, 불을 가져오라, 불을 가져오라!

햄릿과 호레이쇼를 제외하고 모두 나간다.

햄릿 *아하, 상처받은 암사슴은 어서 가서 울게 하라*

상처 없는 수사슴은 신이 나게 놀아야지

누군가는 보고 있고 누군가는 자고 있고

세상만사 왔다갔다 이리저리 돌아간다.

자, 친구, 이번 공연 성공으로 말야, 나머지 남은 내 팔자 최악으
　　로 전락해

회교도가 되더라도, 새 깃털 잔뜩 달린 모자와 프로방스 지방의   270

장미로 장식된 구두를 준비하면 이 연극배우들의 극단 단원의 한

  사람으로

날 넣어주지 않을까?

호레이쇼 반 몫은 받으실 겁니다.

햄릿 한 사람 몫이겠지. 난데.

    너도 알지, 오, 데이먼[29] 진짜 친구   275

      이 왕국도 죠브[30] 자신 빼앗긴 채

  이제 여기 통치자는

    바로 바로―잔혹 악당.

호레이쇼 운을 맞추셨음 좋았을 텐데요.

햄릿 아 호레이쇼, 난 그 유령의 말을 일천 파운드라도 주고 사겠어.   280
감지했나?

호레이쇼 아주 잘요, 전하.

햄릿 바로 그 독살 대사 때 말야?

호레이쇼 아주 확실히 목격했습니다.   [로젠크런츠와 길던스턴 들어온다.]

---

29. 데이먼(Damon): 고대 그리스 Syracuse에 사는 철학자들로 피티아스(Pythias)와 생
사를 같이한 전설적 막역한 친구. 데이먼이 (또는 피티아스가) Syracuse의 왕
Dionysius에 대한 음모로 사형선고를 받았는데 그의 친구 피티아스가 (또는 데이
먼이) 친구를 대신해 죽겠다 자처하여 이를 본 Dionysius 왕이 감명을 받고 죄를
사면한 뒤 우정을 나눌 수 있도록 살려줬다 함.

30. 죠브(Jove): 로마 신화 쥬피터(Jupiter)의 애칭, 그리스 신화의 제우스에 해당.

햄릿　아하, [두 사람에게 등을 돌린다.] 자, 풍악을 울려라, 자, 피리 부는 사
　　람들을 불러라.　285

　　　만약 왕께서 연극을 좋아하지 않는다면
　　　자, 그럼, 그분이 좋아하시지 않는 거겠지, 빌어먹을

　　자 풍악을 울려라.

길던스턴　전하, 긴히 한 말씀 드릴게 있습니다.

햄릿　친구, 다 말해도 돼.　290

길던스턴　저ー폐하께서ー

햄릿　그래, 자, 그분이 뭘?

길던스턴　물러가시면서 아주 심려가 크셨습니다.

햄릿　마시는 술 때문에?

길던스턴　아닙니다, 전하, 화가 크게 나셨습니다.　295

햄릿　이걸 전의에게 알리는 것이 네 지혜를 훨씬 더
　　돋보이게 하는 것일 거야, 왜냐면 내가 그분 속을
　　풀어드리고 싶어도 아마 그분의 화통에
　　기름을 퍼붓는 꼴이 될 테니까.

길던스턴　전하, 전하의 얘길 좀 논리정연하게 해주시고　300
　　저의 관심사로부터 그리 엉뚱하게 벗어나지 않으심 좋겠습니다.

햄릿　난 길이 잘 들여졌네, 친구. 얘기해봐.

길던스턴　모친이신 왕비폐하께서 아주 크게 정신적 충격을 받으셔서
　　절 전하께 보내셨습니다.

햄릿　환영해 마지않사옵니다.　305

길던스턴 아닙니다 전하, 이렇게 예의를 차리시는 것도 옳은 방식이 아

      닙니다.

      제게 합리적인 대답을 해주실 수 있다면

      왕비전하의 요구하신 바를 전해드리겠습니다

      아니라면 가도록 해주십시요, 제가 돌아가는 것이

      제 임무의 끝입니다.   [몸을 돌려 나가려한다.]   310

햄릿 친구, 난 그럴 수 없지.

로젠크런츠 뭐라구요, 전하?

햄릿 합리적인 대답을 할 수 없단 말이지. 내 분별력이 병에 걸렸거든.

      그러나 친구, 내가 할 수 있는 대답을, 네가 명령하는 대로―

      아냐, 자네 얘기에 따르면, 내 모친이라 했든가.   315

      그러니 더 이상 그러지 말고, 본론으로 가자구. 나의 모친께서,

        너의 말은―

로젠크런츠 왕비전하께서 하신 말씀은 전하의 행동이 왕비전하를

      혼란과 당혹감 속으로 빠뜨리셨다는 것입니다.

햄릿 아 훌륭한 아들이군, 모친을 그렇게 놀라워하시도록 해드리다니!

      한데 이 모친께서 그리 놀라워하신 뒤에 뭐 후속 편이 없나?   320

      계속 얘길 좀 해줘야지.

로젠크런츠 왕비전하께선 전하가 침소에 드시기 전에

      왕비전하의 내실에서 말씀을 나누고 싶어 하십니다.

햄릿 순종해 드려야지, 열 번이나 더 나의 모친이더라도.

      내게 뭐 더 할 일이 있나?   325

로젠크런츠 전하, 예전엔 절 사랑해 주셨습니다.

햄릿　아직도 그래, 소매치기나 도둑질도 하는 손을 걸고 맹세하지.

로젠크런츠　전하, 전하의 마음이 이상해진 이유가 무엇입니까?

전하의 괴로움을 전하의 친구에게 드러내길 거부하신다면

전하 자신의 자유로움의 문에 빗장을 거시는 겁니다.　330

햄릿　친구, 내가 승진을 뺏겼어.

로젠크런츠　어찌 그럴 수가 있습니까, 덴마크 왕국에서 전하의 승계를 위해

폐하 자신으로부터 추천을 받으셨을 텐데요?

햄릿　그렇지, 친구, 그러나 풀 자라는 것 기다리다 망아지는 굶어 죽고―

이 속담도 뭔가 곰팡내가 나네.　　　[배우들이 피리를 갖고 들어온다.]　335

아, 피리들이네. 어디 하나 좀 볼까. ―

[피리를 하나 집어 들고 길던스턴을 한쪽으로 데려간다.] 저쪽으로 함께 가자

넌 왜 날 사냥터 덫에 몰아넣으려는 듯

바람 부는 쪽으로 날 몰고 가려 애쓰는 거지?

길던스턴　전하, 만약 제 의무감이 너무 과했다면

전하께 대한 저의 사랑이 무례할 만큼 큰 것입니다.　340

햄릿　난 그게 잘 이해가 안 되거든.

이 피리 좀 불어보겠나?

길던스턴　전하, 전 못 붑니다.

햄릿　해보라구.

길던스턴　믿어주십시요, 못 붑니다.　345

햄릿　해보래두.

길던스턴　어떻게 구멍을 누르는지 모릅니다, 전하.

햄릿　그건 거짓말 하는 것처럼 쉬워. 이 구멍들을 네 집게손가락과

엄지손가락으로 다루고 입으로 바람을 불어 넣어 보라구

그럼 소리를 내서 가장 우아한 음악을 선사해줄 거야.　　350

자 보라구, 이게 구멍들이거든.

길던스턴　그러나 화음을 내기 위해 제가 이것들을 다룰 줄 모릅니다.

그런 기술이 없습니다.

햄릿　아하, 이것 봐라, 네가 날 얼마나 우습게 봤는지 알잖아.

네가 날 악기 연주하듯 가지고 놀려 했고, 나의 구멍들이　　355

어디 있는지 알고 있는 듯 내 가슴에서 내 비밀을

뽑아낼 작정으로 나의 가장 낮은 음표부터 내 음계의

가장 높은 음자리까지 두드려 보겠다는 거잖아.

이 작은 피리 속에 엄청난 음악과 기막힌 소리가 들어있는데

넌 그걸 소리조차 낼 수 없다는 거지. 옘병할, 네가 피리 부는 것보다　　360

날 훨씬 더 쉽게 연주할 수 있다 생각한 것이냐?

날 어떤 악기로 불러도 좋고 네가 날 현악기 타듯 해보더라도

날 연주할 수는 없을 것이다.　　　　　　　[폴로니어스 들어온다.]

안녕하시요, 대감.

폴로니어스　전하, 왕비마마께서 전하와 대화를 하고 싶어 하십니다.　　365

지금 즉시요.

햄릿　대감, 저기 저 구름을 보시요,

거의 낙타 모습 같지요?

폴로니어스　이것 참, 그게 — 정말로 낙타 같습니다.

햄릿　내 생각엔 족제비 같은데.　　　　　　　　　　370

폴로니어스　등 부분이 족제비 같습니다.

햄릿 어쩌면 고래 같기도 하네요.

폴로니어스 정말로 고래와 똑같습니다.

햄릿 그럼 즉시 어머니께 가겠소―

[방백] 이것들이 내 온 힘을 다해 내가 광대 짓거릴 하도록 만드네. 375

바로 가겠소.

폴로니어스 그렇게 전해드리겠습니다.

[폴로니어스, 로젠크런츠, 길던스턴 나간다.]

햄릿 "바로"란 말쯤이야 쉽게 해줘야지. ―가도 좋네, 친구들.

[나머지 배우들도 나간다.]

지금은 바로 한밤중 마녀들이 활동을 재개할 때이고

교회 공동묘지들이 아가릴 벌리고 지옥이 이 세상에 380

독기를 내뿜을 시각이다. 이제 난 뜨거운 김이 나는 생피라도 들

이키겠다.

백주 대낮엔 보기만 해도 사시나무처럼 떨 수 있는

그런 참혹한 짓거리라도 감행할 것이다, 잠깐, 이제 어머니께 가자.

아 가슴아, 네 천륜의 도리를 잃지 마라. 언제라도

잔혹한 네로의 영혼이 이 비정한 가슴 속으로 들어오지 않도록

해다오. 385

혹독하게 대하더라도, 천륜의 정에 어긋나는 일이 없도록 하자.

실제 칼은 사용 못하더라도 어머니에게 비수를 꽂는 말을 할 것이다.

내 혀와 영혼이 여기에선 서로 위선자들이 되는 것 같구나

아무리 어머닐 말로 비난하더라도

내 영혼이 결코 그 말들을 실행에 옮기도록 허락하지 않을 것이다. 390

[햄릿 나간다.]

3장

엘시노어 궁성의 접견실 로비, 전처럼 탁자가 놓여 있다.

왕과 로젠크런츠 그리고 길던스턴 들어온다.

왕　　과인은 햄릿이 역겹다, 그의 광증이 멋대로 날뛰도록 내버려 두
　　　　는 것은

　　　　과인의 안전을 도모하지 못하는 것이다. 그러니 너희들은 준비하거라.

　　　　과인이 즉시 너희들에게 칙서를 내어줄 것이며

　　　　그를 영국으로 보내는데 너희들이 수행할 것이다.

　　　　국왕으로서의 직분이 바로 과인의 코앞에서　　　　　　　　　5

　　　　왕자의 위협적인 모습으로부터 시시각각으로

　　　　증폭되는 위기사태를 좌시하지 않을 것이다.

길던스턴　　　　　　　　　　　　저희들은 채비를 하겠습니다.

　　　　폐하의 덕으로 삶을 영위하는

　　　　만백성의 안위를 보위하시는 것은

　　　　가장 거룩하고 성스러운 의무라 생각됩니다.　　　　　　　10

로젠크런츠　개인의 사사로운 삶도 위해로부터

　　　　스스로를 지키기 위해서는 온마음의 힘과 갑옷으로

　　　　무장을 해야 합니다. 그러나 폐하의 안위엔

　　　　만백성의 생명이 걸려있고 또한 의존하고 있으므로

더 이상 말할 것이 없을 정도입니다. 폐하의 서거는   15
한 분만의 불행이 아니라 마치 거대한 소용돌이처럼
주변에 함께 있는 것들을 모두 빨아들입니다. 또는
가장 높은 산 정상에 위치한 거대한 바퀴라 할 수 있으며
그 거대한 바퀴살에 수만 개의 작은 부속들이
결합되고 연결되어 있어서, 그것이 추락하면   20
각개의 작은 연결 부품들과 부속물들이
굉음을 내며 부서져버리는 것입니다. 결코 홀로 폐하께서
한숨짓는 것이 아니라 전 국민이 괴로워하는 것입니다.

왕   자 이 신속한 항해를 위해 준비하라
과인은 지금 너무 자유로이 방치해 멋대로 휘젓고 다니는   25
이 골칫거리에 족쇄를 채워버릴 것이다.

로젠크런츠   신들은 서두르겠습니다.

로젠크런츠와 길던스턴 나간다.
폴로니어스 들어온다.

폴로니어스 폐하, 왕자님이 왕비전하의 내실로 가고 있습니다.
제가 커튼들 뒤에 제 자신을 몰래 숨겨서
자초지종을 엿들어보겠습니다. 왕비전하께서 왕자님을 된통 나무
   라실 게 틀림없습니다.
폐하께서 말씀하셨듯이 ─ 현명하게 말씀하셨지요 ─   30
천륜의 정이 어머니들을 편파적으로 만들 수 있으므로,
어머니보다는 어떤 다른 청객이 유리한 조건에서

들어보는 것이 적절할 것 같습니다. 안녕히 계십시요, 폐하.

침소에 드시기 전에 폐하를 찾아뵙고

제가 알아낸 것을 보고 올리겠습니다.

왕   고맙소, 대감.   35

    폴로니어스 나가고, 왕 이리 저리 걸으며 말한다.

아, 나의 죄악이 푹푹 썩어 그 악취가 하늘 끝까지 진동하는구나.

이 죄악이 원초적 태고의 저주를 품고 있는—

형제살해다. 기도를 할 수가 없다

기도하고 싶은 심정 간절하기 짝이 없는데

훨씬 더 강력한 내 죄악이 내 강력한 의도를 압도해버린다   40

양다리 걸친 함정에 빠져 옴짝 달싹 못하는 자같이

어느 것 먼저 시작해야 할지 멍청히 서 있다가

양쪽 다 놓치게 되는 것이다. 이 저주받은 손이

형의 피로 범벅이 돼 훨씬 더 두꺼워졌으니 어쩌면 좋단 말인가

너그러운 하늘에서 흠씬 비를 내려줘서   45

이 손을 눈처럼 새하얗게 씻어줄 수 있을까?

죄악에 맞서 이겨낼 수 없다면 자비를 어디에 쓴단 말인가?

우리가 추락하기 전에 미리 막아주든가

아니면 파멸에 이른 자를 용서해주든가

이 두 가지 효력이 없다면 기도란 게 무슨 소용이 있는가? 그럼

   용기를 갖자.   50

내 죄는 이미 저질러진 것—아, 어떤 기도가 내게 효력이 있을까?

"저의 사악한 살인죄를 용서해 주십시오"로 할까?

그렇게 될 수가 없지, 지금 내가 아직 살인죄를 저질러서

획득한 것들을 차지하고 있기 때문이다―

내 왕관, 내 자신의 야심, 게다가 나의 왕비까지.   55

용서도 받고 이 죄로 얻은 것들도 유지할 수 있을까?

이 세상 부패의 세파 속에

죄악도 황금이 가득한 손으로 무장하면 정의도 축출해버리고

부정으로 차지한 물건으로 법관을 매수하는 일도

너무나 흔하게 보인다. 그러나 천상에선 그렇지 않을 것이다.   60

그 어떤 협잡도 있을 수 없고 모든 행위가

진정한 자연의 본성으로 드러나게 되어 우리 자신들은 당연히

우리가 저지른 죄악들이 적나라하게 보이도록

증언할 수밖에 없다. 그럼 어쩌지? 할 수 있는 게 뭐가 남았나?

참회가 할 수 있는 걸 해보자. 참회가 할 수 없는 게 뭐란 말인가?   65

그러나 할 수 있는데, 참회를 할 수 없다면?

아 이렇게까지 비참할 수가! 아 가슴이 죽음처럼 캄캄하다!

아 끈끈이 덫에 걸린 영혼아! 벗어나려 몸부림치면 칠수록

더욱 더 얽혀드는구나! 천사들아 제발 도와다오! 죽어라 기도해보자.

굽어져라 고집불통 무릎아. 철사줄처럼 질겨진 가슴아   70

갓 태어난 아기의 힘줄처럼 제발 나긋나긋해다오.

모든 게 잘 되기를.   [왕 무릎을 꿇는다.]

햄릿 접견실로 들어오다 왕을 보고 멈칫 선다.

햄릿 자 지금이 바로 그 일을 할 수 있는 안성맞춤의 순간이다. 지금 이자가

기도를 하고 있다. 자 이제 해치우자.   [햄릿 칼을 뽑는다.]

그럼 이자가 천국으로

가게 되고 내가 그렇게 복수를 하게 된다. 그건 좀 생각을 해봐야

겠는데.   75

악당 놈이 내 아버지를 살해했는데, 그것 때문에 내가,

아버지의 외동아들이, 바로 같은 악당 놈을

천국으로 보내준다.

흠, 이건 아버지를 살해할 놈을 고용해 그 보상으로 월급 주는 꼴

이지 복수가 아니다.

이자는 나의 아버지가 활력 충만한 오월처럼 그의 죄들이 만발하여   80

한창 환락에 취해 있을 때 졸지에 목숨을 빼앗아갔다.

그럼 아버지가 사후 최후 심판대에서 어찌될지 하늘 외에 누가

알겠는가.

그러나 우리의 관측과 정황판단에 미루어보면

아버지에겐 중벌이 될 것이다. 그러면 이자가 영혼의 속죄를 빌

고 있는 차에

그의 천국으로 가기 위한 적절한 준비가 됐을 때   85

이자의 목숨을 뺏는 것이 복수를 하는 게 될까?

안 되지.   [햄릿 칼을 칼집에 넣는다.]

칼아 다시 들어가거라, 그리고 훨씬 더 무시무시한 기회를 찾아내라.

이자가 만취해 잠들어 있거나 광분해 있을 때

자신의 침대에서 근친상간의 쾌락에 탐닉해 있거나   90

도박 중 저주를 하고 있을 때 그렇지 않으면 도저히

구원의 낌새를 차릴 수 없는 모종의 행위를 하고 있을 때

이자를 처치해 천국을 발로 차고 거꾸로 떨어져

그의 영혼이 지옥처럼 칠흑 같은 어둠 속에 저주받은 채로

지옥으로 곤두박질하도록 해줘야 한다. 어머니가 기다리겠다.   95

이런 기도의 약 처방은 단지 너의 와병 날짜만 연장시킬 뿐이다.

[햄릿 지나간다.]

왕　[일어서며] 내 기도의 말들은 날아가 버리고 나의 마음들은 바닥을

　　헤매는구나.

마음이 없는 기도의 말은 결코 천국으로 날아오르지 못한다.

4장

**커튼들이 드리워져 있는 왕비의 내실,
한쪽 벽엔 햄릿 선왕과 현왕 클로디어스 초상화가 걸려있고,
의자들과 침대가 있다.**

왕비와 폴로니어스 들어온다.

폴로니어스 왕자님께서 바로 오실 겁니다. 왕자님께 심하게 꾸짖어 주셔

야겠습니다.

왕자님의 방자함이 너무 지나쳐 감당하기 힘들다는 것과

왕비전하께서 폐하의 큰 분노와 왕자님 사이에 끼어들어

막아주셨다고 말씀해주십시요. 전 여기서 말없이 있겠습니다.

솔직한 얘기 나누시기 바랍니다. 5

햄릿 [무대 뒤에서] 어머니, 어머니, 어머니!

왕비 틀림없이 그리 할 테니 걱정 말아요.

몸을 숨겨요, 그 애 오는 소리가 들려요.

[폴로니어스 커튼 뒤 숨고, 햄릿 들어온다.]

햄릿 자, 어머니, 무슨 일입니까?

왕비 햄릿, 넌 너의 아버지를 너무 마음 상하게 했다.

햄릿 마마, 당신은 저의 아버님을 너무 마음 상하게 했습니다. 10

왕비 이런, 이런, 넌 어리석은 요설로 대답을 하는구나.

햄릿 저런, 저런, 당신은 사악한 독설로 질문을 하시네요.

왕비 아니, 어찌 이러느냐, 햄릿?

햄릿 이제, 무슨 일입니까?

왕비 날 잊었단 말이냐?

햄릿 아니죠, 맙소사, 그렇진 않지요.

당신은 왕비시고, 당신의 남편 동생의 부인이시며 15

게다가 그렇지 않았음 너무도 좋겠지만 당신은 내 어마마마시군요.

왕비 아니, 그럼 네게 타일러줄 사람들을 물색해보겠다. [가려한다.]

햄릿 [왕비의 팔을 잡으며] 자, 자, 앉으시죠, 나가지 못합니다.

당신에게 거울을 비춰 보여줄 때까지 나가선 안 돼요

당신은 거울 속에서 당신의 진짜 본 모습을 볼 겁니다. 20

왕비 무슨 짓을 하는 거지? 날 살해하려 하는 게 아니냐?

살려줘요!, 살려줘요, 아!

폴로니어스 [커튼 뒤에서] 무엇입니까, 하, 사람 살려라, 사람 살려, 사람 살려라!

햄릿 어떻게 된 거지? 이 쥐새끼! 확실히 죽어라, 죽어.

그의 뾰족한 쌍날의 긴 검으로 커튼을 관통해서 찌른다.

폴로니어스 [쓰러지며] 살해를 당했다. 25

왕비 아 이런, 무슨 짓을 한 거냐?

햄릿 하, 모르겠는데요.

왕입니까? [햄릿이 커튼을 들어 올리자 죽어버린 폴로니어스를 발견한다.]

왕비 아 이게 얼마나 무모하고 잔혹한 짓이냐!

햄릿 잔혹한 짓입니다. 마마, 왕을 살해하고

그분의 동생과 결혼하는 것만큼이나 사악한 짓이겠죠. 30

왕비　　왕을 살해한 것만큼이라고?

햄릿　　　　　　　　　　그렇구말구요, 마마, 그게 제 말이었습니다. －

[폴로니어스에게] 이 비열하고 무모하고 끼어들기 잘하는 멍청아, 잘
　가거라.

난 네가 너의 상전인 줄 알았다. 네가 자초한 팔자소관이다.

너무 주제넘게 끼어들면 상당히 위험하다는 걸 알았을 게다. －

　　　　　　　　　　　　　　　　　　[커튼 내리고 돌아선다.]

당신의 손들을 쥐어짜지 마시지요. 소리치지 말고 앉으세요.　　　35

내가 당신 가슴을 쥐어짜 드리겠습니다. 그렇게 해드려야지.

만약 그 가슴이 감정을 느낄 수 있도록 만들어져 있다면

저주받을 악습이 감각을 받아드리지 못하는

갑옷이나 성채처럼 철면피로 바꿔놓지 않았다면 말입니다.

왕비　　내가 무슨 짓을 했기에 네가 감히 내게 대들어　　　40

이렇게 난폭하게 소리를 지르며 혓바닥을 놀리는 거냐?

햄릿　　　　　　　　　　　　　　　　그런 행동은

정숙한 여인의 아름다움과 수줍음을 유린하고

미덕을 위선이라 부르고 순수한 사랑의 아름다운 이마로부터

장미꽃을 따버리고 그 자리에 오욕의 낙인을 찍는 것이며

결혼의 서약들을 도박꾼들의 맹세들처럼　　　45

새빨간 거짓으로 만드는 겁니다－아, 그런 행위는

성스러운 결혼약속과 그 합의로부터

그 영혼을 뽑아버리는 것이고 달콤한 사랑의 맹세를

잡스런 말의 광상곡으로 만드는 겁니다. 하늘의 안색도

지상을 내려다보고 분노로 이글거리며   50

이 한탄스런 모습에 최후의 심판대에

마주선 것처럼 이런 짓에 절치부심을 하고 있습니다.

왕비   아 이런, 어떤 행위가

네 말처럼 그렇도록 크게 으르렁거리며 천둥소릴 낸다는 것이냐?

햄릿 [왕비를 벽에 걸려 있는 초상화 쪽으로 데려가며] 자 여기 두 형제들 중 이 초상화와

이 모조품 같은 초상화 모습을 보시죠.   55

이 이마에 얼마나 우아한 기품이 서려있는지

태양신 하이페리온의 파도치는 듯한 머리타래, 죠브신 같은 이마

위압하듯 지휘하는 군신 마르스의 눈빛,

하늘에 입맞추듯 드높이 치솟은 산 정상에 막 내려선

사자의 신 머큐리와도 같은 당당한 태도   60

진정으로 신의 품성을 지닌 의연한 자태

모든 신이 앞다퉈 온 세상에 남자다움을

보증키 위해 도장을 찍어주려는 사람.

이 사람이 당신의 남편이었습니다. 자 이제 다음 걸 보시죠.

여기 강건하던 형마저 말려 죽인 썩어버린 밀 이삭 같은   65

지금의 남편이 있습니다. 대체 눈이 있습니까?

어떻게 이 아름다운 초원동산에서 먹고 살기를 포기하고

이 황무지 벌판에서 돼지같이 육욕을 채웁니까? 하, 대체 눈이 있 습니까?

그걸 사랑이라 부를 순 없죠. 당신 나이쯤 해선

불꽃같던 욕정도 잡혀 겸손해지고   70
옳은 판단에 순응하는 것인데, 대체 어떤 판단으로
이쪽에서 이쪽으로 자리바꿈을 한 건가요? 감각은 확실히 있겠지요.
그렇지 않으면 욕정도 없을 테니까. 그러나 그 감각은
분명 마비된 겁니다, 왜냐면 광증도 그런 실수는 저지르지 못할
　테니까요
광증에서도 감각은 결코 그런 식으로 노예가 되지 않고   75
어느 정도 선택의 힘을 유보하고 있어
그런 차이를 구별하는 데는 힘을 발휘하거든요. 대체 어떤 악마
　가 씌웠기에
두 눈을 가려버린 듯 이렇게도 당신을 기만했습니까?
감각이 없으면 눈으로라도, 시각이 없으면 감각으로라도
손이나 눈이 없으면 귀로, 모든 게 없으면 냄새로라도   80
또는 병이 들었을지언정 단 한 가지의 진정한 감각만 있어도
그렇게 멍청한 짓거릴 하진 않을 겁니다, 아 이 치욕, 당신의 정
　조는 어디 갔습니까?
반역의 욕정아,
만약 네가 중년 여인의 뼈 속에서도 반란을 일으킬 수 있다면
불타는 젊음에겐 정조 같은 건 양초가 되어   85
스스로의 화염 속에 녹아버리라 해라, 중년 부인이 스스로
물불 안 가려 욕정에 불타오르고, 이성은 욕정의 뚜쟁이 노릇을
하고 있는 이때, 젊음의 몰아치는 욕정이 판을 치더라도
그 어떤 수치감도 책하지 마라.

| 왕비 | 아 햄릿, 더 이상 얘기하지 마라. |

네가 나의 눈으로 내 영혼을 들여다 볼 수 있도록 해주었고　　　　90

쉽게 사라지지 않을 속속들이 검게 오염된 얼룩들을

그곳에서 보았다.

| 햄릿 | 아니겠지, |

더러운 침대의 악취 나는 땀 속에

구역질나는 돼지우리에서 타락에 푹 젖어 정담을 나누고

욕정을 만족시키며 사는 것밖에 할 게 없겠죠!

| 왕비 | 아 제발 더 이상 얘기하지 마라.　95 |

이 말들이 비수들처럼 내 귀에 꽂힌다.

더 이상 그러지 마라, 햄릿.

| 햄릿 | 살인자 악당 |

당신의 전남편의 백분의 일도 안 되는

쓰레기 같은 놈, 제왕들을 흉내 낸 광대 악당

제국 통치의 소매치기 같은 놈　　　　100

선반으로부터 귀중한 왕관을 도둑질해서

제 주머니에 집어넣은 놈—

| 왕비 | 제발 그만. |

| 햄릿 | 거지발싸개 같은 왕놈—　　　[유령 실내 가운을 입고 나타난다.] |

하늘의 수호천사들아 너희들의 날개를 내 위에 펼쳐　　　　105

날 구원해다오! 무엇을 원하십니까 아버님?

| 왕비 | 아, 얘가 미쳤군. |

| 햄릿 | 지체하는 아들을 꾸짖기 위해 오시지 않으셨습니까? |

아들이란 놈이 시간도 놓치고 열정도 식어

아버님의 가공할 명령에 대한 긴급 실행조차 저버리고 있기 때문

　입니까?　　　　　　　　　　　　　　　　　　　　　　　　　110

아 말씀해 주십시요.

유령　잊지 마라. 이렇게 찾아온 것은

너의 거의 무디어진 목적을 벼리기 위한 것이다.

그러나 네 어머니가 극심한 혼란 속에 빠져 있는 모습을 보거라.

네 어미의 고뇌하는 마음 속 갈등 사이에 그녀를 보호해줘야 한다.　115

가장 허약한 몸에서 기이한 망상들이 가장 강하게 극성을 부리는

　것이다.

그녀에게 말해 주거라.

햄릿　괜찮으십니까?

왕비　　　　　　아, 너야말로 괜찮은 것이냐?

너의 눈이 허공을 쏘아보고

형체도 없는 바람과 대화를 주고받지 않느냐?　　　　　　　　120

네 눈 속엔 극심한 충격으로 넋 나간 모습이 드러난다.

잠자던 병사들이 비상나팔 소리에 놀란 듯도 하고

너의 잠자던 머리카락이 마치 살아나는 듯

갑자기 모두 일어나 곤두서 있다. 아 선한 아들아

실성으로 열화에 들뜬 네 마음을　　　　　　　　　　　　　125

냉정한 인내심으로 식혀야 한다. 어디를 응시하는 것이냐?

햄릿　아버님을 보세요, 아버님을 보라구요. 얼마나 창백한 모습으로

　보고 있는지 좀 봐요.

아버님의 표정과 통한의 이유를 헤아려보면 돌마저 감동되어

울분을 느끼게 만들 겁니다. ─절 노려보지 마십시요.

이렇게 불행한 모습을 접하면 제 굳은 행동의   130

결의도 바뀌게 될 겁니다. 제가 반드시 수행해야 될 과업도

그 빛을 잃게 되고─피의 복수 대신 눈물만 남을 것 같습니다.

왕비   도대체 누구에게 이런 말을 하는 것이냐?

햄릿   바로 저기에 아무것도 안 보입니까?

왕비   전혀 아무것도 안 보인다. 난 지금 모든 게 보이는데.   135

햄릿   아무것도 안 들립니까?

왕비   우리들 얘기 말고는 아무것도 안 들린다.

햄릿   하, 저기 좀 보세요, 저 소리 없이 물러가시는 모습 좀 보라구요.

나의 아버님이십니다, 살아생전과 똑같은 옷을 입고 계시잖아요!

이제 현관 밖으로 나가시는 모습을 보세요.   [유령 사라진다.]   140

왕비   이것은 네 머릿속에서 상상해낸 것이다.

이 형체도 없는 창조물인 광증은

아주 교활하기 짝이 없는 것이다.

햄릿   광증이라구요!

제 맥박도 어머니 것과 같이 규칙적으로 박자를 잘 맞춰 뛰고

건강한 음악 소릴 내고 있습니다. 내가 한 말들은   145

광증에서 나온 게 아닙니다. 날 시험해 보세요.

그럼 한마디 한마디 모두 똑같이 되풀이할 수 있습니다. 그건 광

　증이면

엉망이 될 겁니다. 어머니, 제발

어머니 영혼의 상처에 어머니의 죄는 없고 나의 광증뿐이라 외칠

그 위선적 향유 칠을 하지 마십시오.

그건 단지 상처 난 곳의 표면만 덮을 뿐이고

악취가 나도록 썩은 부분은 그 안쪽을 모두 망가뜨리며

보이지 않는 곳에서 곪아터지는 겁니다. 하늘에 대고 스스로 고
   백하세요.

저질러진 과거의 죄를 참회하고 다가올 유혹을 피해야 합니다.

잡초들에 거름을 펴줘서

기고만장 자라지 않도록 하세요. 제 직설의 미덕을 용서하시기
   바랍니다.

지금 같은 초비만 타락시대의 꼴사나운 상황 속에서

미덕 스스로 악에게 용서를 구해야만 하고, 그렇죠,

사악한 것에 선을 베풀어주기 위해 허가를 구걸하고 절까지 해야
   하는 판입니다.

왕비   아 햄릿 네가 내 가슴을 둘로 쪼개놓았다.

햄릿   아 그 나쁜 쪽을 버리세요.

그리고 다른 반쪽과 함께 훨씬 더 순수하게 사세요.

안녕히 주무십시오. 그러나 숙부의 침대론 가지 말아야 합니다.

없더라도 정조가 있는 체라도 하세요.

습관이란 괴물은 악습의 모든 감각을

먹어치우므로 이런 점에선 천사일 것이며

아름답고 선한 행위의 습관적 실천은

쉽게 입을 수 있는 새로운 옷이나 제복을

선사합니다. 오늘 밤을 자제하면

다음날의 절제를 위해 수월함을 내주게 되고   170

그다음은 더욱 쉽게 됩니다.

왜냐면 습관적 실천은 거의 타고난 성품을 바꿔줄 수도 있고

경이로운 능력으로 악마를 받아들일 수도 있거나

밖으로 몰아낼 수도 있습니다. 한 번 더 안녕히 주무십시요.

어머님이 축복받기를 소망할 때는   175

저도 축복을 빌어드리겠습니다. 이 대감에 대해선

[폴로니어스를 가리킨다.]

후회합니다. 그렇지만 하늘의 뜻이 그랬으며

이자를 통해 절 벌하셨고, 동시에 절 통해 이자를 벌하신 셈입니다.

제가 어쩔 수 없이 하늘을 대신한 처형자며 징벌자가 된 거겠죠.

이 사람은 제가 처리할 것이고 이 사람을 죽게 한 것에 대해선   180

응분의 책임을 질 겁니다. 자, 다시, 작별 인사드립니다.

제가 뭔가 잘해 보려다 이리 가혹해질 수밖에 없었네요.

이 악행은 시작일 뿐이고 더 심각한 악행이 다가올 겁니다.

[햄릿 나가다 다시 돌아온다.]

한마디만 더 하지요.

왕비　　　　　　　　　내가 무엇을 해줘야 하지?

햄릿　제가 앞서 말한 걸 추호도 신경 쓰지 마시고.   185

그 비계 덩어리 왕이 어머닐 침대로 다시 유혹해서

음탕하게 어머니 볼을 헤집고 귀여운 생쥐라 부르게 하시죠.

그로 하여금 몇 번씩이나 더러운 키스를 해대며

그자의 저주받은 손가락으로 어머니 목덜미를 애무하게 하고
이 모든 걸 다 털어 놓으세요.   190
이놈이 절대로 미친 게 아니고
단지 교묘히 미친 척 하는 거라구요. 그자에게 고해바치는 게 썩
   좋을 겁니다.
오로지 아름답고 진중하고 현명한 왕비이신데
그 두꺼비, 박쥐, 수고양이 놈으로부터
그렇게 막중한 중대사를 감추다니요? 어느 누가 그러겠습니까?   195
아니죠, 지각이고 비밀이고 다 헛소립니다.
지붕 꼭대기 새장을 열어
그 새들을 날려버리세요, 그리고 그 유명한 원숭이 얘기처럼
어떻게 되나 보려고, 그 새장 속으로 기어들어가서
새처럼 뛰어올랐다 떨어져 목이나 부러지는 거지요.   200
왕비 안심하거라, 만약 말이 숨결로 만들어지는 것이고
산 자의 숨결로 되는 거라면, 네가 지금까지 내게 한 말을
목숨이 붙어 있는 한 발설치 않을 것이다.
햄릿 전 영국으로 가지 않으면 안 됩니다, 아십니까?
왕비   아,
내가 잊었었다. 그렇게 되었다더구나.   205
햄릿 칙서들이 봉인됐고 내 두 동창생들이 따릅니다.
내가 살모사의 독아를 믿듯 신뢰하는 자들이지만
이자들이 어명을 수행해 나의 길을 안내하며
날 모종의 함정을 향해 몰고 갈 겁니다. 잘 해보라지요.

공병이 스스로 설치한 폭발물에 의해 날아가 공중분해 되는   210
자승자박의 꼴을 보는 것도 재미있겠지. 실패하면 불행하겠지만
난 그놈들이 파놓은 함정들보다 한 석 자쯤 더 깊이 파서
놈들을 달나라까지 날려 보내줄 테니까. 아하, 외나무다리 위에서
웬수가 음모를 갖고 맞닥뜨리는 것도 얼마나 달콤한 일인가.
이 인간이 날 서둘러 떠나게 해줄 겁니다.   215
이 비곗덩어릴 옆방으로 치워야겠군.
어머니, 안녕히 계십시요. 이 대감님도
이젠 아주 조용하네, 비밀도 아주 잘 지키고, 가장 엄숙해지고
생전엔 어리석은 떠버리 광대였건만.
갑시다, 영감, 당신과도 끝장을 내야 할 판이요.   220
안녕히 주무세요, 어머니.

햄릿 방에서 시체를 끌고나가자, 왕비 흐느끼며 침대 위에 몸을 던진다.

4막

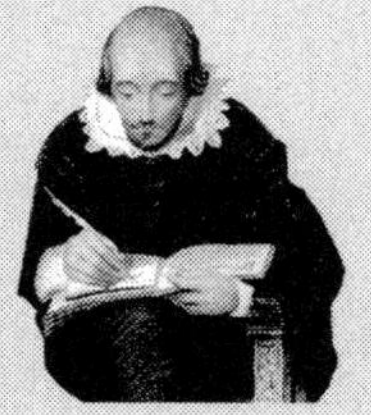

1장

같은 장소.

잠시 사이를 두고 왕이 로젠크런츠 그리고 길던스턴과 함께 들어온다.

왕 [침대 위 왕비를 일으키며] 이 한숨소리들과 이렇게 큰 숨을 몰아쉬는
　　데엔 무슨

심각한 문제 있는 것 같소. 설명을 해주시요. 과인도 알아야만 하겠소.

아들은 어디 있는 것이요?

왕비 잠시 자리를 좀 물러가 있거라.　　　　[로젠크런츠와 길던스턴 나간다.]

아, 폐하, 오늘 밤 대체 제가 이런 참상을 겪어야만 하다니요!　　5

왕 무슨 말이요, 거트루드, 햄릿은 어찌 된 거요?

왕비 미쳤어요, 마치 대양과 폭풍이 누가 더 쎈가

싸우듯 광란하던 중이었어요. 커튼 뒤에서 무엇인가

동요하는 소릴 듣자 걷잡을 수 없는 발작으로

그의 긴 검을 뽑아들고 "쥐새끼다, 쥐새끼다" 고함치며　　10

이러한 광란에서 비롯한 환각 속에 취해

그 숨었던 선량한 노인을 살해하였습니다.

왕 　　　　　　　　　　　　　　아 끔찍한 일이다.

과인이 거기 있었더라면 과인도 그렇게 당했을 것이다.

그의 안하무인 격 방종은 모든 사람들에게 위험천만일 것이며

당신 자신에게도 과인에게도 모든 사람들에게도. 15

아, 이 잔인한 범죄에 대해 어떻게 대답을 해야 한단 말인가?

과인에게 비난의 화살이 쏟아질 것이다. 과인이 미리 예상하여

이 미친 젊은이를 통제하고 감금하고 대중들로부터

격리시켰어야 했을 것이라고. 그러나 과인의 사랑이 너무 크다 보니

가장 적절한 해결책을 찾지 못했는데 20

마치 고질병 환자가

그 병이 외부에 알려지는 것을 막으려다 결국

생명의 골수까지 파먹히고 말게 된 꼴이다. 햄릿은 어디로 갔소?

왕비 그가 죽인 시체를 치우려 나갔는데

그 시체를 바라보며—그의 광증에서도 마치 25

천한 금속들 사이에서 황금 광맥을 발견하듯

스스로 순수함을 보였어요—왕자는 저지른 일에 대해 눈물을 흘

렸습니다.

왕 아 거트루드, 나갑시다.

햇살이 저 산들을 비추는 즉시

과인은 왕자를 배에 태워 떠나도록 할 것이요. 이 악행에 대해선 30

과인이 왕의 권위와 묘책을 동원해

변호하고 변명하지 않으면 안 될 것이요.—자, 길던스턴!

로젠크런츠와 길던스턴 들어온다.

자 두 사람은 함께 가서 몇 사람의 추가 도움을 청하라.

햄릿이 광증으로 폴로니어스를 살해한 후

어머니 내실로부터 그를 끌고 나갔다.   35

가서 그를 찾아내라―부드럽게 달래서―그 시신을

교회 안으로 옮겨와야 한다. 이 일을 서둘러라.

[로젠크런츠와 길던스턴 나간다.]

자, 거트루드, 가장 똑똑한 친구들을 소집해

과인이 의도하는 것과

예기치 못한 불상사에 대해 그들에게 알릴 것이요. 시기심 많은

　중상은   40

대포알이 표적을 향해 날아가듯

그 쑤군대는 소문이 이 세상 모든 곳으로

그 중상의 독화살을 퍼 나르지만, 과인의 명성은 건드리지 못하

　고 빗나가

상처를 줄 수 없는 허공만 칠 것이요. 자, 갑시다!

과인의 마음은 불안과 당혹감으로 가득 차 있소. [왕과 왕비 나간다.]   45

2장

엘시노어 궁성의 또 다른 방.

햄릿 들어온다.

햄릿　안전하게 집어넣었다.

로젠크런츠＋길던스턴　[무대 뒤에서 부른다.] 햄릿 왕자님, 햄릿 왕자님!

햄릿　가만있자 무슨 소린가? 누가 햄릿을 부르지? 아, 그자들이 이리 온다.

로젠크런츠와 길던스턴 근위병 한사람과 급히 들어온다.

로젠크런츠　전하, 시체를 어떻게 하셨습니까?

햄릿　흙과 한패가 됐네, 서로 친척 사이니까.　　　　　　　　　5

로젠크런츠　어디 있는지 얘기해 주십시요. 저희들이 찾아서

　　　　　교회로 운구해야 합니다.

햄릿　믿지 말아야지.

로젠크런츠　무엇을 말입니까?

햄릿　내가 너희들 비밀은 몽땅 지켜주고 내 건 몽땅 까발릴 거란 것.　10

　　　　게다가 스펀지 나부랭이로부터 심문을 받으면 —

　　　　대왕의 아드님은 무슨 대답을 해야 할까?

로젠크런츠　절 스펀지로 치시는 건가요, 전하?

햄릿　그렇구말구, 친구, 왕의 총애도 빨아먹고

보상도 빨아먹고 권세도 빨아먹지. 하긴 그런 관리들이   15

결국 왕에겐 최고야. 왕이 그자들을 턱 안 한 구석에,

마치 원숭이가 그러듯, 물고 있다가―처음엔 살살 돌려 단물 빨고

마지막엔 꿀꺽하는 거지. 왕이 필요할 때마다 너희들이 빨아먹은 걸

쭉 짜기만 하면 되걸랑, 그리고 스펀지인 너희들은

다시 바싹 마르게 되는 거지.   20

로젠크런츠   이해할 수 없습니다, 전하.

햄릿   난 그게 기뻐. 독설도 멍청이 귀엔 자장가거든.

로젠크런츠   전하, 시체가 어디 있는지 밝혀주셔야 하고

저희들과 함께 폐하께 가셔야 합니다.

햄릿   그 시체는 왕과 함께 있지만 왕은 그 시체와 함께 있지 않아.   25

왕이란 실체는―

길던스턴   전하, 실체는?

햄릿   전혀 없다는 거지. 날 왕에게 데려가거라.

숨어라 여우야, 내가 숨바꼭질 술래다, 날 잡아봐라.

         [햄릿 재빨리 도망치고 모두 뒤따라 쫓아 뛰어 나간다.]

3장

엘시노어 궁성의 홀.

왕이 단 위에 있는 책상에 앉아 있고 두세 명의 중신들과 함께 있다.

왕   내가 왕자를 찾아내 시체가 어디 있는지 알아내라 사람을 보냈소.

이자를 그대로 방치해두는 것은 아주 위험천만한 일!

그렇다고 과인이 그를 엄벌에 처할 수도 없고

그는 속을 종잡을 수 없는 일반 대중들로부터 사랑을 받고 있는데

이들은 판단력이 아니라 단지 보이는 것만으로 선택을 해서   5

이런 경우 죄지은 자의 징벌만 관심사이고

그 죄과는 전혀 거들떠보지도 않는다는 것. 모든 걸 원활하고 공

   평하게

처리키 위해 긴급 결정된 그의 추방은 반드시

심사숙고한 결과로 간주되도록 해야만 할 것이다. 절망적인 질병

   으로 커버린 것은

극단적인 치료책으로 근치를 해야 하며   10

그렇지 못하면 전혀 효과가 없다.

[로젠크런츠와 길던스턴 근위병 한사람과 급히 들어온다.] 자, 어떻게 됐지?

로젠크런츠   폐하, 그 시체를 어디에 처리했는지

저희들은 알아낼 수가 없었습니다.

왕　　　　　　　　　　　　　　　　　　왕자는 어디 있나?

로젠크런츠　폐하, 밖에서 감시를 받으며 폐하의 조처를 기다리고 있습니다.

왕　　과인 앞으로 데려오라.

로젠크런츠　자! 왕자님을 안으로 모셔라. [햄릿이 병사들 호위 받아 들어온다.]　15

왕　　자, 햄릿, 폴로니어스는 어디 있지?

햄릿　저녁식사 중인데요.

왕　　저녁 식사 중이라? 어디서?

햄릿　그가 먹고 있는 게 아니라 먹히고 있는 중이죠.

모종의 정치구더기들로 가득한 집단이 이 순간 그에게 달라붙어

　파먹고 있습니다.　20

폐하의 구더기가 식사에 관한 한 폐하의 절대적 황제이십니다.

우리가 살찌기 위해 모든 다른 생물을 살찌우지만 우린 구더길 위해

자신을 살찌우는 셈이죠. 비게 덩어리 왕이나 빨아먹게 깡마른

　거지나

두 가지 요리긴 하지만 단지 한 식탁을 차리기 위한 곁가지 차림일 뿐.

그게 종말입니다.　25

왕　　아하, 이런.

햄릿　인간은 왕을 먹어버린 구더기로 고기를 낚고

그 구더기를 먹은 고기를 먹는 거죠.

왕　　이건 무슨 뜻이지?

햄릿　아무것도 아닙니다, 그냥 폐하께 어떻게 왕이　30

거지 창자를 통해 공공의 길을 헤쳐 나가느냐 하는 것을 보여주

　는 겁니다.

왕　폴로니어스는 어디 있지?

햄릿　천당에 있을 겁니다. 그리로 사람을 보내 찾아보십시요. 거기서

전하의 전령이 그를 못 찾으면 친히 지옥에 가서 찾아보시죠.

그러나 만약 전하께서 이 달 안에 못 찾으면 35

이 홀 계단 위로 올라가 보십시요.

전하께서 그분 냄새를 맡으실 겁니다.

왕　[시종들에게] 그곳으로 가서 그를 찾아라. [시종들 뛰어나간다.]

햄릿　그분께선 너희들이 갈 때까지 꼼짝 않고 가만히 있을 것이다.

왕　햄릿, 이 행위로, 너의 특별한 안전을 위해 40

과인이 심각하게 생각하는 것으로서, 네가 저지른 짓에 대해

무척 가슴 아프게 여기며―널 여기서

즉각적으로 떠나보낼 수밖에 없다. 그러니 준비하라.

배가 대기하고 있고 바람도 순풍이다

널 수행할 사람들이 기다리고 있으며 45

영국으로 떠날 만반의 준비가 돼있다.

햄릿　영국으로?

왕　그렇다, 햄릿.

햄릿　잘됐군.

왕　잘됐지, 네가 과인의 목적을 알아줬으면 좋겠다. 50

햄릿　하늘에 큰 천사님이 그 목적들 빤히 들여다보는 것 같은데. 그렇

지만 자, 가자

영국으로. 안녕히 계시지요, 사랑하는 어머님.

왕　너의 사랑하는 아버지다.

햄릿   저의 어머님이시죠. 아버지와 어머니가 남편과 아내이고,

부부는 일심동체이니, 저의 어머님 되십니다.   55

[햄릿 호위병에게 돌아서며]

자, 가자 영국으로.   [햄릿 호위병들과 함께 나간다.]

왕   [로젠크런츠와 길던스턴에게] 자 그를 바싹 붙어 따라 가거라. 잘 구슬

러 서둘러

승선시키고, 지체하지 마라―오늘밤으로 그를 떠나보낼 작정이다.

떠나라, 이번 일에 관련된 다른 모든 것은 봉인 처리돼 준비가 끝났다.

자 어서 서둘러라.   [왕만 남고 모두 나간다.]   60

영국의 왕이여, 만약 그대가 어느 정도 소중하게 과인의 호의에

대한 마음을

갖고 있다면―과인의 호의의 소중함에 대한 막강한 힘이 그대에

게 의미를

부여할 수 있을 것이고, 덴마크의 창검이 몰아친 뒤에

아직도 그대의 기억 속 상처가 핏빛처럼 생생하게 떠올라

그대가 자진하여 과인에게 경의를 표해 왔으므로―   65

그대는 과인의 지시를 냉대하지 않을 것이요, 이 지시란

그 취지에 부합되도록 칙서에 의해 구체적으로 요구하는 바이니

즉시 햄릿을 처형하시요. 해치우란 말이요, 영국의 왕이여.

왜냐면 그자는 내 피 속의 고질적 열병과 같이 창궐하니

그대가 날 반드시 치료해줘야 하겠소. 난 이게 처리될 때까진   70

그 어떤 행운이 따르더라도 내 즐거움은 결코 있을 수 없을 것이요.

[왕 나간다.]

4장

덴마크의 한 항구 부근 평원.

포틴브라스가 행군 중인 그의 군대와 함께 들어온다.

포틴브라스 자, 부대장, 가서 덴마크 왕에게 문안을 드려라.

그분의 허가를 받아 포틴브라스는

그의 왕국 통과를 목적으로 이미 약속된 행군의

안전한 호송을 원한다고 말하라. 우리 집결지는 알고 있겠지.

만약 폐하가 나의 접견을 원하신다면   5

내가 어전에 나가 충성을 표할 것이다.

그렇게 알려드려라.

부대장   그렇게 하겠습니다, 전하. [부대장 한쪽으로 나간다.]

포틴브라스 [군대를 향해] 서행 행군하라.

포틴브라스와 그의 군대 다른 쪽으로 나아간다.
부대장이 항구로 향하던 햄릿, 로젠크런츠, 길던스턴,
그리고 호위병을 만난다.

햄릿 부대장, 이들은 누구의 군대인가?

부대장 노르웨이 군대입니다.   10

햄릿 무슨 목적인지 말해주겠나?

부대장 폴란드 일부를 치기 위한 겁니다.

햄릿 누가 지휘를 하고 있지?

부대장 노르웨이 국왕의 조카 포틴브라스 왕자님입니다.

햄릿 폴란드 본토와 싸우러 가는가?　　　　　　　　　　　　　　　15

　　　아니면 변방 지역으로 가는가?

부대장 조금도 보태지 않고 솔직히 말씀드리자면

　　　우린 아주 보잘것없는 작은 땅뙈기를 획득하기 위해 갑니다.

　　　전혀 이득이란 없고 단지 허울뿐이며

　　　단돈 5더커트만 지불한다 해도—5더커트 말입니다—전 경작도

　　　　하지 않을 것이며　　　　　　　　　　　　　　　　　　20

　　　노르웨이 왕이나 폴란드 왕에게도 전혀 이익이 되지 못할 땅입니다.

햄릿 아니, 그럼 그 폴란드 군이 결코 그 땅을 지키지도 않을 것 같은데.

부대장 아닙니다, 이미 수비대를 배치했습니다.

햄릿 이천 명의 영혼들도 이만 더커트의 돈도

　　　이 사소한 쟁점 본질문제를 싸움으로 타개하는 데는 충분치 못하다.　25

　　　이것은 풍요로운 부와 평화 속에 생기는 일종의 종기와도 같아서

　　　밖으론 아무런 증상도 보이지 않지만 속으론 곪아터져

　　　사람이 죽어가는 거지. 고맙소, 부대장.

부대장 안녕히 가십시오.　　　　　　　　　　　　　　[부대장 나간다.]

로젠크런츠 전하, 가시겠습니까?　　　　　　　　　　　　　30

햄릿 바로 따라 가겠다. 조금만 앞서 가라.　　　[햄릿만 남고 모두 나간다.]

　　　얼마나 모든 상황들이 날 비난하고

　　　내 무디어진 복수에 박차를 가하는가.

만약 자신의 시대로부터 얻는 최상의 선과 득이

오로지 잠자고 먹는 것뿐이라면 대체 어떤 인간인가? 짐승과 다

　름없다.　　　　　　　　　　　　　　　　　　　　　　　　　　35

미래와 과거를 살필 수 있는 그와 같이 막강한 이해력의 권능을

우리들에게 부여해준 신이, 그러한 능력과 신과 다름없는

이성의 힘을 우리가 사용하지 않아 우리 내부에서 곰팡이가 슬도

　록 하려고

우리에게 선물한 것은 진정 아닐 것이다. 이제 그것이

짐승 같은 망각에서였든지 또는 실행의 결과에 대한　　　　　　40

지나치게 세심한 생각에서 오는 어떤 비겁자의 흔들림 때문인지―

생각이란 걸 넷으로 나누면 그중 하나는 지혜에 속하고

나머지 세 개는 비겁함이라는데―왜 아직도 내가

이런 일을 해야 할 것이라고 말만 하면서 헛살고 있는지 모르겠다.

난 그 일을 꼭 실행에 옮겨야 할 대의명분도 의지도 힘도 수단도　45

다 가지고 있는데 말이다. 대지를 보듯 명백한 본보기들이 날 훈

　계하고 있다

이렇게 거대한 규모의 군대와 경비가

한 섬세하고 부드러운 왕자에 의해 지휘되는 것을 보라

그의 기백은 신성한 야망으로 잔뜩 부풀어

숨겨진 대형 사건이 초래할 결과를 가소롭게 여기며　　　　　　50

심지어 달걀껍질만한 땅뙈기를 위해

그를 해칠 그 모든 운명과 죽음 그리고 위기상황에

어찌될지도 모르면서도 필사의 모습을 드러내지 않는가. 진정 위

대한 것은

장엄한 명분이 없이는 행동을 취하지 않는 것이 아니라

명예가 위태로울 때는 지푸라기 하나를 놓고도   55

당당하게 분쟁에 참여하는 것이다. 그런데 난 어떻게 하고 있나?

아버지가 살해당하고 어머니는 먹칠을 당하고

내 이성과 혈기도 당연히 공분해야 할 터인데

모든 걸 잠재우고 있으니, 더구나 수치스럽게도 내가 목격하는 것은

이만 여명 병사들의 절박한 죽음이 코앞에 닥쳐도   60

단지 일시적 명예에 대한 환상과 불확실성에도 불구하고

침대를 찾아가듯 무덤을 향해 달려가 손바닥만 한 땅덩이를 위해

　싸우러 가는 것이다

거기엔 양쪽 병사들이 싸울 장소조차 충분치 못한 곳으로

전투 중 살육당한 병사들을 감출 무덤이나

저장소마저도 충분치 못한 곳이다. 아, 지금 이 시각부터 앞으론   65

내 생각들은 잔혹해질 것이며 그렇지 않으면 일고의 가치도 없을

　것이다.   [햄릿 뒤따라 나간다.]

몇 주가 지나간다.

5장

엘시노어 궁성의 한 방.

왕비와 시녀들 그리고 호레이쇼와 한 신사 들어온다.

왕비 난 오필리어와 얘기하고 싶지 않은데.

신사   그녀가 애걸복걸하고 있습니다만
정말로 실성을 했습니다. 그녀의 정신 상태는 애처로운 생각마저
  들도록 만듭니다.

왕비 뭘 원하는 거지?

신사 그녀의 부친 얘기를 무척 많이 합니다. 세상에 모략들이 있다는
  말을 들었다면서
의미심장한 듯 헛기침을 하기도 하고, 가슴을 치거나   5
사소한 것들에 화를 내며 걷어차거나, 헷갈리는 것들을 얘기하는데
알쏭달쏭 반쯤도 의미가 통하지 않습니다. 그녀는 횡설수설하고
  있지만
막무가내로 그런 짓을 하는 것이 듣는 사람들에게
어떤 의미를 자아내도록 만들고 있습니다. 그 의미를 추측하기도 하고
자신들의 생각에 적절한 말을 덧붙이기도 하며   10
그녀의 윙크들 끄덕임 그리고 이런저런 몸짓들이 그녀의 말을 전하고
정말로 의심스러운 일이 있을 수 있다고 생각케 만듭니다.
정말 아무것도 없지만, 크게 악의가 있었던 것 같이 말입니다.

호레이쇼 그녀에게 얘기할 기회 주시는 것이 좋을 듯합니다, 왜냐면 그녀가

　　　　나쁜 생각을 하는 사람들에게 위험한 억측들을 뿌리고 다닐 수도

　　　　있기 때문입니다.　　　　　　　　　　　　　　　　　　　　　15

왕비 그녀를 들여보내요.　　　　　　　　　　　　　[신사가 나간다.]

　　　　[방백] 나의 불행한 영혼에, 죄의 본성이 그렇듯이

　　　　하나하나 보잘것없는 사건도 모종의 대 참화의 서막같이 보인다.

　　　　그렇게 죄악은 걷잡을 수 없는 의심으로 가득 차

　　　　죄악은 폭로될 것을 두려워하는 와중에 스스로 폭로되고 마는 것이다.　20

　　　　　　신사가 오필리어와 함께 들어온다. 실성한 채 그녀 손은
　　　　　　루트 악기를 들고 머리채는 어깨까지 내려와 있다.

오필리어 그 멋진 덴마크의 폐하는 어디 계시나요?

왕비 어쩐 일이냐, 오필리어?　　　　　　　　　[오필리어 노래한다.]

오필리어　　*어찌 내가 당신의 진정한 사랑이*

　　　　　　　또 다른 사랑과 다름을 알까요?

　　　　　　그분의 새조개 장식 모자와 지팡이로　　　　　　　25

　　　　　　　그분의 순례자 가죽 샌들 구두로.

왕비 아, 오필리어, 이 노랜 무슨 뜻이지?

오필리어 무슨 말이야? 아냐, 잘 들어봐.　　　　　[오필리어 노래한다.]

　　　　　　그분은 죽어 떠나갔네, 아가씨

> *그분은 죽어 떠나갔네*
>
> *그분 머리맡엔 파아란 잔디*
>
> *그분 발치엔 묘비석 하나.*

아 아!

왕비 아니, 그런데 오필리어―

오필리어 들어보래두.   [오필리어 노래한다.]

> *산 위 눈처럼 새하얀 그분의 수의는―*

[왕이 들어온다.]

[오필리어 노래한다.]

왕비 아, 폐하, 여기 좀 보세요.

오필리어   *향기 가득한 꽃들로 꾸미고*

> *울면서 무덤으로 갔네*
>
> *쏟아지는 참사랑의 소나기 눈물.*

왕 어떻게 된 거냐, 아름다운 오필리어?

오필리어 아, 고마워. 그 올빼미가 빵집 주인의 딸[31]이라 카던데
우린 현재의 우린 알아도 미래의 우린 영 모른다.
밥을 잘 먹어야 하는데.

왕 그녀 아버지 생각이다.

---

31. 올빼미...딸: 민속 이야기로 그리스도가 거지 모습으로 한 빵가게에 들러 구걸하였
는데 딸이 너무 많이 준다고 어머니를 책망하며 그 양을 줄였다. 이에 예수가 그
딸을 올빼미로 변하게 하였다 한다.

오필리어 이 일에 대해선 아무 말도 하지 말아야 돼, 그렇지만

이게 무슨 의미냐 물으면 이렇게 말해야지.　　　[오필리어 노래한다.]

내일은 성 발렌타인의 축일

아주 아침 일찍

난 당신 창가에 기대선 아가씨　　　　　　　　50

당신의 발렌타인이고 싶어라.

그 님이 일어나 옷 입고

방문을 열어

그 아가씨 들었다 나가니

더 이상 처녀는 아니어라.　　　　　　　　　55

왕　　　가엾은 오필리어 —

오필리어 정말, 불경스런 말은 버리고, 끝 노랠 불러줘야지.

[오필리어 노래한다.]

그리스도를 걸어 맹세코, 순결 성인을 걸어 맹세코

아 아 부끄러워라

젊은이는 기회가 다가오면 저지르는가　　　　60

맹세코, 아 — 나빠요.

그녀 말하길, "당신이 날 누이기 전엔

나와 백년가약 약속했어요."

그 남자 대답하길,

> *"그리 약속 했지, 저 태양을 걸고*   65
> *그대 내 침실로 오지 않았더라면."*

왕　　얼마나 오랫동안 오필리어가 이 지경으로 지내온 것이요?

오필리어　모두 잘 될 거야. 우린 참아야 되잖아. 그래도 난

　　　　차가운 땅속에 그분을 묻는다 생각하니 울 수밖에 없네.

　　　　우리 오빠가 그 사실을 알게 할 거야.   70

　　　　너희들의 좋은 충고 고마워.

　　　　자, 내 마차를 대줘. 잘 자요, 숙녀분들. 잘 자요.

　　　　상냥한 숙녀님들 잘 자요, 잘 자요.　　　　　[오필리어 나간다.]

왕　　그녀를 바싹 따라가라. 잘 감시해야 한다.　　[호레이쇼와 신사 나간다.]

　　　　아, 이것은 바로 처절한 비통함에서 나온 치명적 해악이며   75

　　　　그게 모두 바로 그녀 부친의 비명횡사로부터 터져 나온 것이다,

　　　　자, 보시요―아 거트루드, 거트루드

　　　　슬픔이 닥쳐올 땐 홀로 찾아오지 않고

　　　　한꺼번에 몰려오게 마련이요. 첫 번째가 그녀 부친의 살해

　　　　두 번째가 햄릿이 가버린 것, 햄릿 자신이 바로   80

　　　　추방된 이유의 장본인이긴 하지만, 백성들이 심히 동요돼

　　　　선한 폴로니어스 죽음에 대한 그들의 억측과 유언비어 속에

　　　　시커먼 구름 같은 의구심으로 가득 차 있소―과인이 그를 매장

　　　　　하는데

　　　　암암리에 너무 서둘러 좀 매끄럽지 못하게 처리한 거요.

가련한 오필리어가 정신분열로 사리판단을 못하는데   85

우리는 이성이 없으면 혼백 없는 그림이거나 짐승일 뿐이지.

마지막으로, 이런 정황들과 못지않게 아주 중요한 것인바

오필리어의 오래비가 은밀하게 프랑스로부터 귀국해서

계속 몸을 숨기며 이런 의구심들에 기름을 붓고

그의 부친 죽음에 대한 사악한 역병 같은 말로   90

레어티스의 귀를 감염시키는 중상모략자들도 줄지 않고 있는데

진실이 결핍돼 있으니 유언비어를 만들고 싶은 욕구가

이 귀와 저 귀를 거쳐 호시탐탐 과인을 헐뜯는 짓거리를

결코 주저치 않을 것 같소. 아 사랑하는 거트루드, 이것은

마치 산탄 대포알들처럼 터져 이곳저곳 도처에서   95

날 만신창이 죽음으로 만들어줄 것이요.

[밖에서 큰 소란의 아우성 들린다.]

왕비   아니! 이게 무슨 소리냐?

왕   [부른다.] 들어와 짐을 시중들라!   [시종 들어온다.]

과인의 스위스 근위병들은 어디 있느냐? 그들이 문을 지키게 하라.

어떻게 된 것이냐?

시종   폐하, 피하셔야 합니다.

대양이 그 해안 경계를 솟구치듯 차고 넘어와도   100

젊은 레어티스가 폭동 봉기를 일으켜

폐하의 신하들과 근위병들을 압도해버리는 것보다 더 맹렬한 속도로

대평원을 정복해 들어오지는 못할 것입니다. 폭도들은 그를 왕이

　　라 부르며

마치 이제 막 새 세상이 시작된 것처럼

옛 전통은 잊어버리고 관습도 무시해버리며 —

바로 전통과 관습이란 모든 약속 규범을 실증하고 유지하는 것인데 —

그들은 소리치며 "우리가 선출한다! 레어티스가 왕이 될 것이다."

모자를 던지고, 손뼉을 치고 구름에 닿을 듯 소리쳐 박수를 보내며

"레어티스가 왕이 될 것이다, 레어티스가 왕이다."라고 외칩니다.

밖의 아우성 소리 점점 더 커진다.

왕비   이 얼마나 의기양양하게 잘못된 사냥감을 찾아 짖어대는 것이냐.   110

아, 사냥감을 거꾸로 찾아가는 네 놈들 이 배신의 덴마크 개들아.

왕   문들이 부서졌다.   [레어티스 무장한 채 폭도들과 함께 들어온다.]

레어티스 이 왕은 어디 있는 것이냐? — 자 여러분 밖에서 기다려 주시요.

폭도들 안 돼, 들어가자.

레어티스   혼자 있게 해주시요.

폭도들 그렇게 합시다, 그렇게 합시다.   [폭도들 다시 나간다.]   115

레어티스 고맙소, 문을 지켜 주시요.

아, 너 이 사악한 왕,

나의 아버지를 돌려 달라.

왕비   진정해라 레어티스.

레어티스 진정할 수 있는 단 한 방울의 피도 날 사생아라 선언할 것이며

내 아버질 간부의 남편이라 소리칠 것이고

내 친모의 순결한 이마 사이 바로 이곳에   120

창녀의 낙인을 찍을 것이다.

[레어티스가 왕 앞으로 나오자 왕비가 가로막는다.]

왕　　　　　　　　　　　　　　　레어티스, 너의 반란을 이렇게

극렬하게 만드는 그 원인이 무엇이냐? —

그를 놔 두시요, 거트루드. 과인을 걱정하지 않아도 좋소.

왕을 보호하는 신의 뜻이 있어

반역이 하고 싶은 대로 넘볼 수는 있어도　　　　　　　　　125

그 의지를 쉽게 실행할 수 있는 것은 아니요. —말하라, 레어티스

왜 네가 이리 격분하는 것이냐. —놔 주시요, 거트루드. —

자, 말하라.

레어티스　내 아버진 어디 있느냐?

왕　　　　　　　　　　　　　죽었다.

왕비　　　　　　　　　　　　　　그러나 폐하에 의한 것이 아니다.

왕　그에게 충분히 말하도록 해주시요.　　　　　　　130

레어티스　아버지가 어떻게 돌아가셨느냐? 날 기만할 생각 마라.

하, 충성심 나부랭인 지옥으로나 보내주마! 가장 사악한 악마에

　게라도 맹세하겠다!

양심도 하늘의 은혜도 바닥도 보이지 않는 지옥 구덩이에 처박겠다!

최후의 심판대 파멸도 좋다. 이런 의지에 추호도 흔들림 없고

현세도 내세도 모두 어찌 되든 내 알바 아니다.　　　　　135

올 테면 오라, 난 반드시 가장 철저한 방식으로

내 아버질 위해 복수할 뿐이다.

왕　　　　　　　　　　　　　누가 널 막겠느냐?

레어티스　나의 의지뿐. 온 세상의 뭉친 의지로도 막을 수 없다.

이를 위해 나의 유효적절한 수단 방법들을 쓸 것이며

소수 정예로도 충분히 달성할 것이다.

왕   충실한 레어티스   140

네가 사랑하는 부친에 관해 자초지종을 알아내려 하면서

네 복수심에 불탄 나머지 마치 도박판의 이유 불문

판 쓸어 담기 하듯 친구의 것이든 적의 것이든

승자 것이든 패자 것이든 분별없이 모두 쓸어 담으려 하는가?

레어티스 내 원수들만 상대다.

왕   그렇다면 그들을 알고 싶은가?   145

레어티스 아버님의 좋은 친구들에겐 내 팔을 이렇게 활짝 열어

생명을 불어넣어주는 충실한 펠리컨새와도 같이

나의 피로서라도 그들을 살려낼 것이다.

왕   아하, 이제 너의 말이

효심 좋은 자식답고 진정한 신사다워졌구나.

난 너의 부친 사망에 관련해선 죄가 없고   150

그 사실에 대해 가장 뼈저리게 비통해하며

그 사실은 백주 대낮이 너의 눈앞에 드러나듯이

너의 판단 앞에 명명백백히 드러날 것이다.

                   [밖에서 떠드는 소리, 오필리어 노랫소리 들린다.]

                                     그녀를 들여보내거라.

레어티스 어떻게 된 거지, 저건 무슨 소리인가?

오필리어 손에 꽃들을 들고 들어오고, 호레이쇼 뒤따라 들어온다.

아 끓어오르는 열아, 내 뇌수를 바싹 말려버려라. 일곱 배나 강한

　소금기의 눈물아

내 눈의 감각과 기능을 완전히 태워버려라.

하느님 맙소사, 너의 광증은 정의의 저울대가 푹 기울 때까지

막중한 대가를 지불토록 복수해 주겠다. 아 오월의 장미!

사랑스런 숙녀－다정한 누이동생－상냥한 오필리어－

아 하늘아, 어찌 젊은 처녀의 이성이 나이든

아버지의 목숨처럼 그리 치명적이 될 수 있단 말이냐?

천륜의 정은 그 사랑이 아름다운 것이나

그 아름다움 속에서 그 사랑하는 것을 따라가며

스스로 둘도 없이 값진 그 정표인 이성을 보내버리다니.

오필리어　　　　　　　　　　　　　　　　　[오필리어 노래 부른다.]

사람들이 그를 맨얼굴로 관 속에 넣어 떠메고 갔네

헤이 논 노니, 노니, 헤이 노니

무덤가엔 헤일 수 없이 눈물 비가 내렸지－

잘 가요, 내 사랑.

레어티스　너의 이성이 있어 네가 복수를 설득했다 하더라도

이렇게까지 처절하게 가슴을 치게 할 순 없었을 것이다.

오필리어　노래해야지, "쓰러졌네, 쓰러졌네", 만약 당신이 "그를 쓰러뜨

　려라" 한다면.

아, 후렴 구절이 얼마나 척척 잘 맞는지!

주인 딸을 훔친 건 바로 그 사기꾼 청지기거든.

레어티스 이 황망한 말들이 오히려 더 의미심장하게 정곡을 찌른다.

오필리어 [레어티스에게 주며] 자, 여기 만수향 드려요. 회상이란 뜻을 가졌

어요 —

자, 내 사랑, 기억해줘요, 그리고 이건 상사화,[32] 사랑을 생각해

달라는 뜻이에요.

레어티스 광증 속에도 교훈이 들어있다. 생각과 기억은

서로 합치되는 것이다.

오필리어 [왕에게 주며] 자, 당신에겐 아첨의 회향꽃. 그리고 회개의 참매

발톱꽃

[왕비에게 주며] 자, 이 참회의 운향꽃은 당신에게 줄게요. 내겐 슬

픔의 의미로 몇 송이.

안식일엔 은혜초라고 불러요. 당신은 좀 다른 뜻으로 운향꽃을

갖는 거구요.

[호레이쇼에게 주며] 불신의 들국화인데요 성실의 제비꽃 몇 송이를

주려 했는데

아버지가 돌아가셨을 때 모두 시들어버렸네요.

사람들이 그러는데 그분은 세상을 잘 하직하셨대요.

[오필리어 노래 부른다.]

사랑스런 울새는 모든 나의 기쁨이어라

---

32. 상사화(pansies): 오랑캐꽃의 일종으로 사색(thought)을 의미, 특히 사랑에 대한 생
   각(love-thought).

레어티스 번민과 아픔, 고통, 지옥 그 자체도

내 동생은 매력과 아름다움으로 바꾸어 놓고 있구나.

오필리어 [오필리어 노래 부른다.]

그럼 그 님 다시는 못 올까?

그럼 그 님 다시는 못 올까?

아니 아니 그 님 죽어서 190

죽으러 가야지

그 님 영영 다시는 못 오리니

그 님 수염 백설같이 희었네

온통 창백해진 그 님 머리

그 님 떠났네, 그 님 떠났네 195

그래서 우리 애도로 세월 다 보내고

그 님 영혼에 하느님 자비를.

모든 믿는 이들의 영혼에도, 안녕히.

[오필리어 나가고 호레이쇼 뒤따라 나간다.]

레어티스 이 광경 보이는가? 아, 하느님.

왕 레어티스, 나도 너의 비통함을 나누게 해다오 200

그렇지 않으면 옳은 일이 아니다. 물러가서

너의 가장 현명한 친구들 중 현명한 사람들을 골라

너와 나 사이에 하는 말을 듣고 판단해 선택할 수 있도록 하라.

만약 직접적으로 했든 공모를 했든
과인에게 지은 죄가 발견된다면 과인의 왕국과
왕관 목숨 그리고 과인에게 속한 모든 것을
네게 보상으로 넘겨주겠다. 그러나 죄가 없다면
네가 과인에게 인내심을 보여줄 것에 동의하고
과인도 힘을 합해 너의 원한을 풀어주기 위해
노력하겠다.

레어티스   그렇게 합시다.
아버님 죽음에 이르게 된 과정, 의문에 쌓인 장례식이—
유해에 어울릴 그 어떤 기념비나 검 장식도 없었고 문장조차도
  없었으며
여타 품위 있는 제례도 없었고 공식적 의식도 없었기에—
마치 하늘에서 땅까지 진동하듯 큰소리로 소리치고 있소.
내가 기필코 진상을 규명할 것이요.

왕   그리 하거라.
그 죄악이 있는 곳에 응징의 거대한 도끼날이 떨어지도록 하자.
자 과인과 함께 가자.   [모두 나간다.]

6장

엘시노어 궁성의 또 다른 방.

호레이쇼와 하인 한사람 들어온다.

호레이쇼 나와 이야길 하고 싶어 하는 그 들은 뭐하는 사람들인가?

하인 선원들입니다. 전해드릴 편지들을 갖고 있다는데요.

호레이쇼 들어오게 하지.   [하인 나간다.]

햄릿 왕자님 말고는 이 세상 어느 곳으로부터도

내가 편지를 받을 수 있는 곳을 알지 못한다.   5

[하인이 선원들을 데리고 들어온다.]

선원 1 신의 축복이 내리시길.

호레이쇼 너희들에게도 신의 축복을.

선원 1 하느님께서 그래주시길 빕니다. 전해드릴 편지 한 통이 있습니다.

영국을 향해 가셨던 대사님으로부터 온 것입니다 —

존함이 호레이쇼 님이 틀림없으시죠, 그런 것으로   10

알고 있습니다만.

호레이쇼   [몸을 돌려 좀 떨어져서 읽는다.]

"호레이쇼, 네가 이 편지를 읽게 될 때

이 친구들이 왕을 좀 만날 수 있도록 주선해주게. 그들이 왕에게 전할

편지를 갖고 있어. 우리가 바다에서 이틀도 되기 전에 아주 강력히
무장한 일단의 해적 떼가 우릴 추적해 왔지. 우리 배가 너무   15
느린 것을 알고 용기를 내어 싸웠고, 전투 중
난 해적선에 타게 되었어. 그 즉시 해적선이 우리 배를 따돌렸고
난 홀로 포로 신세가 됐는데 다행히 그들이 의적답게 날 대해주더군.
그들은 보답을 바라고 날 그렇게 대해준 것이긴 하지만.
난 그들에게 보상을 해줘야 해. 내가 보낸 편지들을 왕이 받도록
　해줘야겠어.   20
그리고 죽기 직전 도망치기라도 하듯 전속력으로 내게 와줘야 돼.
너의 귀에 들려줄 얘기가 널 말문이 막히도록 할 거야.
문제의 중대성에 대해 편지글로는 다 설명할 수 없어.
이 친구들이 널 내가 있는 곳으로 인도할 거구.
로젠크런츠와 길던스턴은 영국을 향한 그들의 항로를 계속 갔고   25
그들에 관해선 할 얘기가 너무 많아. 잘 있어.

　　　　　　　　　　　　　　　네 마음속의 친구

　　　　　　　　　　　　　　　　햄릿"

자, 내가 너희들의 편지를 위해 주선을 해주겠다.
그러고 나서 너희들이 편지를 가져온 곳에 있는 분에게   30
가장 빠른 속도로 날 안내해주기 바란다.   [모두 나간다.]

7장

엘시노어 궁성의 한 방.

왕과 레어티스 다시 들어온다.

왕 이제 너의 양심이 나의 무죄를 인정하였으니

날 네 가슴 속에 진정한 친구로 담아둬야 한다.

똑똑한 귀로 들은 바와 같이

네 고결한 부친을 살해한 자가

내 목숨마저 노렸다는 걸.

레어티스 명백해집니다. 하지만 말씀해 주십시요. 5

왜 이 범행에 대해 단죄를 추진하지 않으셨는지요.

극악한 범죄인데다 그 죄질이 극형 죄로

폐하의 안위나 지혜나 그 외 어느 것으로 보아도

폐하는 강하게 충격을 받으셨을 텐데요.

왕 아, 두 가지 특별한 이유 때문인데

어쩜 그게 너에게 너무 강력하지 못한 것으로 보였을지도 모르겠지만 10

그러나 그 두 가지 이유는 아직도 내게 아주 강력한 것이다. 햄릿

모친인 왕비가

거의 그 애 모습 보는 걸 낙으로 살아가고 있고, 내 자신에게도—

내 미덕이든 병폐이든 그게 어느 쪽이 되었든지—

그녀는 내 삶과 영혼에 아주 밀접하게 결속돼 있어서

별이 궤도 없으면 돌 수 없듯이   15

그녀가 없으면 나도 어쩔 수가 없어. 또 다른 동인으로

내가 왜 공적인 재판을 집행할 수 없었나 하는 이유는

일반 국민이 햄릿에게 쏟아 붓는 지대한 애정인데

그는 모든 자신의 잘못들을 그들의 애정 속에 담가서

마치 나무 조각도 돌로 바꿔버린다는 광석 우물처럼 꾸며   20

그의 족쇄들을 자비로 바꿔놓고 있거든. 그래서 내 화살들은

그 맹렬히 몰아치는 광풍엔 너무 형편없이 가벼운 화살대라서

내가 겨냥했던 곳이 아니라 바로 다시 내 활 쪽으로 돌아오는 것이다.

레어티스 그렇게 돼서 전 고결한 아버님을 잃었고

여동생마저 극도의 절망적인 상태로 빠져버렸습니다.   25

그녀의 진정한 진가를 다시 돌아가 칭찬할 수 있다면

그녀의 완벽함은 모든 시대를 초월해 최정상에

우뚝 올라설 수 있는 숙녀였어요. 내 복수를 꼭 이룰 겁니다.

왕 그렇다고 잠마저 설치진 마라. 과인이

위험한 것에 의해 내 수염마저 마구 흔들려도   30

그걸 장난이라 여기고 내버려둘 정도로 그렇게 멍청하고

무디다고 생각지는 마라. 네가 곧 더 많은 소식을 들을 것이다.

과인은 네 부친을 사랑했지만 과인 자신도 사랑한다.

그래서 네가 무언가 생각해보도록 가르쳐주고 싶은데 —

[사자가 편지들을 갖고 들어온다.]

어쩐 일이지! 무슨 소식인가!

사자   폐하, 햄릿 왕자님으로부터 온 편지들입니다.   35

이것은 폐하께, 이것은 왕비폐하께.

왕　햄릿으로부터! 누가 이것들을 가져왔지?

사자　선원들이었다 합니다, 폐하. 제가 그들을 보지는 못했습니다.
제가 클로디오로부터 받았습니다. 그는 그 편지들을 그에게 가져온
사람으로부터 받았다 합니다.

왕　　　　　　　　　　　　레어티스, 편지 내용을 들려주겠다. ―　40
물러가거라.　　　　　　　　　　　　　　　[사자가 나간다.]

[왕이 읽는다.] *지고 지존하옵신 전하, 제가 전하의 왕국에 알몸으로 상
륙했음을 알려드립니다. 내일 제가 전하를 알현코자 청을 드립니다.
그때, 먼저 허락해 주십사 청하고, 저의 돌발적이고 괴이한 귀국
경위를 설명하도록 하겠습니다.*　　　　　　　　　　　　　45

아니 이게 무슨 얼토당토않은 소리냐? 나머지도 모두 귀국했단
　말인가?
아님 무슨 기만술책인가, 그런 사실 없잖은가?

레어티스　필적을 아십니까?

왕　　　　　　　　　햄릿의 필적이다.
"알몸" ―　　　　　　　　　　　　　　　　　50
그리고 여기 추신에는 "혈혈단신"으로 적혀있는데
내게 설명할 수 있겠나?

레어티스　저도 영 모르겠습니다, 폐하. 그러나 오도록 하시죠.
짓눌린 제 가슴에 열기가 확 일어나는 것 같습니다
저는 끝까지 살아남아서 그자 얼굴에 맞대고 소리칠 겁니다.　55

"네 놈은 이렇게 죽는 것이다"[33]

왕   만약 그렇게 햄릿이 온다면, 레어티스—

어떻게 그렇게 올 수가 있지, 또 그렇지 않다면? —

내 뜻을 따를 수 있겠나?

레어티스   예, 폐하

제가 화해하도록 강요하시지만 않는다면요.

왕   네 자신의 안정을 위해서다. 만약 햄릿이 돌아온다면   60

그가 항해를 기피하고 돌아와서 그가 더 이상 그걸

수행하지 않으려 한다면 나의 묘안 속에 무르익고 있는

계략에 그를 얽어매어 바로 그 속에서 파멸 외엔

선택의 여지가 없도록 할 것이다.

그럼 그의 죽음에 대해서 그 어떤 비난의 미풍도 불지 않을 것이고   65

그의 모친마저도 그 계략을 간파하지 못할 것이며

그걸 우연한 사고가 부른 참화라 할 것이다.

레어티스   폐하, 따르겠습니다.

더욱이 폐하께서 그렇게 계책을 세워주시면

---

33. "네 놈은 이렇게 죽는 것이다": 4막 7장 레어티스 대사 "Thus diest thou." 중
diest(죽다)로 쓰는 학자 Harold Jenkins, John Dover Wilson과 didst로 쓰는 학자
G R Hibbard (Oxford UP), Philip Edwards (Cambridge UP) 주장들이 엇갈림.
diest(죽는다)로 쓴 사람들은 바로 앞줄 대화 "I shall live"와 반대의 대치적 의미로
말한 대사(즉 나는 이렇게 살고, 너는 이렇게 죽고)로 보았고, didst(행하다)로 쓴
사람들은 은유적 의미 표현으로 똑같은 방식의 복수(retalliation) (i.e., lex talionis)
로 배우가 레어티스 아버지가 당할 때 햄릿이 했던 똑같은 살해동작을 마임 연기
로 찌르면서 보여주는 장면으로 해석한 것.

제가 그 도구로 쓰이고 싶습니다.

왕   안성맞춤이다.

너의 여행 이후 네 얘기가 무척 자주 회자됐었다.   70

햄릿 귀에까지 들어가게 됐던 것으로 사람들이 네가 특히 섬광을

　발한다는

그 숙달된 너의 재능에 관한 것이다. 너의 모든 재능을 다 합친 것도

바로 이 단 한 개의 네 특출난 재능이 끌어낸 것보다 햄릿의 시기

　심을 유발하진

못했을 것이다. 내 생각엔 가장 하찮은 것인 듯

보이는데 말이야.

레어티스   그게 어떤 부분입니까, 폐하?   75

왕 젊은 사람들 모자에 다는 리본 같은 대수롭지 않은 것이지만—

그래도 역시 못지않게 필요하기도 한 거지

젊은이에게는 경쾌하고 자유분방한 옷이 어울리는 반면

나이 지긋한 사람은 건강과 묵직한 품위를 상징하는

털옷 의상이 어울리는 거야. 두어 달 지났는데   80

여기 노르만디의 한 신사가 왔었거든—

내가 프랑스 사람들을 직접 만나봤고, 맞상대도 해봐 알지만

그들은 기마술에 아주 능숙한데 이 멋쟁인

그 기술엔 신기에 가까울 정도였어. 그는 몸이 안장에 붙어버린

　듯 했고

그 용맹스런 말과 함께 마치 한몸이 된 듯 또 반쯤은   85

아주 짐승이 돼버린 듯 그의 말을 기막힌 재주로

몰고 다녔어. 내 상상을 초월할 정도로 너무 뛰어나서

그가 해낸 그 모습과 기교를 묘사하려는

내 상상력이 부족할 정도였다.

레어티스　　　　　　　　　노르만 사람였습니까?

왕　　노르만 사람이었지.

레어티스　맹세코, 라모드입니다.

왕　　　　　　　　　바로 그 이름이다.

레어티스　제가 그 사람 잘 압니다. 그 사람은 진정 전 국민의

빛나는 장식이요 보석입니다.

왕　　그 사람이 너에 대해 마지못해 털어놓기를

네 검술의 기예와 운용에 대해 그리고

가장 특출한 기술로는 펜싱 검술에 대해

따를 자 없는 기막힌 대가의 것이라 전하면서

누군가 너와 대적만 할 수 있다면

정말 대단한 장관이 될 것이라 큰 소리로 외쳤다. 그의 나라에서

　펜싱 검객들은

만약 네가 그들을 상대했다면 공격 방어 경계 어느 것이든

무용지물이 됐을 거라 맹세를 할 정도였다. 자, 이러한 그의 말들이

햄릿으로 하여금 시기심으로 심하게 독을 품게 했고

햄릿이 너와 한 번 시합을 해보고 싶어

네가 생각지도 않았던 귀국을 오매불망 원하였었다.

이제 이것을 기화로—

레어티스　　　　　　　이것을 기화로, 폐하, 뭘 하시겠습니까?

왕　　레어티스, 네 부친이 네게 진정 귀한 분이었나?

　　　　아니면 그냥 슬픈 체 하면서

　　　　진심 없는 표정만 보여주는 것이냐?

레어티스　　　　　　　　　　왜 이런 걸 묻는 거죠?

왕　　네가 너의 부친을 사랑하지 않았다는 것이 아니라

　　　　내가 알기론 사랑도 환경의 지배를 받아 시작되는 것이어서　　110

　　　　경험을 통해서 내가 이해하는 것이기도 하지만

　　　　시간이란 것이 사랑의 불꽃도 그 화력도 식혀버리는 것이다,

　　　　사랑의 바로 그 화염 속 한복판에

　　　　그 화염을 줄여주는 심지나 심지의 검댕 부분 같은 게 살아있거든

　　　　그 어느 것도 언제나 좋으리란 법은 없는 거야　　115

　　　　좋은 것도 점점 더 커져 과도해지면

　　　　스스로의 과도함 때문에 죽어버리는 것이지. 우리가 하고 싶은
　　　　　것이 있으면

　　　　우리가 하고 싶을 때 우리가 바로 실행해야 하는 거야. 왜냐면 이
　　　　　"하고 싶은 것"이

　　　　수없이 비난하는 혀들 방해하는 손들 갑작스런 사고들의 여부에
　　　　　따라서

　　　　바뀌거나 용두사미가 되거나 지지부진하게 되는 것이다.　　120

　　　　게다가 이 "실행해야 한다"는 의무감도 탄식할 때마다 심장의 피
　　　　　를 말린다는

　　　　탕진행 탄식 같아서 몸을 풀어주는 듯 해치는 것이다. 골칫거리
　　　　　의 핵심으로 돌아가면

햄릿이 돌아온다는 것이다. 네가 어떤 일을 감행해서

네 부친의 아들임을 네 자신 행동으로 보여줄 것인가

단지 말잔치만이 아니고?

레어티스　　　　　　　　교회에서라도 그자의 목을 자를 겁니다.　125

왕　그 어느 장소라도 살인은 성역이 될 수가 없고

복수는 그 경계가 없다. 그러나 훌륭한 레어티스

이렇게 하자, 너의 내실에 칩거하거라.

햄릿이 돌아오면 네가 귀국한 걸 알게 할 것이다.

과인이 사람들을 사주해 너의 우월함을 칭찬케 하고　130

그 프랑스인이 네게 선사한 그 화려한 명성을

이중 삼중으로 더 꾸며 반짝거리게 할 것이며 결국 너희 둘을 맞

　붙도록 하여

너희들 중 이기는 자의 머리에 내기를 걸 테다. 햄릿은 천부적으

　로 의심이 없고

아주 고결한 성품에 모든 속임수로부터 자유로운 사람이라서

그 시합용 검들을 자세히 보지 않을 것이므로 아주 손쉽게ㅡ　135

또는 모종의 술수로 바꿔치기를 해서ㅡ

끝이 뭉툭하지 않은 검을 네가 선택하고 시합 실전 와중에 기습

　적으로 찔러서

너의 부친에 대한 원한을 갚거라.

레어티스　　　　　　　　　　그리 하겠습니다.

그 목적을 위해서 제가 제 검에 맹독기름을 바르겠습니다.

돌팔이 의사로부터 맹독기름을 샀는데　140

극히 치명적이어서 그 맹독기름 속에 검을 살짝 담그기만 해도
검이 피를 내는 곳에선 아무리 달빛 아래 그 효험을 지닌
모든 약초로부터 추출한 극히 희귀한 약재라 할지라도
단지 검에 살짝 스쳐 생채기만 낸 것이라 해도
죽음으로부터 목숨을 구해내진 못합니다. 저의 칼끝에   145
이 맹독을 묻힐 겁니다. 제가 햄릿에게 살짝 상처만 내도
죽게 될 테니까요.

왕   이걸 좀 더 생각해보자
시간과 수단 둘 다에 어떤 편리함이
우리 역할에 적합할지 고려해봐야 한다. 만약 이게 잘못돼서
우리 계획이 형편없이 실패로 드러난다면   150
시도하지 않는 편이 더 좋다. 그러므로 이 계획이
만약 실험 중 실패한다면 끝까지 목적을 수행할 지원책 또는
후속책을 확보해야 할 것이다. 잠깐, 가만 있자.
과인이 두 사람의 검술에 공식적인 내기를 걸고—
찾았다!   155
두 사람의 움직임으로 몸이 달아오르고 목이 마를 때—
그 목적을 위해 결투를 더욱 격렬하게 만들어야 한다—
햄릿이 마실 것을 청하게 될 텐데 내가 그 경우를 위해
그에게 큰 술잔을 마련해 주고 그걸 살짝 마시기만 하면,
네 독검의 공격을 피하는 경우가 발생하더라도   160
우리의 목적은 그것으로 성취될 것이다. 잠깐, 무슨 소리지?

[왕비 울면서 들어온다.]

왕비 슬픔은 또 다른 슬픔의 뒤꿈치를 따라 들어온다지만

그들이 너무 급히 따라 들어온다. 네 여동생 오필리어가 물에 빠

져 죽었다, 레어티스.

레어티스 물에 빠져 죽었다? 아, 어디섭니까?

왕비 시냇가에 비스듬히 실버들[34]이 자라고 있는데   165

유리 같이 맑은 냇가에 그 은백색으로 빛나는 잎새들을 비춰준다.

그곳에서 그녀는 여러 개의 미나리아재비 쐐기풀 들국화

그리고 좀 방자한 목동들이 상스런 이름을 붙여주지만

우리의 정숙한 처녀들은 죽은 사람들의 손가락들이라고 부르는

자주색 야생 자란(紫蘭)[35]꽃 등으로 환상적인 화환을 만들었다.   170

그녀의 풀꽃 화관을 그곳 늘어진 조그만 나뭇가지에 걸기 위해서

올라가던 중 질투심 많은 가지가 부러져버렸고

그때 그녀의 화관과 함께 그녀 자신도 떨어져

그 흐느끼듯 여울지는 냇가 속으로 빠져버렸구나. 그녀의 옷들이

넓게 퍼져

마치 인어인 양 한동안은 그녀를 물위로 올려 띄워주었고   175

그러는 동안 오필리어가 옛 찬송가를 구절 구절 노래 불렀는데

마치 그녀 자신의 불행을 몰라 전혀 아랑곳하지 않는 듯

또는 그 물가에 속하는 원래 그곳의 주인으로

---

34. 실버들(willow): 버드나무는 애도와 버림받은 사랑의 상징, i.e., <오셀로>에서 데
    스데모나의 마지막 죽기 전 부르는 발라드 실버들 노래(willow song).

35. 자란(紫蘭)(long purples): 구근 번식을 하며 긴 꽃대로 자주색 꽃을 피우는 다년생
    야생 자란(紫蘭)(orchis-영국, orchid-미국) "상스런 이름" 또는 "죽은 사람들의 손가
    락들"의 표현은 그 구근의 생긴 모습에서 나온 듯(i.e., testicles).

물에 노니는 생물인 듯 보였다. 하지만 오래갈 수 없었지

그녀의 옷들이 물을 머금고 무거워지자 이윽고 180

그 불쌍한 아이가 그 아름다운 곡조의 노래 소리로부터

진토의 죽음 속으로 끌려 내려가 버렸다.

레어티스   아―그렇게 물속에 빠져 죽다니.

왕비 물에 빠져 죽었어, 물에 빠져 죽었구나.

레어티스 불쌍한 오필리어, 네가 너무 많은 물에 먹혔으니

그래서 난 눈물을 거부하겠다. 그러나 그래도 185

그것이 인지상정인가 본성은 그녀의 옛 관습을 따라간다.

세상이야 하고픈 대로 떠들라 해라. [운다.] 이 눈물이 그치면

내 안에서 여자의 슬픔도 끝날 것이다. 가겠습니다, 폐하

난 모든 걸 태워버리고 싶을 정도로 타오르는 절규를 갖고 있다

이 어리석은 눈물이 그것을 꺼버리지 않는다면 말이다.

[레어티스 나간다.]

왕   따라갑시다, 거트루드. 190

그의 분노를 누그러뜨리려 내가 얼마나 힘을 들였는데.

지금 이 애 죽음이 그 분노를 다시 살아나게 할까 걱정이요.

그러니 따라갑시다.   [왕과 왕비 나간다.]

5막

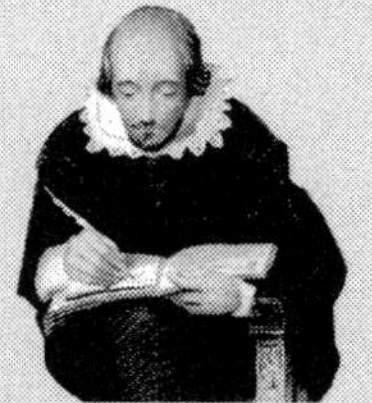

1장

**엘시노어 교회 묘지, 새로 파놓은 무덤 하나,
편백나무 몇 그루, 묘지 입구.**

무덤 파는 사람 1과 그의 동료 무덤 파는 사람 2가
삽과 곡괭이를 가지고 들어온다.
연장들을 가지고 무덤 팔 준비를 한다.

무덤 파는 사람 1 그 여자가 말이야 의도적으로 자신의 구원[36]을 자초했는데

기독교식 매장을 할 수 있는 게야?

무덤 파는 사람 2 그러니까 그 여자가 곧바로 지 무덤을 만든 거라고 내

가 너한테 말하잖아

검시관이 그 여자 위에 올라타고 앉아 검살 해설랑

기독교식 매장이라 결판 지었대.

무덤 파는 사람 1 어찌 그럴 수가 있지, 그 여자가 지 정당방위로

지 자신이 물을 찾아가 풍덩해서 죽지 않았다면 말야?

무덤 파는 사람 2 아하, 이미 그렇게 결판 지었대두.

무덤 파는 사람 1 그게 정당폭행치사[37]가 틀림없어, 도저히 다를 수가 없

---

36. 구원(salvation): 파멸(damnation)의 잘못—무덤 파는 사람이 무식해서 반대로 잘
   못 얘기한 것.

37. 정당폭행치사(se offendendo): 이 말은 억지로 뜻을 만들면 자기 공격(self-offence)
   등의 의미라 할 수 있는데, 실은, 자기의 정당방위(se defendendo＝self-defence)가
   맞는 것으로 문자 쓰려다 무식의 소치로 잘못 얘기한 것.

지. 왜냐면

바로 여기에 그 핵심이 있는 거야. 만약 내가 말이지 뻔히 알면서

도 스스로 찾아가

풍덩 빠져 죽었다면, 그건 법적 행위를 보증하는 건데, 행위란 세

가지 구별이 있어―

그건 1, 행동하는 것, 2, 감행하는 것, 3, 실행하는 것이란 말야.

그러니까 그 여잔

뻔히 알면서도 스스로 풍더덩 해버렸다 요 말씀이걸랑.

무덤 파는 사람 2 아니, 그러지 말고 들어보래두, 이 친구 무덤 파는―

무덤 파는 사람 1 잠깐, 여기 말야 물이 놓여 있걸랑―좋아.

여기 사람이 서있고―좋아. 만약 이 사람이 물을 향해 간다

그리고 스스로 풍더덩 빠져 죽는다, 그건, 좋든 싫든, 이 사람이

가는 거라구,

알겠나. 그러나 만약 그 물이 이 사람에게 간다 그리고

이 사람을 덮쳐 죽인다면, 이 사람은 자기 스스로 풍더덩해 죽는

게 아니거덩. 그러니까

자신의 죽음에 대해 죄가 없는 이 사람은 자신의 명 단축하는 짓

을 하지 않는단 거야.

무덤 파는 사람 2 허지만 이게 법이란 말인가?

무덤 파는 사람 1 그렇지, 그렇구말구, 검시관의 검시법이란 말씀야.

무덤 파는 사람 2 진실을 알고 싶지 않아? 만약 이 사람이 양가의

규수가 아니었더라면 기독교식 장례식을 갖지 못하고

매장되었을 게 뻔한데.

무덤 파는 사람 1　아하, 말 제대로 하네. 더욱 한심한 것은

　　양반족들은 물에 빠져 뒈지든 목을 매어 뒈지든 그들의 동족들보다

　　이승에선 사회적 특권을 갖는다는 거야.

　　자, 삽이나 달라구. 정원사 도랑치기 무덤 만드는 사람

　　말고는 그 어떤 태초 양반도 없는 거지―이 사람들이야말로　　30

　　아담의 직업을 계승하는 거라구.

[무덤 파는 사람 1 무덤 안으로 들어간다.]

무덤 파는 사람 2　아담도 양반이었나?

무덤 파는 사람 1　그 사람이야말로 양반의 문장에 삽[38]을 가진 최초 분이지.

무덤 파는 사람 2　아니, 가진 게 쥐뿔도 없었잖아.

무덤 파는 사람 1　뭐야, 이교도 놈인가 보네? 넌 성경을 어떻게　　35

　　알고 있는 거냐? 성경에 아담이 땅을 팠다잖아.

　　연장 없이 팔 수가 있는 거냐구? 또 다른 질문을 네게 할까.

　　만약 내게 똑바로 대답 못하면 네 스스로 멍청이라 자백하고

　　목이나 매 뒈져라.

무덤 파는 사람 2　집어 쳐라.　　40

무덤 파는 사람 1　석공이나 조선공이나 목공보다도

　　더 탄탄한 걸 만드는 자가 누구냐?

무덤 파는 사람 2　교수대 만드는 자다, 그 교수대 틀은

　　천여 명이 오르락내리락 해도 더 튼튼히 살아남거든.

무덤 파는 사람 1　아쭈, 대가리가 제대로 돌아가네, 교수대가 썩 잘 하지.　　45

---

38. 문장(arms)에 삽: 가문의 상징인 문장(coat of arms)의 무늬들 중 대표적인 방패 모
　　양의 그림이 삽과 비슷한 모양에서 나온 말.

그러나 얼마나 잘 할까? 썩은 짓 일삼는 놈들에게 잘 한다면 그

　렇겠지.

그런데, 교수대가 교회보다 더 탄탄하게 지어졌다 말하는

네 놈은 썩을 놈이다. 그러니까 교수대가 네 놈에게

아주 썩 잘할 거다. 자, 한 번 더 해보자.

무덤 파는 사람 2　석공이나 조선공이나 목공보다도　　　　　50

　더 탄탄한 걸 만드는 자가 누구냐 이거지?

무덤 파는 사람 1　그렇지, 그걸 대답하고 빠져나가면 돼.

무덤 파는 사람 2　빌어먹을, 이번엔 답할 수 있다.

무덤 파는 사람 1　해봐.

무덤 파는 사람 2　옘병할, 답할 수 없다.　　　　　55

무덤 파는 사람 1　뭘 좀 얻어 볼 심산으로 더 이상 네 대가릴 두들겨 패

　지 말거라.

어차피 아둔 멍청한 당나귀를 두들겨 팬다고 빨리 달리겠니.

요담에 또 이런 질문 받거든 "무덤 만드는 사람"이라 하거라

그가 맹기는 무덤집들은 최후의 심판날까지 가는 거란다

자, 요온[39] 술집에 가서 술이나 한 병 받아와라.　　　　　60

[무덤 파는 사람 2 나간다.]

선원복장 한 햄릿과 호레이쇼 한쪽에 보이고,
무덤 파는 사람 1 파면서 노래한다.

---

39. 요온(Yauhan): 런던 중심부 테임즈 강변 남쪽 뚝 부근 글로브 극장(The Globe) 인

　근에 있던 술집 주인으로 추정(i.e., 존 John).

이팔청춘 내가 사랑하고 사랑했을 때

기억도 한없이 달콤했어라

내—아—좋았던 시절—오—덧없이 흘러 흘러

오—기억해 봐도—아—호시절—가고 없구나

[햄릿과 호레이쇼가 무덤 파는 사람 1에 다가온다.]

햄릿 이 친구는 무덤을 만들며 노랠 부르고 있으니   65

그가 하고 있는 짓엔 아무런 느낌도 없나보지?

호레이쇼 습관이 그로 하여금 편안하게 받아들이는 독특한 버릇을 만들

어 준 듯합니다.

햄릿 그렇기도 하겠군, 거의 쓰지 않는 손은 훨씬 더 민감한 감각을

갖게 되는 법이거든.

무덤 파는 사람 1   [노래한다.]

세월 도둑고양이 어느새 쥐도 새도 몰래 다가와   70

그놈 억센 깍지발로 날 잡아채

배 띄워 멀고먼 땅으로 날 보내니

내 청춘 옛 모습 영영 간 곳 없어라

무덤 파는 사람 1 무덤 안에서 해골 하나를 던져 올린다.

햄릿 저 해골도 왕년엔 혀가 있어 노래깨나 불렀겠지.

어떻게 저 작자가 그걸 마치 인류 최초 살인을 저지른   75

카인의 턱뼉따귀[40]인 양 땅 위에 내동댕이쳐 버릴 수가 있지.

이 해골도 교활한 정객 책사의 머리일 수도 있는데

이 당나귀같은 망나니가 마구 취급을 하지만 신마저 농락하던 두

　개골일 지도 모르지

안 그런가?

호레이쇼　그럴 수도 있습니다, 전하. 80

햄릿　또는 "안녕하십니까, 존경하는 대감님. 어찌 어찌 지내시는지요,

　존경하는 대감님"

이라고 입버릇처럼 살랑거리던 어떤 중신의 대갈통일 수도 있고

좀 빌려볼 꿍꿍이속으로 그렇고 그런 묻지 마 대감의 말을

극구 칭찬한 그렇고 그런 묻지 마 대감 골통일 수도 있다는 거야

그렇지 않은가? 85

호레이쇼　그렇습니다, 전하.

햄릿　그래, 그럴 거야, 이제 내 사랑하는 구더기 숙녀님 차지가 됐고

턱 뼈다귀도 없이 막일꾼 무덤 파는 사람 삽으로 대갈통 여기저

　기 강타를 당하게 됐군.

좀 들여다볼 재간만 있으면 바로 여기에 아주 훌륭한 운명의 대

　전환이 있는 거지

이 뼉따귀들이 길고긴 생육기간을 거쳐 결국 단지 구주 놀이판에

　던지는 90

놀이도구로밖엔 소용없단 말인가? 생각만 해도 머리가 띵하네.

---

40. 카인의 턱뼉따귀(Cain's jawbone): 카인이 형제인 아벨(Abel)을 살해할 때 당나귀
　(ass)의 턱뼈를 사용했다는 얘기가 있다. 햄릿의 숙부(Claudius)가 형님인 햄릿 부
　친을 살해하고 왕이 된 것을 은연중 암시. 이 대사 뒷부분에 무덤지기를 ass로 표
　현하고 이 ass가 Cain의 턱뼈 보듯 해골을 내던지는 것도 재미있는 아이러니다.

> 곡괭이 하나에 삽 하나, 삽 하나
>
> 게다가 수의도 하나 더
>
> 오 흙구덩이 하나 만드네
>
> 만년 손님 그에 어울릴 터   95

무덤 파는 사람 1 무덤 안에서
또 다른 해골 하나를 던져 올린다.

햄릿   하나 더 나왔네. 저 건 법률가의 해골이 아닐까?

이제 이자의 용의주도한 궤변, 재치 있는 임기응변

소송사건, 부동산 소유권, 소송책략들은 다 어디 가버렸지?

왜 지금 이 날뛰는 망나니가 흙투성이 삽으로 그 머리통을 두들

　겨 패도

굴욕을 당하기만 하고 자신의 구타소송 하나도 하소연조차   100

못하게 됐나? [햄릿 그 해골을 집어 든다.] 흠, 이 작자가 생전에는 차

　압증서들,

차용증서들, 양도증서들, 중복보증인들, 토지이전소송들로 도가 튼

엄청난 부동산 구매자였을 수도 있어. 이런 꼴이 많은 자신의

법조항들과 이전 증서들로부터 받은 보수의 종말로서

이자의 훌륭한 해골바가지를 훌륭한 흙덩어리로 가득 채워버린

　것인가?   105

이자의 보증인들이, 중복보증인들이 가세해도 마찬가지로

해골 길이밖에 안 될 이중 증서의 길이와 폭 그 이상은 아무것도

보증할 수 없다는 거야? 바로 그의 많은 토지 양도증서들이

이 해골바가지 안에 남아 있을 수도 없고 [햄릿 해골을 두드린다.]

　그 주인 자신도

해골 하나 이상 그 아무것도 소유하지 못한단 말인가? 하!　　110

호레이쇼　그 이상은 없습니다, 전하.

햄릿　증서는 양가죽으로 만들어져 있지 않나?

호레이쇼　예, 전하, 송아지 가죽도 씁니다.

햄릿　그런 자들은 양이나 송아지 같은 것들야, 거기서 보증해줄 걸 찾

　다니

이자에게 말 좀 걸어보겠다.　　[햄릿과 호레이쇼 앞으로 나온다.]　115

이봐, 이게 누구 무덤이지?

무덤 파는 사람 1　제 겁니다.　　　　[무덤 파는 사람 1 노래한다.]

　오 흙구덩이 하나 만드네

　　만년 손님 그에 어울릴 터

햄릿　정말 네 것이로군, 네가 그 안에 있으니.　　120

무덤 파는 사람 1　댁은 밖에 있으니 댁의 것은 아니죠.

나로선 이 속에선 거짓말 하지 않으니 이건 제 겁니다.

햄릿　네가 그 안에서 거짓말을 하고 있고 그 안에서 그게 네 것이라 하

　고 있다.

그건 죽은 자를 위한 거지 산 자를 위한 게 아니므로 넌 거짓말을

　하는 거야.

무덤 파는 사람 1 그건 팔팔 살아 있는 거짓말이니 내 것으로부터 125

다시 댁의 것으로 재빨리 넘어갑니다.

햄릿 어떤 남자를 위해 파는 것이지?

무덤 파는 사람 1 어떤 남자도 아닌데요.

햄릿 그럼 어떤 여잔가?

무덤 파는 사람 1 어떤 여자도 아닌데요. 130

햄릿 누가 그 속에 묻히게 되나?

무덤 파는 사람 1 여자이긴 했었는데, 삼가 명복을 빕니다만,

그 여잔 죽어 없어졌습니다.

햄릿 하염없이 맹랑한 작자구나. 우리가 정신 똑바로 차리고 말상대를

해야겠는걸

그렇지 않으면 궤변이 우릴 난처하게 만들 것 같은데. 사실 말이야, 135

호레이쇼 요즘 삼 년 동안 내가 주목해온 것인데

세상이 점점 너무 까발려져서 농부의 발가락이 궁정인의 발뒤꿈치에

너무 바싹 다가와 동상 걸린 곳에 상처를 내는 꼴이지. —

무덤 만드는 직업을 얼마나 오랫동안 유지해왔나?

무덤 파는 사람 1 제가 시작하게 된 해 많은 날들 중에서도 바로 그날은 140

우리의 돌아가신 햄릿 폐하가 포틴브라스 왕을 제압한 날입니다.

햄릿 지금부터 얼마나 오래됐지?

무덤 파는 사람 1 그걸 말하지 못한다니요? 어느 얼간이라도 그건 말할

수 있을 겁니다.

어린 햄릿 왕자님이 태어난 바로 그날입니다. —

미쳐서 영국으로 보내졌다던데요. 145

햄릿   그렇지, 맞아. 왜 영국으로 보내졌다지?

무덤 파는 사람 1   그게 참, 미쳐서라네요. 거기서 제정신이 돌아올 거랍니다.

    혹시 그렇게 안 된다 해도 거기선 문제될 게 없대요.

햄릿   왜?

무덤 파는 사람 1   거기선 그분 속마음이 보이지 않을 겁니다.   150

    영국에선 사람들이 그분처럼 다 미쳤다네요.

햄릿   그가 어떻게 해서 미쳤다지?

무덤 파는 사람 1   아주 이상하게 미쳤답니다.

햄릿   얼마나 "이상하게"?

무덤 파는 사람 1   사실, 정신이 아주 나가버렸다던데요.   155

햄릿   무슨 이유로?

무덤 파는 사람 1   이유라뇨, 이곳 덴마크 땅에 있었던 때문이겠죠.

    여기서 무덤지기로 소싯적부터니까 30년 세월입니다.

햄릿   사람이 썩기 전 땅 속에서 얼마나 오래 버틸 수 있나?

무덤 파는 사람 1   하긴, 죽기 전 부패하지 않았다면—우리가 요즘   160

    천연두로 죽은 많은 시체를 맞이하는데 거의 매장도

    견디지 못하긴 하지만—약 8~9년은 지탱할 겁니다.

    피혁공은 9년쯤 갑니다.

햄릿   어째서 그 사람은 다른 사람보다 더 가지?

무덤 파는 사람 1   아하, 그의 피부가 직업상 아주 무두질이 잘 돼서   165

    훨씬 더 물을 잘 견뎌내는 거죠, 물이란 놈은

    빌어먹을 놈의 시신에 아주 지독한 부패 촉진제입니다.

    여기에 23년간이나 땅속에 묻혀 있던 해골바가지 하나가

나왔습니다.

햄릿　누구 것이지?

무덤 파는 사람 1　이자도 급살 맞게 미친놈이었죠.

　　누구라 생각합니까?

햄릿　아니, 난 모르겠는걸.

무덤 파는 사람 1　이 미친 악당 놈에게 옘병이나 걸려라!

　　이놈이 한때 내 머리 위에 커다란 라인산 포도주 대병을 쏟아 부

　　　었다구요.

　　바로 이 똑같은 해골바가지가 요릭의 대갈통입니다, 폐하의 익살

　　　꾼였죠.

햄릿　이것이?

무덤 파는 사람 1　그렇대두요.

햄릿　좀 보자. [햄릿이 무덤파는사람 1로부터 해골을 넘겨받는다.] 아, 불쌍한 요릭.

　　난 이 사람을 알아, 호레이쇼, 가장 뛰어난 상상력을 가진 끝없는

　　　익살꾼이지.

　　일천 번은 날 그의 등에 업고 다녔어, 그런데 지금은―생각만 해도

　　얼마나 혐오스러운 모습인가. 보기만 해도 토할 것 같네.

　　여기에 그 입술이 붙어 있었고 내가 헤아릴 수 없을 만큼

　　입을 맞췄었는데, 너의 기막힌 재담, 경쾌한 춤, 노래,

　　자리가 떠나가도록 폭소를 터뜨리게 했던 유흥의 귀재

　　이제 모두 어디 갔지? 네가 앙상한 이빨을 드러내 보이며 웃는

　　모습을 조롱해줄 것이 이제 아무것도 없단 말인가? 아래턱이 떨

　　　어져 나가버려서 못해?

자 이제 숙녀 내실로 서둘러가서 분을 일인치 두께로 처발라도

결국 이 꼴이 될 수밖에 없다고 말해줘야지. 그 여자들을 웃겨보

　라구—

자, 호레이쇼, 한 가지 얘기해주게.　　　　　　　　　　　　　190

호레이쇼　그게 무엇인가요, 전하.

햄릿　알렉산더 대왕도 흙 속에선 이런 꼴의 모양을

　보일 거라 생각하나?

호레이쇼　그럴 겁니다.

햄릿　냄새도 그렇고? 푸!　　　　　　　[햄릿이 해골을 내려놓는다.]　195

호레이쇼　그렇겠지요, 전하.

햄릿　우리가 사후에 어떤 천박한 용도로 돌아가게 될까, 호레이쇼?

　고결한 알렉산더의 흙덩어리가 술통 주둥이 구멍을 막는 병마개가

　되어 있는 걸 찾아내는 상상도 해볼 수 있지 않을까?

호레이쇼　그렇게까지 상상해본다는 건 좀 너무 깊숙이 상상하는 것 같습

　니다.　　　　　　　　　　　　　　　　　　　　　　　　200

햄릿　아냐, 정말로, 조금도 그렇지 않아, 충분히 합당한 생각으로

　그렇게 연결될 가능성을 찾아 그를 따라가 보자구. 알렉산더가

　죽는다,

　알렉산더가 묻혔다. 알렉산더가 흙먼지로 돌아간다.

　흙먼지가 흙이 되고, 그 흙으로 진흙을 만든다.

　그리고 그 알렉산더가 바뀌어버린 그 진흙덩어리가　　　　　205

　맥주 술통을 막지 말란 법이 있을까?

　황제 시저가 죽어 진흙으로 변하고

외부 바람을 차단키 위해 바람구멍 막이가 될 수도 있지 않을까?

아 전 세계를 떨게 했던 그 시저의 흙덩이가

한겨울의 몰아치는 외풍을 퇴치하기 위해 벽을 처바르게 되다니.   210

그런데, 가만 있자, 이리로 왕과 왕비 그리고

신하들이 오고 있는데.

장례 행렬이 묘지로 오고 있다.
뚜껑이 열린 관에 오필리어 시신을 메고 오는
사람들이 네 명 있고 레어티스, 왕, 왕비, 신하들,
그리고 성복 가운을 입은 사제 한 사람 따라 들어온다.

이 사람들이 누구를 따라오는 거지?

장례식이 왜 저리 허술한가? 저 모습은 그들이 따르는

저 시신이 절망적인 손으로 자신의 목숨을 끊었다는 것을

보여주는 것인데. 상당한 지위를 가진 사람의 것으로 보이기도 하고.   215

몸을 낮춰 잠시 지켜봐야겠어. [햄릿과 호레이쇼 주목 아래 웅크려 앉는다.]

레어티스 무슨 다른 의식은 없습니까?

햄릿 레어티스다, 아주 품결 있는 젊은인데, 지켜보자.

레어티스 무슨 다른 의식은 없습니까?

사제 그녀의 장례식은 저희들이 보장할 수 있는 만큼   220

많이 추가 확대된 것입니다. 그녀의 죽음은 의문을 품고 있는 것

이라서요.

허지만 폐하의 준엄한 어명이 교회의 관례를 넘어서게 한 것입니다.

아니면 그녀는 최후의 심판날까지 성역화 되지 않은

땅에 묻혀야 할 것이었습니다. 자비의 기도 대신에

도자기조각들 부싯돌 조약돌들이 그녀에게 던져졌을 거구요.   225

허지만 여기선 그녀를 위한 처녀의 화관이 허용됐고

규수에겐 처녀를 위한 꽃들이 뿌려졌으며

장례의 종소리와 함께 영원한 안식처로 모신 겁니다.

레어티스 더 이상 해줄 게 아무것도 없단 말입니까?

사제 더 이상은 없습니다.

우리가 평화롭게 영면하신 분들과 마찬가지로 규수에게   230

장엄한 진혼곡을 부르거나 진혼 기도를 해드리는 것은

망자에 대한 예식을 신성모독 하는 것이 됩니다.

레어티스   땅 속에 묻어라,

그녀의 아름답고 순수한 몸으로부터

제비꽃이 피어날 것이다.   [오필리어의 관이 무덤 안으로 안치된다.]

당신 야박한 사제에게 말하겠다, 당신이 지옥에서 비명을 지르고

  있을 때   235

내 동생은 천국에서 자비를 베푸는 천사가 되어 있을 것이다.

햄릿 뭐라구, 아름다운 오필리어가!   [왕비가 오필리어에게 꽃을 뿌린다.]

왕비 사랑스런 오필리어에 사랑스런 꽃들이다. 잘 가거라.

난 네가 햄릿의 배필이 되었으면 했다.

이 꽃들로 너의 신방을 장식하려던 것이었다, 사랑스런 아가씨야   240

너의 무덤에 뿌리려 했던 것이 아니다.

레어티스   아, 세 배의 더 비통한 재앙이

너로부터 가장 고결한 정신을 박탈해간

사악한 행위의 저주받을 그놈 머리 위에 그 열 배에 또 세 배를 더해

떨어지거라. ─ 잠시 흙넣기를 멈춰라

내 팔로 내 여동생을 한 번 더 안아보겠다.   245

                        [레어티스 무덤 안으로 뛰어 들어간다.]

이제 너희들의 흙을 산 자와 죽은 자 머리 위에 쌓아라.

이 평지가 태고의 펠리온 산[41]이나 짙푸른 올림푸스 산의

하늘을 찌를 듯한 꼭대기보다 훨씬 더 높이 솟아오를 때까지

계속 쌓아올려라.

햄릿 [앞으로 나오며]   도대체 누구냐 그렇게 엄청나게 큰

비통함에 젖어 있는 자가, 그의 비통함의 문구들이   250

하늘을 유랑하는 별들마저 마술에 걸려 경외감으로 충격 받은

청중같이 걸음을 멈춰서있게 만들 것이다. 여기 서있는 나는

덴마크의 왕 햄릿이다.   [햄릿 무덤 안으로 뛰어 들어간다.]

레어티스 [햄릿을 와락 잡으며] 악마가 네놈 영혼마저 말아먹을 것이다.

햄릿   넌 기도를 잘못하고 있는 것이다.

내 목 잡은 손을 놓아라

비록 내가 쉽게 화를 내거나 무모한 짓을 하진 않지만   255

내 안에도 알 수 없는 폭발적 위험성을 갖고 있으니

네 분별력을 갖고 조심해라. 네 손을 치워라.

왕 저들을 떼어놓아라.

왕비 햄릿! 햄릿!

모두 신사 분들!   260

---

41. 펠리온(Pelion)산: 그리스 신화로 신들의 산(Olympus)과 맞서기 위해 거인들(giants)
   이 바로 근처 이웃하는 곳에 있는 오싸(Ossa)산 위에 새로 쌓아올린 거대한 산.

호레이쇼 전하, 진정하십시요.

사람들이 햄릿과 레어티스를 떼어놓고
두 사람 무덤 위로 올라가도록 한다.

햄릿 하, 난 이런 문제에 관한 한 내 눈꺼풀이 더 이상 움직이지 않을
때까지
그자와 싸울 것이다.

왕비 아, 나의 아들 햄릿, 무슨 문제로 그러느냐?

햄릿 난 오필리어를 사랑했다. 사만 명의 오래비들이   265
그자들의 사랑을 통틀어 합쳐 대들어도 내 사랑에 비하면
조족지혈이다. 네가 오필리어를 위해 뭘 할 테냐?

왕 아, 햄릿은 미쳤다. 레어티스.

왕비 신의 가호를 걸고 말한다, 햄릿을 그냥 놔 두거라.

햄릿 빌어먹을, 네가 하고 싶은 걸 해보여라.   270
통곡을 할 것이냐, 싸울 테냐, 단식해 죽을래, 네 옷이라도 갈가
리 찢어버릴 테냐.
식초라도 통째로 마실래, 악어라도 뜯어먹을 테냐?
난 할 테다. 여기에 꺼억 꺼억 울기 위해서
그녀 무덤 속으로 뛰어들어 날 터무니없게 만들려 왔느냐?
오필리어와 함께 산 채로 묻히고 싶다면 나도 그렇게 하겠다.   275
산들에 대해 호언장담 하고 싶다면, 온 산을 동원해 수백만 에이
커의 흙을
우리 머리 위에 퍼붓게 하여, 우리가 밟고 있는 땅이

불타는 태양 궤도에 그 정상을 끄스르고

드높은 오싸산이 마치 사마귀 점 같이 보이도록 만들어라, 아니,

　악을 쓰고 싶다면

나도. 너만큼 포효할 것이다.

왕비　　　　　　　　　　　　　　　　　이것은 순전히 광증 때문이다.　　280

이렇게 잠시 발작이 그를 동요시키지만.

곧, 노랑색 두 마리 비둘기 새끼가 막 부화됐을 때

비둘기 암놈이 그러듯 조용해질 것이고

그의 침묵 속에 얌전해질 것이다.

햄릿　　　　　　　　　　　　　　　　자 들어라.

네가 날 이렇게 대하는 이유가 무엇이냐?　　285

난 지금까지 널 존중해왔다. 그러나 이제 상관없다.

허큘리스 스스로 하고 싶은 대로 멋대로 해보라지

그래도 고양인 야옹거리고, 개도 최고의 날이 있을 테니까.

[햄릿 나간다.]

왕　자, 호레이쇼, 그를 보살피거라.　　[호레이쇼가 햄릿을 뒤따라 나간다.]

[레어티스에게 방백] 간밤에 과인이 당부한 말을 생각해 꾹 참아야 한다.　290

과인은 그 문제를 즉각 실행에 옮길 것이다. ─

훌륭한 거트루드, 아들을 좀 잘 지켜봐야겠소.

이 무덤에는 생생히 살아있는 듯한 기념비를 세워줄 것이다.

곧 아주 태평스러운 세월을 보게 될 것이니

그때까진 잘 참고 우리 일을 진행시켜야 할 것이다.　[모두 나간다.]　295

2장

**엘시노어 성 왕궁의 홀,
옥좌들 긴 의자들 책상들 등이 놓여 있다.**

햄릿과 호레이쇼가 담소하며 들어온다.

햄릿　자, 그 얘긴 그렇게 돼버렸어. 이제 다른 얘기로 가볼까.

　　　그 당시 모든 상세한 정황들 기억하나?

호레이쇼　기억합니다, 전하.

햄릿　내 가슴 깊숙이 극심한 동요가 있었고

　　　난 잠을 잘 수가 없었어. 아마도 난 쇠고랑 족쇄를 차고　　　　5

　　　형벌을 받는 반란 선원들보다 더 극악한 처지였거든. 갑작스런

　　　　충동에 끌려ー

　　　딴은, 갑작스런 충동도 그것 때문에 칭찬받을 수도 있어.

　　　우리의 신중한 계획들이 실패하게 될 때, 때로는 무모한 행동이 결국

　　　잘된 일이 되기도 하는 거야, 아무리 우리가 결과를 대충 만들어

　　　　내려 애써도

　　　우리의 결과를 결정짓는 데는 신의 뜻이 있다는 것을　　　　10

　　　가르쳐주는 거지.

호레이쇼　　　　그건 아주 확실합니다.

햄릿　순간 무모하게 내 선실로부터 나왔어

내 몸에 뱃사람 가운을 대충 걸치고 어둠 속에서

그놈들을 더듬더듬 찾아가 결국 내 원하던 것을 달성했지

그놈들이 감춘 꾸러미를 살짝 빼어내 마침내   15

내 선실로 다시 돌아왔는데, 대담해지기도 하고

두려움 때문에 규범도 잊고 밀봉한 그놈들의 소위 장엄한

칙서를 개봉하게 됐어. 거기서 내가 발견한 것은, 호레이쇼—

아, 왕의 악랄함!—무시무시한 명령이 있었거든

덴마크 왕의 안위는 물론 또한 영국 왕의 안위마저 들먹이는[42]   20

이런 저런 여러 가지 이유를 번질하게 늘어놓고서

빌어먹을! 나를 살려두면 도깨비의 공포와 악마의 위험이 있다며

영국 왕은 칙서를 읽자마자 즉각 추호도 지체 없이

도끼날을 벼리는 순간의 머뭇거림조차도 없이

내 목을 내리쳐 없애버리라는 거야.

호레이쇼   어떻게 그럴 수가 있습니까?   25

햄릿 [서류를 주며] 여기 그 칙서가 있으니 여가 시간이 있을 때 읽어보라구

이제 내가 그 일을 어찌 처리했는지 듣고 싶나?

호레이쇼 들려주십시요.

햄릿 이렇게 악당 놈들 흉계의 그물을 꼼짝 못하고 뒤집어쓰게 됐으니—

내가 내 두뇌 속에서 서막을 창조해 내기도 전에   30

내 두뇌가 이미 연극을 시작해 버린 거랄까—난 책상에 앉아

---

42. 덴마크 왕의 안위는 물론 또한 영국 왕의 안위마저 들먹이는: 이 말은 만약 햄릿을
살려주면 덴마크 왕의 목숨이 위험하고 햄릿을 죽이란 명령을 이행하지 않으면 영
국 왕의 목숨도 덴마크 왕이 보장할 수 없다는 의미가 내재돼 있다.

새로운 칙서를 고안해냈어, 멋진 필적으로 써넣었지 —

한때는 내가 생각하기를 우리 정객들이 그러듯이

그런 멋진 필적을 구사해내는 서예를 저급한 것으로 여기고

그런 배움을 잊으려 애를 꽤 썼었는데   35

하지만 이번엔 내게 아주 충성스런 훌륭한 봉사를 해준 거지.

내가 쓴 그 칙서 요지를 알고 싶은가?

호레이쇼   그렇습니다, 전하.

햄릿 덴마크 왕으로부터 진지한 간청인 듯 썼지

영국 왕이 그의 충성스런 봉신이므로

그들 사이의 사랑이 마치 종려나무가 무성하게 자라듯 해야 하며   40

평화 역시 언제까지나 밀짚 화관을 쓰고

그들의 우정 사이에 가교 역할을 하며 존재해야 한다.

그리고 많은 그렇고 그럴싸한 아주 막중한 중요성을 떠벌린 뒤

칙서를 다 읽고 이러한 내용을 파악하자마자

더 이상의 어떠한 논의조차 하지 말고   45

자백 시간조차도 절대 허용 없이

영국 왕은 칙서를 가져간 자들을 즉각 처형하라고 했거든.

호레이쇼   칙서 봉인은 어떻게 하셨습니까?

햄릿 아, 그것도 하늘의 조화가 도왔어.

난 아버님의 인장을 내 지갑에 넣고 다녔는데

그게 덴마크의 옥쇄와 꼭 닮은 모습이어서   50

새 편지를 전 것과 같은 방식으로 접은 뒤에

서명하고 날인해서 바꿔친 것을 결코 눈치 채지 못하도록

안전하게 먼저 있던 자리에 넣어 두었지, 바로 다음 날
우리들의 해상 전투가 있었고 이 전투의 결과에 뒤따른 것은
이미 알고 있을 거야.　　　　　　　　　　　　　　　　55

호레이쇼　그럼 로젠크런츠와 길던스턴은 그렇게 가게 되겠군요.

햄릿　아무렴, 친구, 그놈들이 여기 끼어들기를 기꺼이 자청한 거니까
내 양심에 가책이 되지도 않고, 그자들의 파멸은
놈들 자신의 주제넘은 개입이 키워간 꼴이거든.
그토록 천박한 족속이 막강한 군웅들의　　　　　　60
격분한 칼부림 사이에 섣불리 끼어들면
위험하기 짝이 없다는 것이지.

호레이쇼　아니, 어떻게 왕이 이럴 수가 있습니까?

햄릿　생각해보라구, 이제 내게 지상명령이 된 게 아닌가.
나의 선왕을 살해하고 나의 어머니를 능욕했고　　　65
왕으로서의 선출과 나의 희망 사이에 갑자기 끼어들었으며
그럴싸한 술책을 부리며 바로 내 목숨까지 노리고
그자의 낚시를 던진 놈이니—이 팔로 그놈을 응징하는 것이
당당한 마음 아닌가? 우리 천륜을 갉아먹는 이 종양 덩어리가
추가적인 악행을 저지르도록 내버려 두는 것이　　　70
오히려 더 지옥에 갈 일 아닌가?

호레이쇼　곧 영국으로부터 그곳에서 그 일에 관련된 문제가
어떻게 됐는지 우리 왕에게 틀림없이 알려지겠군요.

햄릿　곧 그리 되겠지. 그동안은 내 시간이고.
사람의 목숨이 "하나"하고 말하는 순간조차도 못 넘기다니.　　75

하지만, 선한 호레이쇼, 내가 레어티스에게 스스로 본분을

망각한 행위를 한 것에 미안한 마음이 들어.

내 자신의 복수의 생각을 떠올려보면

그의 심정도 이해가 돼. 그와의 우의를 청할 생각도 있어.

그런데 그의 슬픔을 지나치게 떠벌리는 바람에   80

내 열통이 머리끝까지 치오른 거지.

호레이쇼   잠깐만요, 누가 이리 오는 것 같은데요?

자그마하고 거들먹거리는 궁정인 오스릭이 날개깃을 단
허리가 잘록한 상의에 최신 유행 모자를 쓰고 들어온다.

오스릭 [모자를 벗어 흔들며 낮게 구부려 인사한다.] 전하께서 적시에 덴마크에

돌아오신 것을 환영합니다.

햄릿   감지덕지요, — [호레이쇼에게 방백] 이 쉬파리를 좀 아나?

호레이쇼 [햄릿에게 방백] 모릅니다, 전하.   85

햄릿   [호레이쇼에게 방백] 그렇게 모르는 게 훨씬 더 축복이지,

저 자를 아는 것이 재앙이야. 비옥한 땅을 엄청 가지고 있다는데.

짐승이 많은 짐승들의 대감이 되면 그 짐승의 여물통을 들고

왕의 회식에까지 간다네. 촌놈 졸부지만 내가 말했듯이

엄청나게 넓은 땅을 움켜쥐고 있다거든.

오스릭 [모자를 벗어 흔들며 낮게 구부려 인사한다.] 전하, 전하께서 시간이   90

허락되시면 소인이 폐하로부터 분부를 전해 드리고자 합니다.

햄릿   받자옵고말고요, 그럼, 온 혼백이 수선을 떨어서라도요, [오스릭 다

시 구부려 인사하며 모자를 이리 저리 흔든다.] 네 모자 좀 제자리로 갖다

놓지, 머릴 위한 것이잖아.

오스릭 감사합니다 전하, 날씨가 무척 덥습니다.

햄릿 아냐, 정말이지, 무척 덜덜 떨리는 날씬데, 매서운 북풍도 씽씽 불고.　95

오스릭 상당히 덜덜 떨리는 날씨네요, 전하, 정말입니다.

햄릿 그러나 그래도 내가 생각해보면 사정없이 푹푹 삶네 삶아

내 체질 상 날씨 참 우후 뜨겁다.

오스릭 엄청 뜨겁습니다, 전하, 사정없이 푹푹 삶고 있습니다―말씀드리

자면―

어떻다 말씀드릴 수 없을 지경인데요. 왕자님, 폐하께서 왕자님 쪽에　100

큰 내기를 거셨다는 걸 알려드리라고 소인에게 분부하셨습니다.

이 문제 말씀이온데―

햄릿 [오스릭에게 그의 모자를 쓰도록 신호하며] 법도 좀

기억하시지―

오스릭 아하, 전하, 저의 편의를 위해서입니다, 진정이옵니다.　105

여기 새로 궁궐로 돌아오신 레어티스 님은―절 믿어주십시요

완벽한 신사입니다, 가장 뛰어난 탁월함으로 가득 찬 분이며

무척 유연한 사교성과 출중한 외모를 지닌 분이죠.

정말로 그분을 적절히 평가한다면 궁정예법의 모범입니다.

전하께서도 그분 속에서 신사가 기대할 수 있는 모든 자질의　110

그 총체적 완성을 발견하실 것입니다.

햄릿 그 사람에 대한 평가가 네 말 속에선 손해 보진 않겠구나.

내가 그의 자질들을 재고 처리하듯 하나하나 열거할 순 있지만

그 사람 걸 그렇게 잽싸게 팔아버리는 판에서는

기억 속에 계산 맞추기조차 어질어질 헷갈리겠지만 결국에는   115

그래도 비틀비틀 따라잡을 순 있겠지. 그러나 칭찬을 사실대로

　해보면

난 그를 큰 중요성을 가진 인물이라 여기며 그렇게 귀하고 희소성을

가진 그의 본질은, 그에 대해 진짜 한마디 평한다면 말야, 그 사

람 자신을 닮은 사람은 그의 거울 모습뿐이며 그의 족적을 감히 따

라갈 사람은 그 자신의 그림자 외에 그 어느 것도 없다는 거지.   120

오스릭　전하께선 그분에 대해 절대적으로 완벽하게 말씀하십니다.

햄릿　뱃속 관심사가 뭐지? 왜 우리가 열 올려 조잡한 잡소리로

그를 포장하냔 말이거든?

오스릭　전하?

호레이쇼　다른 말로는 이해가 안 되나?   125

해보면 할 수도 있을 텐데, 정말로.

햄릿　이 신사를 들먹이는 네 목적이 무엇이냐?

오스릭　레어티스 님 말씀이십니까?

호레이쇼　[햄릿에게 방백] 이자의 지갑은 이미 텅텅 비어버렸고

모든 휘황찬란한 미사여구들을 다 탕진해버린 것 같습니다.   130

햄릿　그 사람이다.

오스릭　전하께서도 모르고 계시진[43] 않으시겠지만—

햄릿　네가 그랬을 것 같은데. 하지만 정말로 네가 그랬다 하더라도

내겐 별로 이득이 안 될 것 같다만. 그래서?

---

43. 모르고 계시진(ignorant): 오스릭은 이런 뜻으로 쓴 듯 보이지만 다음 행에서 햄릿
　은 "무식한"의 뜻으로 받아 슬쩍 돌려 말한다.

오스릭 레어티스님의 출중함을 전하께서 모르시는 것은 아닐 것입니다만ㅡ

햄릿 내가 감히 레어티스가 얼마나 출중한지 알 수는 없지만, 그와

출중함을 다투고 싶진 않아. 사람이 뛰어난 걸 알아보기 위해선

자기 자신을 알아야 하거든.

오스릭 제가 의미하는 것은 그분의 무술입니다. 그분에 대해

사람들에 의해 주어진 평판은 상대를 찾을 수 없다는 것입니다.   140

햄릿 그의 무기는 무엇인가?

오스릭 세장검(細長劍)[44]과 단검입니다.

햄릿 그게 그의 무기들 중 두 가지로군. 그렇지만 좋지.

오스릭 폐하께서 레어티스 님에게 여섯 필의 바바리 산 말을 거셨습니다.

그것에 대해 레어티스 님도 거셨는데, 제가 알기론 각각 여섯 개의   145

프랑스제 세장검들과 단검들입니다, 그에 딸린 부속품들인

벨트, 혁대 칼꽂이 등이죠. 정말로 검가대들 중 세 개는

무척 아름다운 장식을 가졌고 칼자루와도 아주 잘 어울리는 것으로

가장 섬세하게 만들어진 검가대이며 또한 무척

공들여 만들었으므로 예술 감각이 뛰어난 것들입니다.   150

햄릿 검가대란 어떤 걸 말하는 거지?

호레이쇼 이해하시기 위해선 주석이라도 보셔야만 뜻을

---

44. 세장검(細長劍, rapier): 날카로운 양날의 가볍고 가늘고 긴 검이며 손잡이 부분에 큰
컵 모양의 손 보호 장식이 있다. 빠르게 찌르는 공격술에 장점이 있다. 16, 17세기
에 많이 사용했고, 18세기경 주로 프랑스에선 조금 작고 한 쪽만 날이 있는 것을
사용하기도 했다.

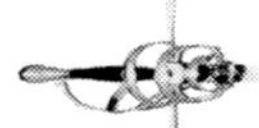

파악할 수 있을 것 같습니다.

오스릭 검가대란 검을 꽂아 두기 위한 혁대 칼꽂이를 말합니다.

햄릿 그 검가대란 말은 우리들 허리에 대포를 달고 돌아다닌다면 155
그 짓엔 훨씬 더 따악 잘 맞을 거라 생각되는데.[45] ─ 그때까진
혁대 칼꽂이라 해두지. 하지만 말이야. 여섯 필의 바바리 산 말과
이에 맞선 여섯 쌍의 프랑스 검들, 그 부속품들 그리고
세 개의 정교하게 만든 예술 같은 혁대 칼꽂이까지 ─
프랑스 측이 덴마크 측에 맞서 거는 도박이네. 이 짓은 왜 하는 거지 ─ 160
네 말을 빌리면, 내기를 걸었다고?

오스릭 폐하께서 내기를 거셨습니다, 전하와 레어티스 님 사이 십이 회
전 시합에
레어티스 님은 전하께 삼 회전 이상 승리 못할 것이라 장담하셨고
레어티스 님은 십이 회전 중 구 회전 승률로 거셨습니다. 그리고
만약 전하께서 그 도전을 수락하신다면 즉각 시합에 165
들어갈 것입니다.

햄릿 내가 대답하기 싫다면?

오스릭 제 말씀은, 전하, 친히 레어티스 님과 맞서 시합에 응하실 뜻이
있으신가 하는 것입니다.

햄릿 자, 내가 이 홀 안을 거닐고 있겠다. 만약 170

---

45. "그 검가대란 말은 우리들 허리에 대포를 달고 돌아다닌다면 그 짓엔 훨씬 더 따악
잘 맞을 거라 생각되는데. . . .": 햄릿의 말은 오스릭의 바로 전 대사에서 혁대 칼
꽂이(hanger)를 다시 다른 말인 검가대(carriages)로 바꿔 표현하고 말을 중언부언
꾸미려 하였는데 carriage란 대포 등 중무기를 나를 때 쓰이는 마차 등의 뜻이 있
으므로 햄릿이 비꼬는 대사.

왕께서 괜찮다면 오늘 나의 연습시간으로 정한다.

검들을 들여보내라. 그 신사가 바라는 것이고

왕도 그의 목적을 여전히 견지하고 있다면 그분을 위해 승리할

　것이며

그리 할 수도 있다. 승리하지 못한다 해도 몇 점 당하는

나의 수치일 뿐이겠지.　175

오스릭　그렇게 전해드리면 되겠습니까?

햄릿　내 취지를 전하시되, 뭐 귀공의 밸이 꼴리시는 대로

하시구려.

오스릭　[모자 벗어 흔들며 낮게 구부려 인사한다.]

전하께 소인이 앞장서 충성을 다 바치겠사옵니다.

햄릿　제가 그러고 싶사옵니다. [오스릭 모자 벗어 흔들며 낮게 구부려 인사 후 모　180

자를 쓰고 나간다.] 그자가 스스로를 추천하기 잘했지. 그 어느 누구도

그 잘 위해 혓바닥을 놀려줄 사람이 없을 테니.

호레이쇼　이 댕기물떼새가 방금 깨고 나온 알껍데기를 그 머리 위에

뒤집어쓰고 달려 도망가는 꼴입니다.

햄릿　그 작자는 어미 젖꼭지를 빨기도 전에 젖꼭지에 인사부터 했을 거야.　185

이와 같이 그런 놈은—그리고 천박스러운 시대가 숭배자들로 만드는

훨씬 더 많은 비슷한 패거리들은—오로지 시류와 함께

흘러가는 유행 말투와 허례허식뿐인 사교술수, 거품 같은

지식 등을 주워 모아 고도의 분별력을 가진 사람들의

의견들에 끼어들어 행세를 해보려는 거야.　190

시험해보려 그자들을 훅 불어보기만 해도 거품은 꺼져버리거든.

[귀족 한 사람 들어온다.]

귀족　왕자님, 폐하께서 젊은 오스릭을 통해서 왕자님께 안부와 함께
　　　분부를 전하셨는데

그가 폐하께 왕자님이 이 홀에서 폐하를 기다리신다는 말을

갖고 돌아왔습니다. 폐하께선 왕자님이 레어티스와 시합을

여전히 진행하시려는지 아니면 좀 더 오랜 시간을 갖고 싶어 하

　시는지　　　　　　　　　　　　　　　　　　　　　　　　195

알아보려 소인을 보내셨습니다.

햄릿　내 의중은 한결같으니 그것이 왕을 즐겁게 할 것이다

만약 그분이 흡족하시다면 난 준비됐다

지금 또는 언제라도 현재와 같이 할 수만 있다면.

귀족　폐하와 왕비전하 그리고 모든 분들이 오고 계십니다.　　200

햄릿　때를 잘도 맞추는군.

귀족　왕자님께서 시합하기 전 레어티스를 온화하게 맞아주시길

왕비 전하께서 바라셨습니다.

햄릿　당부에 이골이 나셨구만.　　　　　　　　　　[귀족 나간다.]

호레이쇼　불리할 것 같습니다, 전하.　　　　　　　　　　205

햄릿　난 그렇게 생각지 않는데. 그가 프랑스에 간 이후 나도

계속 연습을 해왔어. 몇 점 가산 승률로 이길 거야.

내 가슴 속 모든 게 얼마나 불안한지 호레이쇼는 모를 테지만

상관없는 일이지.

호레이쇼　아닙니다, 전하.　　　　　　　　　　　　　　210

햄릿　바보 같은 생각일 뿐야, 여자를 조바심 나게 하는 것 같은

5막 2장　**235**

불안감 같은 거지.

호레이쇼 전하가 행여나 내키지 않는 게 있으면 그것에 따르십시오.

제가 그들이 이리 오는 것을 미리 막고 전하가 준비 안됐다고 전

하겠습니다.

햄릿 전혀 그러지 말아. 우린 알 수 없는 전조에 대항해야 돼.

참새 한 마리 떨어지는 데도 특별한 하늘의 섭리가 있는 것이다.

죽음이 지금 온다면

앞으로 오지 않을 것이고, 앞으로 오지 않을 거라면 지금이 될 거야.

지금이 아니라면 그래도 다가올 것이고. 준비하는 것이 가장 완

벽한 것이다.

어떤 사람도 그 무엇을 떠나가더라도 그 아무것도 알지 못하는

법인데

좀 일찍 떠나면 어떤가? 순리대로 가게 하자.

시종들 들어와 관객을 위해 긴 의자들과 방석 등을 가져다 배치한다.
나팔수, 큰 북과 고수들, 왕, 왕비, 모든 궁정인들이 따르고,
심판 역을 할 오스릭과 또 한 명의 귀족이 펜싱검들과
단검들을 갖고 와 벽 가까이 있는 책상 위에 올려놓는다.
마지막으로 레어티스가 펜싱 시합용 복장을 하고 들어온다.

왕 자, 햄릿, 이리 와서 과인으로부터 이 손을 잡아라.

왕이 레어티스의 손을 햄릿 손에 넘겨주고
왕비를 데리고 옥좌로 간다.

햄릿 용서해주기 바란다. 네게 무례한 행동을 했다.

신사답게 용서해라.

여기 있는 사람들이 다 알고 너도 틀림없이 들었겠지만

내가 얼마나 지독한 광증으로 고통을 받았는지 모른다.   225

내가 저지른 일들은

너의 천륜의 정과 명예와 분노를 격하게 촉발시켰겠지만

여기서 단언컨대 광증 때문이었다.

햄릿이 레어티스를 농락한 것이었을까? 결코 햄릿이 한 짓은 아니다.

햄릿이 이미 제정신이 아니었고   230

제정신이 아닌 햄릿이 레어티스에게 잘못을 했다면

그럼 햄릿이 한 짓이 아니다. 햄릿은 그것을 인정할 수 없다.

그럼 누구의 짓인가? 그의 광증이다. 그렇다면

햄릿도 몹쓸 짓을 당한 피해당사자이고

그의 광증은 불행한 햄릿의 적이다.   235

자, 바로 이 관객들 속에서

고의로 저지른 악행이 아니었다는 나의 부정으로

마치 내가 집채 저 너머로 쏘아올린 내 화살이

내 형제를 다치게 한 것처럼 아주 너그러운 생각으로

날 풀어주기 바란다.

레어티스   좀 풀렸습니다,   240

천륜의 도리로서, 이 경우 그 천륜의 동인 자체가 내 복수를 위해

가장 격렬하게 날 담금질하고 있지만 말입니다. 그러나 내 명예

    에 걸린 한

난 유보할 것이며 이 세상에 명망 높은 어떤 훌륭한 분들에 의해

명예에 관한 한 내 이름이 더렵혀지지 않을 수 있다는 권위 있는

　의견과

화해를 해도 좋을 것이란 선례를 보장받을 때까지는　　　　　　245

그 어떤 화해도 없을 겁니다. 그러나 그때까지

난 전하가 보내주신 우정을 우정답게 받아들일 것이며

그것을 욕되게 하진 않을 것입니다.

햄릿　　　　　　　　　　　　　　　　나도 그것을 사심 없이 수용하며

이와 같은 형제의 도전을 받아 마음을 비우고 시합할 것이다.

　검을 달라.　　　　　　　　　　　　　　　　　　　　　　250

레어티스　자, 내게도 하나.

햄릿　난 너를 빛내주는 장식용이 될 것이다, 레어티스. 내 형편없는 무술로

너의 무술은 가장 캄캄한 밤하늘에 정말로 찬연히 빛나는

별빛과도 같을 것이다.

레어티스　　　　　　　　　　　절 놀리시네요.

햄릿　아냐, 이 손을 걸고 맹세하지.　　　　　　　　　　　255

왕　그들에게 검을 갖다 주거라, 오스릭. [오스릭 네 다섯 개의 펜싱 검들을

갖고 앞으로 나온다. 레어티스 하나를 집어 한두 번 찔러본다.] 사촌 햄릿

내기를 걸었다는 걸 알고 있는가?

햄릿　　　　　　　　　　　　　　아주 잘 알지요, 전하.

전하의 후의로 약자 편에 승률 몇 점을 더 얹어 배려하셨다구요.

왕　그걸 걱정해서가 아니다. 두 사람을 늘 보아왔지만

레어티스가 뛰어나므로 과인이 승점을 좀 더 배려한 것이다.　　260

레어티스 이 검은 너무 무겁군. 내게 또 다른 것을 보여 달라.

햄릿 [그 사이 오스릭으로부터 검 하나를 잡는다.]

이 검이 내게 맞는 것 같다. 이 검들은 모두 길이가 같은가?

오스릭 예, 전하.

왕 그 포도주 잔들을 저 탁자 위에 놓거라.

햄릿이 첫 번째와 두 번째 점수를 얻게 되거나 265

또는 삼 회전에서 승리로 동점을 만들게 되면

모든 성탑들에서 축포를 발사케 하라.

왕이 햄릿의 사기를 돋우기 위해서 축배를 들 것이며

잔 안에다 과인이 덴마크의 왕관에서 4대에 걸쳐 왕들이

사용했던 것보다 훨씬 더 풍요로운 큰 합일체 진주 하나를 270

넣을 것이다―과인에게 잔을 달라―

큰 북과 트럼펫을 울리고

트럼펫 소리가 포대에 전하여

축포소리가 하늘 끝까지 울리게 하고, 하늘에서 땅까지 진동하게 하라.

"이제 왕이 햄릿을 위해 축배를 든다." 자, 시작하라. 275

너희 심판들은 빈틈없이 살펴주기 바란다.

잔들이 왕의 곁에 놓인다. 트럼펫이 울린다.
햄릿과 레어티스가 자세를 잡는다.

햄릿　자, 오라.

레어티스　갑니다, 전하.　　　　　　　　　　　　　　　[두 사람 결투를 시작한다.]

햄릿　한 대 먹어라!

레어티스　안 돼.　　　　　　　　　　　　　　　　　　　　　　　　　280

햄릿　심판?

오스릭　쳤습니다, 분명한 한 방입니다.

레어티스　자, 다시 하죠.

왕　　　　　　중지하라. 마실 잔을 가져 오거라. [한 시종이 잔을 채운다.]　285

햄릿　[왕이 보석 하나를 들어 올린다.] 이 큰 합일체 진주는 너의 것이다.
널 위한 축배다. [왕이 진주를 잔에 넣고 한 모금 마신다.] 왕자에게 잔을
주거라.

햄릿　우선 이 경기를 진행하겠습니다. 잠시만 놓아두십시오.
[시종이 그 잔을 그의 뒤 탁자 위에 놓는다.] 자. 오라. [두 사람 다시 시작한다.]
한 대 더 먹어라. 뭐라 할 텐가?　　　　　　　　　　　　　　　290

레어티스　스쳤습니다, 스쳤어요. 고백합니다.　　　　[두 사람 떨어져 쉰다.]

왕　아들이 이길 것이요.

왕비　　　　　　　　이 애가 땀을 흘리고 숨이 찬가 보네요.
자, 햄릿, 내 손수건을 받으려무나, 네 이마에 땀을 닦아라. [왕비
가 손수건을 주고 탁자로 가서 햄릿을 위한 잔을 든다.] 왕비가 너의 행운을
위해 축배를 들겠다, 햄릿.

햄릿　예 어머니.　　　　　　　　　　　　　　　　　　　　　295

왕　거트루드, 마시지 말아요.

왕비　마시겠습니다, 폐하, 용서해 주십시오.

[좀 마시고 햄릿에게 그 잔을 권한다.]

왕　　　[방백] 독이 든 잔이다. 너무 늦었다.

햄릿　　아직 마시고 싶지 않습니다, 어머니. 잠시 후 마시죠.

왕비　　자, 너의 얼굴을 닦아주겠다. [왕비가 손수건으로 햄릿의 얼굴을 닦아준다.]　　300

레어티스　[왕에게 방백] 폐하, 이제 그자를 치겠습니다.

왕　　　[레어티스에게 방백]　　　　　　　　　그러지 못할 것 같다.

레어티스　[방백] 이렇게 하는 짓이 양심에 가책이 드는 것 같다.

햄릿　　자, 삼회전이다, 레어티스. 네가 그냥 장난을 치는 것 같구나.

　　　　맹렬하게 치고 들어오기 바란다.

　　　　어쩐지 네가 날 갖고 노는 것 같은데.　　　　　　　　　305

레어티스　그런가요? 자, 갑니다.　　　　　[두 사람 3회전 결투를 시작한다.]

오스릭　무승부입니다, 어느 쪽도 이긴 게 없습니다.　　[두 사람 떨어져 쉰다.]

레어티스　[갑자기 다가가 햄릿을 찌르며] 자 이제 들어간다.

레어티스가 무방비 상태의 햄릿을 공격해 가벼운 상처를 입힌다.
햄릿 격분하여 레어티스와 접전한다.
난투 속에 두 사람 칼이 바뀐다.

왕　　　그들을 떼어놓아라. 분노로 이성을 잃었다.

햄릿　　[공격하며] 하, 다시 덤벼라.　　　　　　　　[왕비가 쓰러진다.]　　310

오스릭　왕비 전하를 보살펴 드리십시오, 중지!

[햄릿이 레어티스에게 치명상을 입힌다.]

호레이쇼　두 분 다 피를 흘리고 있습니다. 어떠십니까, 전하?

[레어티스 쓰러진다.]

오스릭 [레어티스를 부축하며] 어떻습니까, 레어티스 님?

레어티스 [방백] 아, 내 자신의 덫에 걸려버린 어리석은 도요새가 됐다,
오스릭.

내 자신의 음모에 의해 나도 응당 죽음을 당하게 된 것이다.

햄릿 왕비께선 어떻게 된 것인가.

왕 사람들이 피 흘리는 모습을 보고 기절한 것이다. 315

왕비 아니, 아니다, 저 술잔, 저 술잔! 아 나의 사랑하는 햄릿!
저 술잔 때문이다, 저 술잔 때문이다! 난 독살된 것이다.

[왕비 죽는다.]

햄릿 아 악당 놈! 하! 문을 걸어 잠가라.
음모다! 찾아내야 한다. [오스릭 나간다.]

레어티스 바로 여기 있습니다. 햄릿 전하. 햄릿 전하. 전하도 죽을 것입니다. 320
전하께도 이 세상 그 어떤 약도 백약이 무효이거든요.
전하 목숨 반시간도 채 남지 않았습니다.
바로 그 음모의 도구가 전하 손에 들려 있는 것으로
뭉툭하지 않은 날카로운 칼끝에 맹독이 발라져 있습니다. 이 사
악한 흉계가 결국 325
제게 되돌아 온 셈이네요. 보십시요, 제가 여기 쓰러져 있는데
결코 다시는 일어나지 못합니다. 전하의 모친께서도 독살되신 거구요.
저도 더 이상 지탱할 수가 없습니다, 바로 저 왕―저 왕이 저주
받아야 할 원흉입니다.

햄릿 칼끝에 독까지! 그렇다면, 독아, 너의 충성을 다하여라.

[칼로 왕을 찌른다.]

모두　반역이다![46] 반역이다!　　　　　　　　　　　　　　　　　330

왕　아 날 보호하라, 신하들아. 난 상처만 입었을 뿐이다.

햄릿　자, 이 근친상간의 살인마 저주받을 덴마크 왕아,

　　　　　　　　　　　　　　　　[햄릿 강제로 왕에게 마시게 한다.]

이 독 잔도 마셔라. 너의 합일체 진주가 여기 들었다며?

나의 어머니를 따라가거라.　[왕이 죽는다.]

레어티스　　　　　　　　　　그자도 응당 받을 벌을 받았습니다.

바로 그자에 의해 조제된 독약입니다.　　　　　　　　　　335

고결한 햄릿 전하, 저와 용서의 마음을 교환해 주십시요.

저와 제 부친의 죽음이 전하 때문이 아니길 바라며

전하의 죽음도 저 때문이 아니길 빕니다.　　　　[레어티스 죽는다.]

햄릿　하늘도 그 죄로부터 널 자유롭게 해줄 것이고. 나도 널 따를 것이다.

　　　　　　　　　　　　　　　　　　　　[쓰러진다.]

난 죽는다, 호레이쇼. 불행한 왕비 폐하, 안녕히.　　　　340

이 참극을 목격하고 창백하게 질린 모습으로 떨고 있는 당신들은

이 참혹한 공연에 단지 침묵의 무언배우며 관객일 뿐인가

시간만 있다면 — 이 잔혹한 죽음의 사자가

목숨 낚아채가는 데는 가차 없으니 — 아. 내가 당신들에게 말해주

　고 싶지만 —

내버려두는 수밖에. 호레이쇼, 난 죽게 되고.　　　　345

---

46. 반역이다!: 왕(Claudius)이 어떤 짓을 했는지 모르는 일반 조신들과 백성들은 햄릿
　이 왕(Claudius)을 시해하였음으로 당연히 나오는 반응, 즉 겉으로 보이는 상황으로
　만 판단하여 햄릿이 반역을 저질렀다고 소리치는 것.

넌 살아남는다. 내가 행한 일들과 그 연유를

잘 알지 못하는 사람들에게 설명해다오.

호레이쇼   결코 그걸 믿지 마십시요.

전 덴마크인으로 남기보다는 옛 로마인을 따를 겁니다.

여기 아직도 약간의 독액이 남아 있거든요.

[호레이쇼 잔을 움켜잡는다.]

햄릿 [일어서며]   사나이답게

그 잔 이리 줘. 놔, 맙소사 내놓으라니까.   350

[잔을 쳐서 떨어뜨리고 쓰러진다.]

아, 호레이쇼, 만약 진실이 이렇게 알려지지 못하면

얼마나 치명적 누명을 내 뒤에 남기게 될 것인가

만약 너의 가슴 깊은 곳에 이제껏 날 품고 있었다면

잠시 천상의 축복을 누릴 생각을 버리고

이 험한 세상에 고통스러운 삶을 감수하더라도   355

나의 이야기를 전해주길 바란다. [우렁찬 군대 행군 발소리 멀리서부터

  점점 크게 들려온다, 포 소리 크게 난다.] 전쟁이 난 듯한 이 소린 무엇

  인가? [오스릭 들어온다.]

오스릭 젊은 포틴브라스 왕자가 폴란드 정복을 마치고 돌아오는 길에

영국대사들을 만나 바로 이 전쟁이 난 듯한

예포를 울리는 것입니다.

햄릿   아, 난 숨이 다했어, 호레이쇼.   360

이 맹독이 내 정신을 아주 마비시켜버렸다.

난 영국으로부터 오는 소식을 들을 수 없을 거야

그러나 내가 예단컨대 덴마크의 후계 왕에 대한 선출은 포틴브라

　　스 왕자에 ‥‥‥

가야 한다. 그는 내 유언의 지명 추천을 받는 것이다.

참극을 촉발시킨 크고 작은 사건들과 함께 포틴브라스 왕자에게　365

그렇게 전해주길―나머지는 침묵뿐이다.　　　　　[햄릿 죽는다.]

호레이쇼　이제 고결한 가슴도 부서져버렸구나. 고이 잠드십시요, 사랑스

　　런 왕자님.

일단의 천사들이 왕자님의 영원한 안식을 위해 노래해드릴 겁니다.

　　　　　　　　　　　　　　　　　　　　　[행군소리 들린다.]

웬 북소리가 이쪽으로 오는가?

포틴브라스 왕자, 영국대사들, 그리고 다른 사람들 들어온다.

포틴브라스　이 참극이 벌어진 곳이 어디인가?

호레이쇼　　　　　　　　　　　　　무엇을 보길 원하십니까?　370

비통함이나 재앙에 관한 것이라면 더 이상 찾지 마십시요.

포틴브라스　시체 더미가 대참사를 소리치고 있구나. 아 오만한 죽음아,

너의 영원한 무덤 속에 어떤 축제를 벌이려고

네가 이렇게도 많은 왕족들을 단칼에

그토록 무참하게 해치웠단 말이냐?

첫 번재 대사　　　　　　　　　처참한 모습이요.　375

영국으로부터 가져온 우리의 임무가 너무 늦어버렸습니다.

저희들에게 경청해주실 폐하의 귀가 소용없게 됐군요.

폐하께서 요청하신 것은 실행되었고

로젠크런츠와 길던스턴은 죽었습니다.

저희들은 어디에서 감사의 말을 들어야 합니까?

호레이쇼 　　　　　　　　　　　　　폐하의 입으로부터는 못 듣습니다. 　380

감사의 말을 전할 생명의 힘이 있다 해도 말입니다.

그분은 결코 그들의 죽음을 요청하지 않았으니까요.

그러나 바로 처참한 참극이 벌어진 순간에

폴란드 전쟁으로부터 왕자님이, 영국으로부터 대사님들이

여기 도착하였으므로, 명령을 내리시어 이 시신들을 　385

높은 단상으로 모셔 모두 볼 수 있도록 하여주시고.

제가 어떻게 이 사건들이 일어났는지

아직 알려지지 않은 세상에 설명하도록 해주십시요. 그럼 여러분들은

음탕하고 피에 얼룩진 패륜행위들

우연한 하늘의 심판들, 돌발적 살인들 　390

교묘한 획책과 불가항력적 이유에 의해 촉발된 죽음들

그리고 이러한 비극의 결과로 잘못 감행된 흉계들이

그 수작을 부린 음모자 머리 위에 철퇴를 내린 경우를 들을 것입니다.

이러한 모든 것을 제가 진실 되게 전하겠습니다.

포틴브라스 　　　　　　　　　　　　　　　　어서 들어 봅시다.

중신들을 모두 불러 듣게 하라. 　395

나로선 슬픔을 애도하는 한 편 나의 행운 또한 받아들일 것이다

나는 이 왕국에 잊혀질 수 없는 상당한 권리가 있으므로

이를 계기로 내게 유리한 권리를 요구할 것이다.

호레이쇼 그것에 대해서도 제가 드릴 말씀이 있습니다.

그분의 지지는 훨씬 더 많은 동의를 이끌어낼 수 있는 바로 그 햄

   릿 왕자님의   400

입으로부터 나온 말씀을 전하겠습니다. 그러나 앞서 요구한 것을

   즉시 실행해주십시요.

민심이 심히 불안정한 이 시기에 음모나 오판 때문에 더욱 더 큰

   불행한

사태가 발생하지 않도록 하기 위해섭니다.

포틴브라스   네 명의 부대장들에게

햄릿 왕자의 시체를 용사처럼 높은 단상으로 운구토록 하라.

햄릿 왕자는 통치의 기회만 주어졌더라면 가장 제왕다운 모습을   405

보여주었을 것이다. 자, 햄릿 전하의 서거를 위하여

그분께 군악과 조포를

장엄하게 울리도록 하라.

저 시체들을 치워라. 이와 같은 광경은

전쟁터에나 어울리는 것이지 여기에선 너무 부적절한 모습이다.   410

자, 가서, 병사들에게 조포를 발사토록 하라.

      진혼곡이 들린다. 병사들이 시체들을 떠메고 나간다.
          연이어 터지는 조포소리 들려온다.

작품설명

　『햄릿』(*Hamlet*)의 이해를 돕기 위한 이 작품 설명에서는 먼저, 이 작
품의 기본적 이야기 프레임이 된 출처(Story Source), 저술(Writing)과 출
판(Publication) 등을 가능한 간략히 살펴본다. 그리고 어쩌면 일선 공연
현장에서 창작 작업에 매진하고 있는 배우나 스태프들을 비롯한 공연 예
술가들과 희곡의 무대 공연 특성에 관심이 많은 독자들을 위해 당시 다양
한 공연들을 올렸던 셰익스피어 시대 극장들(Shakespeare's Theatres)의
모습과 영국과 미국 그리고 우리나라의 주요 <햄릿> 무대 공연들(Stage
Performances)에 대한 이야기를 좀 더 해보았다. 끝으로 삶의 복합적 가
치관의 갈등으로 고뇌하는 현대인의 모습들을 연상시키는 햄릿의 작품
속 음영들(Hamlet's Shadows)과 그 함축 의미들을 생각해보았다.

1. 『햄릿』의 출처(Sources of the Play, *Hamlet*)

　『햄릿』 플롯의 주된 이야기는 12세기 후반 색소 그라마티커스(Saxo
Gramaticus)가 기원전부터 덴마크에 전해 내려오는 암레스(Amleth)의

흥미로운 이야기를 정리하여 써놓은 이야기가 1514년 처음 출간되면서 읽히게 되었고 셰익스피어가 플롯의 메인 소스의 하나로 활용한 것으로 보인다.

셰익스피어가 『햄릿』을 발표하기 전 1580~90년대에도 이미 다른 버전의 <햄릿>들이 공연되고 있었다. 1589년 토마스 내쉬(Thomas Nashe)가 이미 또 다른 <햄릿>을 쓴 영국의 세네카 류의 극작가들이 있었다며 그 작품들의 내용에 대한 조롱 섞인 비판을 하였고 1594년 필립 헨슬로우(Philip Henslowe)는 그의 일기에 6월 9일 셰익스피어 극과는 상관 없는 <햄릿> 공연이 있었다고 기록했는데 테임즈(Thames)강 남쪽 뉴잉튼 버츠(Newington Butts)에서 있었던 단기간 연극 시즌에서 당시에 가장 활발했던 극단들인 로드 애드머럴 극단(Lord Admiral's Men)과 로드 체임벌린 극단(Lord Chamberlain's Men) 등이 참여했다고 한다. 1596년에 토마스 로지(Thomas Lodge)가 <햄릿> 공연을 보고 유령이 굴 파는 여자(oyster-wife)처럼 소리치고 있었다고 적기도 하였다. 또한 셰익스피어의 <햄릿>이 나오기 전 비슷한 복수극 주제로 유령과 극중극 플롯이 전개되는 극으로 이미 런던에서 공연이 되었던 작자 미상의 초기 <햄릿>이 있었다. 이 초기 <햄릿> 작품은 Ur-Hamlet이라고 일컬어지는데 Ur란 말은 확실치는 않으나 1901년 보아스(Boas)가 덧붙인 이름이라고도 하며 '원시적, 원래의, 초기의' 등의 뜻이 있다. 셰익스피어 동시대 유명 극작가로 인기를 모았던 토마스 키드(Thomas Kyd)의 1587년 발표작 <스페인 비극>(*Spanish Tragedy*) 공연들도 유사한 유령과 복수 플롯 등이 있어 셰익스피어에게 영향을 주었을 것이라 추정된다.

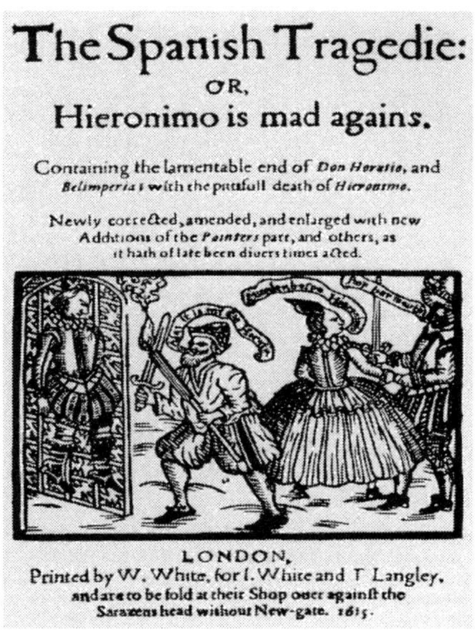

2. 『햄릿』의 저술과 출판(Writing and Publication of the Play, *Hamlet*)

학자들마다 의견이 조금씩 다르긴 하지만 이 작품『햄릿』은 셰익스피어가 그의 나이 37세가 된 1601년경을 전후하여 쓰고 완성한 것으로 알려졌다. 1602년 7월 26일 제임스 로버츠(James Roberts)가 런던 출판 등록 기록부(Stationers' Register)에 "덴마크 왕자 햄릿의 복수라 한 책(작품)이 최근에 로드 체임벌린 극단에 의해 공연되었다"(A booke called the Revenge of Hamlett Prince Denmarke as yt was latelie Acted by the Lord Chamberlayne his servantes.)란 기록으로 등록해 놓은 것으로 보아 그 전에 집필이 완료되었고 셰익스피어의 <햄릿> 공연 또한 분명히 이 등록 전에 있었던 것으로 추정된다.

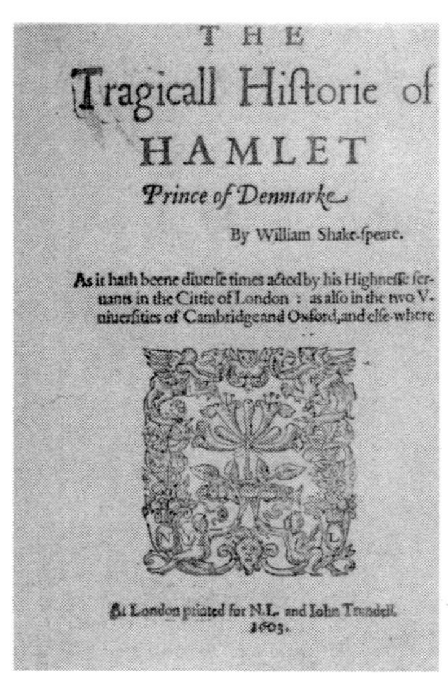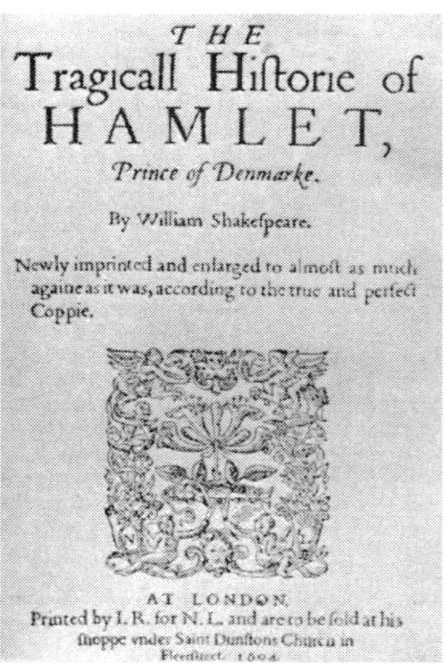

　로버츠의 출판 등록 기록이 나온 지 1년 뒤인 1603년 공식 기록으로 『햄릿』의 출판본으로 첫 번째 4절판(1st Quarto edition)이 나왔는데 여기엔 로버츠의 이름이 없다. 아마도 1602년 처음 등록했던 로버츠와 다시 1603년 등록했던 출판업자들 간에 저작권과 이권의 문제가 있었던 것으로 생각되며 로버츠는 다시 두 번째 4절판의 인쇄업자로 등록한 기록에 나온다. 두 번째 4절판(2nd Quarto edition)은 1604/1605년[1] 각각 출판되었으며 판형이 다른 첫 번째 2절판(1st Folio edition)은 1623년 전집으로 출판되었다. 셰익스피어의 원고에 가까운 출판본은 '좋은 4절판'(good quarto)으로 알려진 두 번째 4절판(2nd Quarto edition)이다.

---

1. 두 번째 4절판은 모두 7개가 있는데 미국에 보존돼 있는 3개는 모두 1604년으로, 영국에 보존돼 있는 3개는 1605년으로, 폴란드에 보존돼 있는 1개는 1605년으로 기록되어 있다.

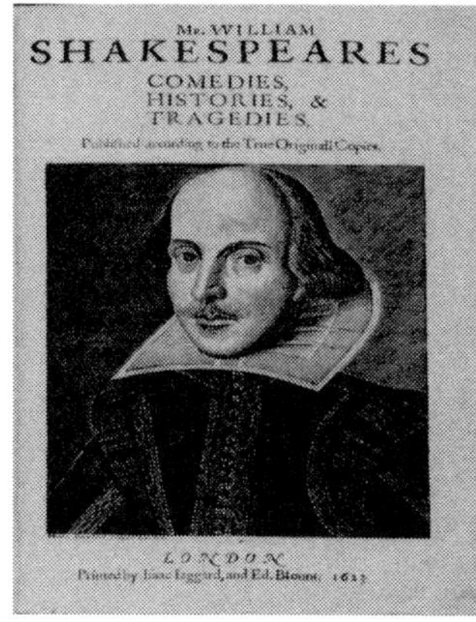

'나쁜 4절판'(bad quarto)으로 알려진 첫 번째 4절판(1st Quarto edition)은 극장에 필사본(transcript)으로 넘어가 대사를 불러주는 프롬프터용 대본(promptbook)으로 쓰였고 여기에 무대 작업 현장의 수정들이 더해져 출판된 대본으로 극작가가 쓴 원본과는 괴리가 있어 그 정통성에 문제가 제기될 수가 있으며 원래 셰익스피어가 직접 써서 넘긴 원고를 중심으로 그리고 첫 번째 4절판을 부분적으로 참고하여 출판된 두 번째 4절판(2nd Quarto edition)과는 많은 부분 대사들의 차이가 있다. 아주 간단한 예를 하나 들면 4절판 두 개도 서로 다르고 또 2절판과도 서로 다르며 맨 처음 1막 1장 작품이 시작되는 첫 대사부터 각각 다르다. 첫 번째 4절판의 첫 대사는 "멈춰라, 그게 누구냐?"(Stand: who is that?)이며, 두 번째 4절판 첫 대사는 "거기 누구인 것이냐?"(Whose there?), 첫 번째 2절판 첫 대사는 "거기 누구냐?"(Who's there?)로 되어 있다. 또한 3막 1장에 나오는 햄릿의 가장 많이 알려진 독백 "to be or not to be..."에 이어지는 부분들도 다르다.

Bad Quarto(1603)

Ham. To be, or not to be, I there's the point,
To Die, to sleepe, is that all? I all:
No, to sleepe, to dreame, I mary there it goes,
For in that dreame of death, when wee awake,
And borne before an everlasting Iudge,
From whence no passenger euer retur'nd,
The vndiscouered country, at whose sight
The happy smile, and the accursed damn'd.
But for this, the ioyfull hope of this,
Whol'd beare the scornes and flattery of the world,
Scorned by the right rich, the rich cursled of the poore?

The widow being opprelled, the orphan wrong'd,
The talte of hunger, or a tirants raigne,
And thousand more calamities besides,
To grunt and sweate vnder this weary life,
When that he may his full *Quietus* make,
With a bare bodkin, who would this indure,
But for a hope of something after death?
Which pusles the braine, and doth confound the sence
Which makes vs rather beare those euilles we haue,
Than flie to others that we know not of.
I that, O this conscience makes cowardes of vs all,
Lady in thy orizons, be all my sinnes remembred.

Good Quarto(1604~5)

Ham. To be, or not to be, that is the question,
Whether tis nobler in the minde to suffer
The slings and arrowes of outragious fortune,
Or to take Armes against a sea of troubles,
And by opposing, end them, to die to sleepe
No more, and by a sleepe, to say we end
The hart-ake, and the thousand naturall shocks
That flesh is heire to; tis a consumation
Deuoutly to be wisht to die to sleepe,
To sleepe, perchance to dreame, I there's the rub,
For in that sleepe of death what dreames may come
When we haue shuffled off this mortall coyle
Must giue vs pause, there's the respect
That makes calamitie of so long life:
For who would beare the whips and scornes of time,
Th'oppreslors wrong, the proude mans contumely,
The pangs of despiz'd loue, the lawes delay,
The insolence of office, and the spurnes
That patient merrit of th'vnworthy takes,
When he himselfe might his quietas make
With a bare bodkin; who would fardels beare,
To grunt and sweat vnder a wearie life,
But that the dread of something after death,
The vndiscouer'd country, from whose borne
No trauiler returnes, puzzels the will,
And makes vs rather beate those ills we haue,
Then flie to others that we know not of.
Thus conscience dooes make cowards,
And thus the natiue hiew of resolution
Is sickled ore with the pale cast of thought,
And enterprises of great pitch and moment,
With this regard theyr currents turne awry,
And loose the name of action. Soft you now,
The faire *Ophelia*, Nimph in thy orizons
Be all my sinnes remembred.

First Folio(1623)

Ham. To be, or not to be, that is the Question:
Whether 'tis Nobler in the minde to suffer
The Slings and Arrowes of outragious Fortune,
Or to take Armes against a Sea of troubles,
And by opposing end them: to dye, to sleepe
No more; and by a sleepe, to say we end
The Heart-ake, and the thousand Naturall shockes
That Flesh is heyre too? 'Tis a consummation
Deuoutly to be wish'd. To dye, to sleepe,
To sleepe, perchance to Dreame; I, there's the rub,
For in that sleepe of death, what dreames may come,
When we haue shuffel'd off this mortall coile,
Must giue vs pawse. There's the respect
That makes Calamity of so long life:
For who would beare the Whips and Scornes of time,
The Oppressors wrong, the poore mans Contumely,
The pangs of dispriz'd Loue, the Lawes delay,
The insolence of Office, and the Spurnes
That patient merit of the vnworthy takes,
When he himselfe might his *Quietus* make
With a bare Bodkin? Who would these Fardles beare
To grunt and sweat vnder a weary life,
But that the dread of something after death,
The vndiscouered Countrey, from whose Borne
No Traueller returnes, Pazels the will,
And makes vs rather beare those illes we haue,
Then flye to others that we know not of.
Thus Conscience does make Cowards of vs all,
And thus the Natiue hew of Resolution
Is sicklied o're, with the pale cast of Thought,
And enterprizes of great pith and moment,
With this regard their Currants turne away,
And loose the name of Action. Soft you now,
The faire *Ophelia* I Nimph, in thy Orizons
Be all my sinnes remembred.

영문학 사상 가장 귀한 출판 역사 중 하나로 기록된 첫 번째 2절판
(1st Folio edition, 1623년 출판)은 셰익스피어 사망(1616년) 후 7년 만
에 오랫동안 셰익스피어 극단의 동료배우들로 장미전쟁 8부작 중 <헨
리 4세 1부>(*King Henry IV, Part 1*)에서 유명한 캐릭터 배우 폴스타프
(Falstaff) 역을 맡기도 했던 존 헤밍스(John Heminges)와 헨리 콘델
(Henry Condell) 등이 주도해 수집 가능한 모든 셰익스피어 작품들을 모
아 낸 첫 번째 셰익스피어 전집이다. 이 2절판 전집 속에 속해 있는『햄
릿』은 처음 극장으로 넘어갈 때 썼던 필사본을 메인 소스로 삼고 앞서
출판된 두 번째 4절판을 부분적으로 참고 보완하여 출판된 것으로 보인
다. 그러므로 이 첫 번째 2절판과 두 번째 4절판도 다른 부분이 꽤 있다.
첫 번째 2절판에 나오는 약 70행 정도의 대사가 두 번째 4절판에는 나오
지 않으며 두 번째 4절판에 나오는 약 230행의 대사가 첫 번째 2절판에

는 나오지 않는다. 역자의 번역본은 주로 셰익스피어의 원래 원고에 근거해 '좋은 4절판'(good quarto)으로 알려진 두 번째 4절판(2nd Quarto edition)을 주 텍스트 소스로 하고 첫 번째 2절판(1st Folio edition)과 첫 번째 4절판(1st Quarto edition) 내용을 부분적으로 참고하여 보완하였다. 당시에 극작가가 일단 작품 원고를 다 작성하여 출판사에 넘기면 출판사에선 이 작가의 원본 원고를 필경사들이 그대로 다시 베껴 써 필사본을 만들고 이 필사본을 검열 당국에 보내 공인 검사필 도장을 받아 이것을 무대 공연 대본으로 썼다. 피치 못할 이유로 이 필사본을 챙기지 못하고 급히 극장 공연을 준비하거나 지방 공연을 갈 경우 관여했던 불완전한 필사본 부분들이나 배우 또는 관련자들의 기억에 의존해 공연대본을 만들기도 했는데 <햄릿>과 마찬가지로 <헨리 6세 3부>, <리처드 3세>, <리어왕> 등의 첫 번째 4절판도 그런 비슷한 경우였다.

3. 셰익스피어 시대의 극장들(Shakespeare's Theatres)

셰익스피어의 연극을 이해하기 위해 당시 극장들의 모습이나 공연 상황들을 간략하게 살펴본다.

본격적인 런던의 사설 상업 극장들이 등장하기 전 그리고 이후에도 공연은 주로 사람이 많이 모이는 교회나 원시적 공연 공간을 마련할 수 있었던 여관(Inn) 또는 홀(Hall) 그리고 왕궁을 비롯한 귀족이나 대가들의 대저택 여유 공간 등에서 이루어졌다. 셰익스피어의 어떤 희곡들은 왕궁들(White Hall, Hampton Court, Greenwich) 또는 런던 법조계 거주 지역(Inns of Court), 대학들(Oxford University와 Cambridge

University 등), 셰익스피어 극단(King's Men) 순회공연 시 대저택들, 일반 교회들, 조합들(Guildhalls) 등에서도 공연이 다양하게 이루어졌다. 1603년 새로 영국 왕이 된 제임스 1세(James I) 이후 궁중에서는 여자들이 가면극(Masque)을 즐기기도 하였고 셰익스피어의 후원자(Patron)로는 헨리 카리(Henry Carey)와 헌스든 경(Lord Hunsdon, The Lord Chamberlain), 간접적으로는 엘리지베스 1세(Queen Elizabeth I)와 제임스 1세(King James I) 등이 있었다. 셰익스피어는 <햄릿>(*Hamlet*)에서 햄릿 선왕의 유령(Ghost), <좋으실 대로>(*As You Like It*)에서 아담스(Adams) 등의 역할을 배우로 연기했던 것으로 추정되며, 때로는 8살 아래인 당대의 영향력 있던 극작가 벤 존슨(Ben Jonson) 작품들에서도 배우로 활동하며 극작을 계속하였다. 벤 존슨의 <사람마다 제 기질대로>(*Every Man in His Humour*, 1598)와 <세자너스>(*Sejanus*, 1603) 등의 작품 속 배우 명단에도 셰익스피어의 이름이 나온다. 셰익스피어 시대는 물론 낭만주의 시대까지도 햄릿 의상은 중세 덴마크 시대 복장을 하지 않았고 찰스 2세 시대 유행 특징인 머리 뒤까지 퍼진 가발을 쓰기도 했다.

영국 최초의 대중들을 위한 극장은 1576년 '극장'(The Theatre)이란 이름으로 제임스 버비지(James Burbage)에 의해 런던 시 행정구역을 살짝 벗어난 바로 북쪽 성곽 부근 쇼어디치(Shoreditch), 구(舊) 홀리웰 수도원(Hollywell Priory)의 놀이터와 공원으로 쓰였던 핀스베리 공지(Finsbury Field)에 지어졌다. 이 극장은 로드 체임벌린 극단(Lord Chamberlain's Men)의 주 활동 장소가 되었으며 초기 셰익스피어 작품들의 주 발표 무대가 되기도 했다. 무대 좌우로 각각 3개의 갤러리 (gallery)-객석의 일종-들을 포함한 다각형 구조의 극장이었다.

두 번째 극장은 커튼 극장(The Curtain Theatre)인데 바로 제임스 버비지가 최초로 지은 극장(The Theatre)에서 멀지 않은 곳에 지어졌으며 1582년부터 1592년까지 커튼 극장(The Curtain Theatre)의 건물주였던 헨리 린만(Henry Linman)에 의해 건축된 것이 아닌가 추정된다. 극장 모습은 The Theatre를 모델로 하였기에 역시 다각형 구조의 닮은 모습이었으며 The Theatre가 해체되고 이 목재들을 활용해 글로브(The Globe) 극장이 지어져 개관되기까지의 기간 동안 셰익스피어의 <헨리 5세>를 초연하는 등 셰익스피어가 속해 있던 로드 체임벌린 극단(Lord Chamberlain's Men)의 주요 공연들이 이뤄졌던 극장이었다. 1603년부터는 단기간이긴 했지만 여왕 앤 극단의 근거지이기도 하였고 1660년 왕정복고에 이르기까지 간헐적으로 다양한 공연들이 이뤄졌다.

최초의 런던 공공 극장(The Theatre)을 세운 제임스 버비지는 또한 런던 한복판 테임즈 강변 바로 북쪽에 위치한 세인트 폴 성당(St Paul's)과 가까운 옛 블랙프라이어(가톨릭 수도사의 한 종파) 수도원(Blackfriar Monastery) 건물을 활용해-지붕 중앙이 열려 있어 비가 안 오는 낮 오후에만 공연이 가능했던 The Theatre나 The Curtain 극장 구조와는 달리-낮이든 밤이든 언제나 공연이 가능한 두 개의 실내 극장인 블랙프라이어 극장(The Blackfriar Theatre)을 만들었다. 첫 번째 것은 1576년부터 식당을 개조해 만들었는데 약 14m×8m 규모의 친밀감 주는 약 100여 석 정도의 소극장으로 알려졌다. 그 뒤에 두 번째 것은 기존에 있던 약 20m×14m 정도 회의실을 개조해 만든 것이었는데 완성시키지 못한 채 제임스 버비지가 1597년 사망하자 아들이며 셰익스피어 극단의 주요 배우였던 리처드 버비지(Richard Burbage)가 물려받았다. 리처드 버비지는 1600년에 이 두 번째 블랙프라이어 극장 개조를 완성해 왕립 성가대를 운영하던 헨리 에반스(Henry Evans)에게 세를 놨고 소년 합창대와 당시 인기를 끌었던 소년 극단(Boys' Company) 등을 위해 1608년까지 운영되었다. 1600년대 초 소년배우 극단(Boy Actors Group)들이 크게 유행하여 성인 극단들에게도 위협적인 존재가 되었으며 주로 블랙프라이어 극장에서 활동했고 이들 중심에는 1606년 해체된 세인트 폴 성당의 소년 성가대(The Children of Paul's)와 궁중 소년 성가대(The Children of the Chapel Royal—choirboys from the monarch's private chapel)들이 있었다. 블랙프라이어에서 공연하던 소년단들이 해체된 1608년부터 크롬웰(Oliver Cromwell, 1599~1658)을 필두로 한 의회파들이 권력을 장악해 극장들이 모두 폐쇄되는 1642년까지 셰익스피어 극단(The King's Men)이 운영을 맡았다.[2] 이 블랙프라이어 극장은 실내 극장이므로 촛불이나 상들리에 조명이 가능했고 인기도 있었다.

세익스피어의 연극 활동에 또 하나의 무척 중요한 역할을 한 글로브 극장(The Globe)이 1599년 런던 테임즈 강변에 지어졌다. 극장 직경이 약 100피트(약 30m)되는 공연장으로 극장의 측면은 약 20개의 면으로 구성돼 있었던 것으로 추정되며 지붕이 오픈 돼 있고 무대 위 좌우로 각

---

2. 엘리자베스 1세 여왕이 1603년 사망 후 남자인 제임스 1세가 왕을 물려받았음으로 셰익스피어 극단 이름은 The King's Men으로 바뀌었다.

각 3개의 갤러리(gallery)―지금의 발코니 객석―들을 포함한 다각형 구조를 가졌다. 무대 부근을 둘러싼 원형으로 현재 극장에서 가장 앞자리에 속하는 부분은 관객이 서서 보는 가장 싼 자리(Stall)로 그 폭이 약 80피트(24m) 정도 됐으며 티켓 값은 1페니 정도였으며, 바로 위 갤러리 좌석은 2페니 정도, 그리고 좀 더 높은데 있어 시야가 좋은 곳에 위치한 갤러리 좌석은 3페니 정도 했다. 무대에서도 가깝고 제일 높은 자리에 위치한 갤러리 좌석은 칸막이가 돼 있어 직위가 높은 귀족들의 자리가 되기도 했는데 6펜스 정도였다. 당시 런던 거주 기술자들의 평균 주당 임금이 약 72펜스(약 6실링) 정도였고 작은 담뱃대 가득 넣은 담배 값이 3펜스였으며 공연 중 먹을 수 있었던 호두 값이 6펜스 정도였으므로 대략 티켓의 가치를 유추할 수 있다. 1597년까지가 첫 극장(The Theatre) 터를 임대해준 홀리웰(Holywell) 지역 땅 주인과 그 극장을 지었던 제임스 버비지 사이의 임대 만료 기간이었다. 임대계약 연장 조건을 두고 땅주인과 양측에 갈등이 심화되었는데 결국 1598년 12월 28일 제임스 버비지(James Burbage)의 두 아들 커스버트(Cuthbert)와 리처드(Richard)는 크리스마스 휴가 시즌에 기습적으로 런던 북쪽 홀리웰(Holywell)에 지었던 옛 공연장인 극장(The Theatre)을 해체하였다. 그 목재를 폭설이 몰아치는 날 밤―폭설은 극장 해체 시 사람들 눈을 피할 수 있도록 해주기도 하였고―아주 추운 날씨로 물이 얼어붙는 테임즈 강에서 뗏목을 이용하거나 또는 결빙된 강위로 목재를 옮겨 밀고 가는데 도움을 주었을 것이다. 연극인들은 The Theatre를 해체해 땅주인도 모르게 새로운 곳 테임즈 강 남쪽 둑에 무척 극적인 상황 속에서 또 하나의 새로운 연극

역사의 상징인 글로브(The Globe) 극장을 지은 것이다. 이후 셰익스피어 작품들은 주로 글로브 극장에서 공연되었고 셰익스피어는 이 글로브 극장의 배우였고 극작가였으며 주요 주주였다. 당시엔 몇몇 주요 배우들이 공동 투자해서 극장을 소유하고 이들은 주도적 배우(Leading/Principal Actor/Player)로 불렸으며 연습과 공연을 주도하는 연출 기능도 포함한 배우 경영자(Actor Manager) 역할을 하였고 이러한 전통은 거의 20세기 전까지 상당히 오랫동안 지속되었다.

이런 셰익스피어 시대의 공공 극장들은 지금의 우리 현대식 극장들보다는 큰 극장들이었고 지금은 가장 비싼 맨 앞좌석 스톨(Stall)석으로 당시는 가난한 관객들을 위한 가장 싼 자리(Groundling)로 불렸던 무대 주변 원형의 입석 관극 공간엔 약 800명까지 볼 수 있었고 다층 구조의 갤러리 좌석들엔 1,500명까지 볼 수 있었으며 총 2,500명 또는 3,000명까지 관극 가능한 극장 규모였던 것으로 추정된다. 당시 배우들은 현대 패션쇼가 그렇듯이 관객 속으로 깊숙이 들어가는 연기도 하였으며 관객들과의 놀라운 친밀감도 창출해내기도 하였다. 즉 배우가 입석인 스톨(Stall)석 깊숙이 들어가 그의 주변에 서있거나 앉아 있는 2,000명에서 3,000명에 이르는 관객들 복판에서 독백을 비롯한 다양한 연기를 하였다. '모든 세상이 하나의 무대'(all the world's a stage)였던 연극인 셰익스피어에겐 이 극장은 '지구'(The Globe)였고 그의 소우주였을 것이다.

이 새 극장 글로브(The Globe)의 위치가 테임즈 강 남쪽으로 바뀌게 된 것은 강 바로 북쪽에 있었던 왕궁과 권력 기관이 늘 몇 천 명에 이르는 대중들의 주요 집결지였던 강북 극장들의 본래 기능 외적인 요소들을 과민하게 우려했고 그 주변에 극장들이 번성하는 것을 규제했던 결과로 당시는 중심 권력과 좀 떨어진 외곽 지역이었던 런던 테임즈 강 남쪽 둑 중심부 좌우로 쫓겨나게 된 결과였다. 현재 로열 페스티벌 홀(Royal Festival Hall), 퀸 엘리자베스 홀(Queen Elizabeth Hall), 영국 국립 극장 (Royal National Theatre) 등 여러 예술 단체들의 근거지가 되어 있는 소위 테임즈 남쪽 강변 아츠 콤플렉스(South Bank Arts Complex)에서 남쪽 강둑을 따라 동쪽, 즉 런던 다리(London Bridge)가 있는 쪽으로 조금 걸어가면 바로 강변에 위치한 곳이 셰익스피어 동료들이 한겨울 맹추위 속에 강북에 있던 옛 극장 건물 목재들을 철거하고 옮겨 지은 새 글로브 극장 자리였다. 당시 런던 시 관할이 미치지 않는 곳이었고 좌측에 대중성 있던 한 원형극장(Bear Garden)과 장미극장(The Rose Theatre)이 있었고 우측엔 런던 다리(London Bridge)가 있었다. 테임즈 강이 런던 중심주 남북으로 바로 연결돼 있어 싼 배들을 이용해 시민들이 극장으로 접근하기 용이했다. 당시 청교도였던 런던 시장이 극장을 싫어했고 틈만 있으면 극장을 폐쇄하려 획책하였는데 교인들을 빼내 대중을 선동하고 전염병도 옮긴다는 이유였다. 이 글로브 극장은 <햄릿>(*Hamlet*), <오셀로>(*Othello*), <리어왕>(*King Lear*), <맥베스>(*Macbeth*), <열두 번째 밤>(*Twelfth Night*), <자에는 자로>(*Measure for Measure*) 등 많은 작품들이 공연되어 대중의 큰 인기를 모았다. 1613년 셰익스피어의 말기작 <헨리 8세>(*Henry VIII*) 공연 중 내용에 따라 극장에서 대포로 폭죽을 쐈는데 이것이 극장 지붕 짚에 불을 붙여 결국 완전히 소실되어 버렸다. 1599년부터 1608년까지 거의 10여 년 동안은 글로브 극장(The

Globe)에서만 셰익스피어 작품들이 공연되었다. 1608년부터 1612년까지 셰익스피어는 <겨울 이야기>(*Winter's Tale*), <태풍>(*Tempest*) 등 여러 편을 썼고 원래는 블랙프라이어 극장에서 공연하려 했던 것 같은데 글로브 극장 또는 궁중에서도 공연이 이뤄졌다. <겨울 이야기>는 1611년 글로브 극장에서, <태풍>은 1611년과 1613년 궁궐(Royal Palace) 중의 한 곳인 화이트 홀(White Hall)에서 공연되었다.

1592년부터 1594년까지 그리고 1613년 유럽을 휩쓴 대재앙이었던 역병(The Plague) 페스트(Pest)로 극장들이 폐쇄돼 극단들은 지방으로 전전해 근근이 공연을 이어가거나 포기하기도 했다. 그러다 형편이 나아지면 궁중 공연이 자주 있어 셰익스피어의 여러 작품들이 궁중 왕들(Queen Elizabeth I or King James I) 앞에서 공연되었는데 이런 공연들은 배우에게 희망을 주었고 인쇄업자들의 관심을 촉발시켜 연극 부흥에 큰 발전 동력이 되었다.

앞서 언급했듯이 1613년 셰익스피어 작 <헨리 8세> 공연 중 불에 타 없어진 글로브 극장의 복원을 위해 1614년에 두 번째 글로브 극장(The 2nd Globe Theatre)이 새로 지어졌다. 이 두 번째 글로브 극장은 1642년 크롬웰 혁명 전까지 사용되다 크롬웰 혁명과 함께 공연이 금지돼 극장은 폐쇄되고 결국 허물리게 되었다.

역자가 런던대 킹스 칼리지에서 공부할 때 캠퍼스가 바로 런던의 중심부 테임즈 북쪽 강변에 있어 캠퍼스 2층 라운지에 올라가면 테임즈 강 건너 남쪽 둑 워털루 다리(Waterloo Bridge) 좌측에 있는 영국 국립극장이 거의 정면으로 마주 보였고 극장 옥상 정면에 설치한 큰 전광판에

<햄릿>, <리어왕> 등 공연하는 작품들의 제목이 너무도 뚜렷하게 잘 보였다. 영국과 넓게는 유럽의 공연문화를 피부로 체험하기 위해 단 돈 몇 푼만 있어도 늘 극장이나 연극 관련 책방으로 달려갔던 역자에겐 런던 국립극장은 아주 즐겼던 놀이터였다. 특히 이 극장의 우수한 공연 레퍼토리 작품들은 학생들에겐 큰 폭의 할인을 해주어 더욱 자주 찾는 단골 무대 메뉴였다. 그러니까 강북 킹스 칼리지 캠퍼스에서 바라보면서 국립극장 자리에서 왼쪽으로 남쪽 강둑을 따라 시선을 옮겨가면 차례로 셰익스피어 시대에 있었던 원형극장(Bear Garden)과 장미극장(The Rose Theatre) 자리가 보이고―역자가 런던에서 있을 때 이 장미극장 자리를 발굴 복원중이어서 줄을 쳐놓고 팻말들을 꽂아놓으며 발굴 팀이 작업을 하고 있었다―조금 더 시선을 왼쪽으로 옮겨가면 바로 글로브 극장 자리가 있었다. 역시 이 글로브 극장도 발굴 팀이 그 위치를 찾아 바로 예전 글로브 극장이 있었던 바로 그 자리에 셰익스피어 시대에 있었던 것과 똑같은 모습으

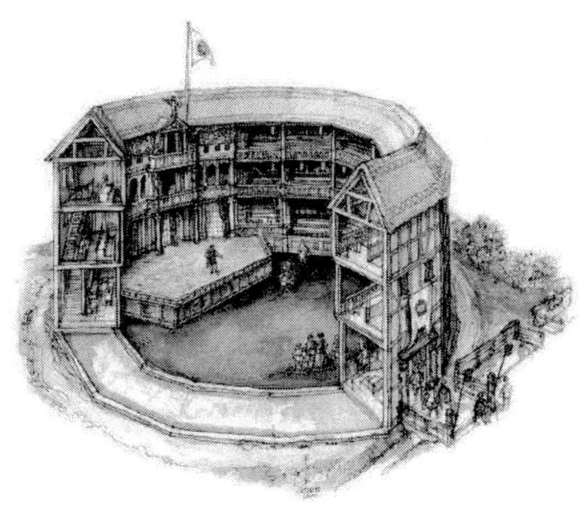

로 레플리카처럼 그대로 복사하여 글로브 극장을 복원하고 있었고 귀국 직전엔 글로브 극장이 거의 다 지어져 개관 기념 공연을 참석하기도 했다. 테임즈 남쪽 강변에 새로 똑같이 복원한 글로브 극장은 원래 미국 배우였지만 셰익스피어의 글로브 극장 복원을 위해 영국으로 귀화까지 할 정도로 모든 것을 걸었던 샘 워너메이커(Sam Wanamaker)의 헌신적인 노력의 결과였다. 당시 철의 여인(Iron Woman)이란 별명을 가졌던 마가렛 대처가 영국 수상이었는데 예술 쪽에 인색하고 예술인들로부터 그녀의 예술 정책에 대해 비판을 많이 받았으며 이 새로운 셰익스피어 글로브 극장 복원에도 아주 인색하여 거의 도와주지도 않았고 샘 워너메이커가 어렵게 기금을 모으기 위해 미국으로, 유럽으로 수없이 다니며 많은 고생을 했다. 이 글로브 극장의 복원 사업은 그 역사적 연극사적 의의는 차치하고라도 20세기 말에 결국 멋지고 아름다운 옛 아날로그 정감이 물씬 배어 있는 약 400년 전 여유로운 무대 공간 하나를 또 하나 탄생시키는 결실을 이룬 것이다. 샘 워너메이커는 불행하게도 완성을 못 본 채 개관 축제날 전에 암으로 사망하였고 축제 식전에서 여배우로 활동하고 있던 샘의 딸이 울먹이며 아버지의 얘기를 하면서 장내는 술렁이기도 했다. 이 글로브 극장에선 현재도 많은 주요 셰익스피어 프로그램들과 함께 작품이 공연을 계속 이어가고 있다. 무대는 물론 관객석도 셰익스피어 시대 그대로 되어 있어 여기서 공연을 보는 관객들은 아주 새로운 체험을 하게 된다. 간단한 예를 하나 들면 현대적인 극장 건물들의 좌석에서 맨 앞자리가 가장 비싼 자리(Stall)인데 이 글로브 극장에 가면 제일 싼 티켓이며 앉는 자리가 아닌 서 있는 자리로 되어 있다. 바로 이 앞자리에서 관객들은 서서 보다 위치를 바꿀 수도 있는데 이것은 셰익스피어 시대에도 그랬기 때문이다. 하늘이 뚫려 있어 달과 별이 흐르는 것이 보이고 바로 앞에 수많은 역사를 담고 흐르는 테임즈 강의 울렁임과 강물 위를 스치는 바람이 있다. 관객은 여러 면에서 새롭고 다채로운 관극의 묘미를 느낄 수가 있는 것이다. 런던은 아직도 몇 백 년이 된 포근하고 아름다운 연극 공연장을 비롯해 정말 좋은 극장들을 많이 가지고 있지만 이 새로 복원한 글로브 극장은 또 다른 차원에서 관객들의 선택을 넓혀 주고 현대식 극장들과는 다른 방식으로 무대 및 극장운용의 폭을 확장시키는 아주 좋은 공간을 확보하게 된 것이다. 이 극장은 역사적으로 그 맥락을 이어보면 세 번째 글로브 극장(The 3rd Globe Theatre)이 되는 셈이다. 다시 킹스 칼리지에서 테임즈 강을 보며 조금 더 시선을 왼쪽으로 옮기면 런던 테임즈 강에서 가장 오래된 런던 다리(London Bridge)가 보이고 더 왼쪽으로 가면 다리가 들어 올리는 타워 브리지(Tower Bridge)가 나오며 계속 같은 방향 즉 동쪽으로 가면 테임즈 강은 영국 도버 항과 프랑스 깔레 항 사이 영국해협(English Channel) 북쪽 바다로 연결된다.

13~4세기 잉글랜드에서는 여배우들이 활약을 했지만 셰익스피어 시대에는 여자가 배우를 할 수 없도록 법으로 금지돼 있어 여자 역은 변성기가 오기 전 소년이나 교회 성가대로부터 선발된 어린 남자 배우가 맡았다. 여자가 직업으로 배우를 할 수 있는 권리가 원천적으로 봉쇄돼 있었기 때문이다. 그래서 여자 역을 맡은 미소년이 여성성을 살리기 위하여 주로 의상과 분장(여성화장)이 강조되었지만 아무래도 햄릿의 모친 거트루드 같은 여배우 역을 맡거나 할머니 역을 맡은 배우는 어려움이

있었을 듯하다. 그 후 실제로 여성이 여배우 역을 맡게 되는 것은 1660년 왕정복고(King Charles II) 이후부터 다시 등장했는데 망명했던 영국 예술인들이 귀국 시 프랑스 무대로부터 프랑스 무대 현실, 즉 실제로 여성이 여배우 역할을 맡는 무대 관습을 도입한 것으로 보인다.

셰익스피어 시대 극장 전면(down stage)엔 막으로 쓴 커튼이 없었고 후면(upstage)엔 커튼들이 있어 내실이나 분장실 탈의실 무덤 등으로 쓰이기도 했으며 무대로 통하는 최소 2개 이상의 문이 있었다. 무대 주변 첫 번째 갤러리 객석(2층 갤러리 좌석) 높이로 바로 이 분장실(탈의실) 2층에는 배우들을 위한 발코니가 있어 로미오와 줄리엣의 발코니 장면 등에 활용되기도 했다. 무대 마루(stage floor) 바닥이나 천정엔 두 명 정도가 등퇴장 할 수 있는 작은 임시 출입구(trap door) 또는 로프가 있어 유령이나 악마 천사 등이 이를 통해 등퇴장을 할 수가 있었고 오필리어의 무덤 장면으로 활용할 수도 있었을 것이다. 무대 위쪽으로 천정(heavens)에 해 달 별 행성 등이 공들여 화려하게 장식돼 있기도 했으며 16세기 말까지 6개 정도의 전문 극장들이 경쟁적으로 생겨났다.

장미 극장(The Rose Theatre)은 약 1587년 경 테임즈 강 남쪽 둑에 지어졌고 그 직경은 72피트(약 22m) 정도였으며 강 남쪽에서 강을 보고 섰을 때 글로브 극장 서쪽(왼쪽)에 위치하였다. 부근에 살던 필립 헨슬로우(Philip Henslowe, c.1550~1616)가 극장주였고, 무대는 중앙 부분이 가파른 에이프론 스테이지(apron stage)로 만들어졌고 가장 넓은 폭이 가로 약 11.4m 세로 약 4.7m 정도 크기였으며 다른 극장(The Globe, The Fortune, The Theatre, The Curtain)들보다 규모가 작은 편이었다.

필립 헨슬로우는 당시 다양한 공연 기록 등을 포함한 일기를 썼는데 셰익스피어를 포함한 여러 작가의 공연 관련 기록들도 있어 아주 귀중한 역사적, 특히 연극사적 자료로 평가받고 있다.

다음으론 백조 극장(The Swan Theatre)이 있는데 프란시스 랭리(Frances Langley)에 의해 1595년경 지어진 것으로 알려졌으며 약 3,000명이 함께 관극이 가능했고 무대 크기는 가로 약 13m 세로 약 8m 정도였다. 백조(The Swan)는 셰익스피어의 별명이기도 했다. 당시 네덜란드의 성직자였던 요한 드 위트(Johannes de Witt)가 극장을 방문한 후 극장 실내 모습을 스케치한 것(1596)이 지금까지도 귀중한 자료로 남아 극장 구조를 이해하는 데 많은 도움을 주고 있다. 이 당시 대부분의 극장 구조는 다각형(polygonal)이나 원형에 가까운 (roughly circular) 모습이었는데 이 백조 극장도 3개의 갤러리와 4각형의 무대를 포함한 원형에 가까운 실내 모습을 보여주고 있다. 이 백조 극장은 불행한 사태를 겪기도 했는데, 1597년 올린 <개들의 섬> (*Isle of Dogs*) 공연에 격

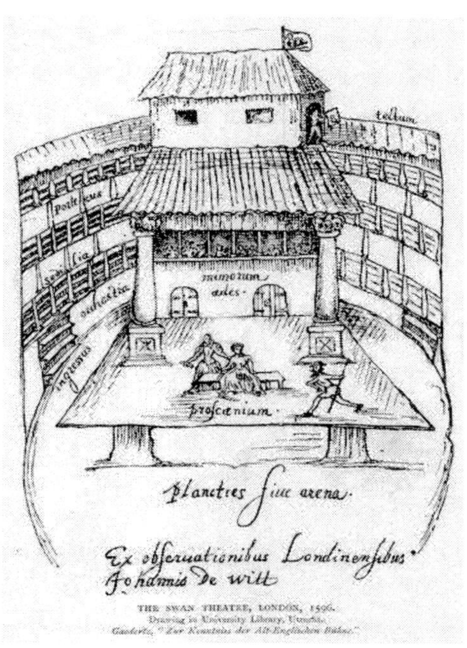

THE SWAN THEATRE, LONDON, 1596.
Drawing in University Library, Utrecht.
Gaedertz, "Zur Kenntnis der Alt-Englischen Bühne."

분한 당국으로부터 런던의 연극 공연을 금하도록 하는 가혹한 조치를 촉발시켰고 극작가 벤 존슨(Ben Jonson)은 여러 명의 배우들과 함께 투옥되고, 공저자인 내쉬(Nashe)는 유럽으로 도망가야 했으며 공연을 올렸던 펨브로크 극단(Pembroke's Men)은 해체되는 운명을 맞기도 했다. 1625년 제임스 1세 사후는 거의 사용을 못했고 1632년엔 부식돼 무너진 것으로 알려졌다.

현재 런던에서 서북쪽으로 약 130km 정도 떨어져 있고 영국에서 두 번째로 큰 도시 버밍엄(Birmingham)에서는 남남동쪽으로 약 35km 정도 떨어져 있지만 많은 관광객들이 찾는 작은 시골 마을 셰익스피어의 고향 스트랫포드 어픈 에이븐(Stratford-Upon-Avon)에 가면 20세기에 지은 셰익스피어 극장이 있다. 바로 극장 옆에 지금도 백조들이 날아와 물 위를 노니는 작은 에이븐(Avon) 강가에 있는데 1986년 개관한 셰익스피어 기념 극장들 중 소극장의 이름이 똑같은 백조극장(The Swan

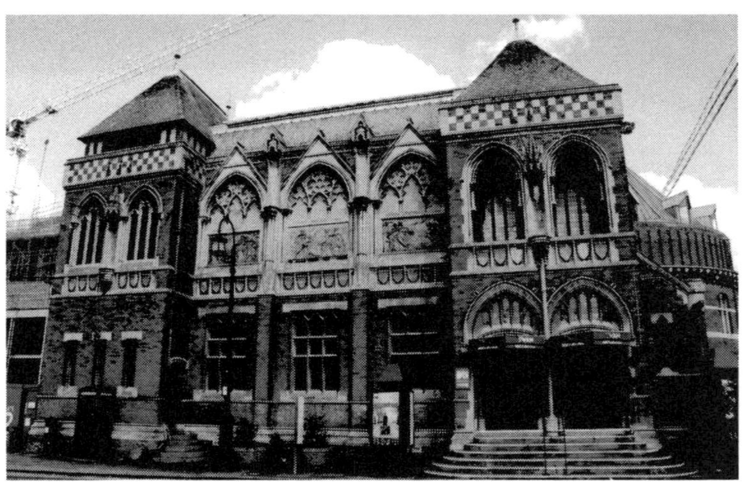

Theatre)이며 이곳에서 같은 건물 내 대극장인 셰익스피어 극장과 함께 셰익스피어 작품들을 포함한 좋은 공연들이 계속 오르고 있다.

행운극장(The Fortune Theatre)은 런던 북쪽 핀스베리의 골딩 레인 (Golding Lane)에 위치했었고 필립 헨슬로우와 그의 사위이며 당시 유명 배우로 제독의 극단(The Admiral's Men)을 이끌었던 에드워드 알레인 (Edward Alleyn)이 그들의 장미극장(The Rose Theatre)을 대체하여 셰 익스피어 극단의 글로브 극장(The Globe Theatre)에 맞서기 위해 지은 극장이다. 그래서 글로브 극장을 많이 모방하긴 했지만 3층으로 객석이 있었던 정방형 구조의 극장으로 전체 폭이 약 24m 정도 내부 폭은 17m 정도였고 무대 윗부분엔 비에 맞지 않도록 천정이 있었으며 무대 폭은 13m, 깊이는 7m 정도였다. 상당히 성공적인 공연들을 올렸고 1621년 불로 인해 파괴돼 다시 지은 두 번째 행운 극장은 다각형 구조였으며 벽 돌을 사용하였다. 1642년 극장들이 폐쇄되기 몇 년 전부터 쇠퇴하기 시 작했고 1649년에 부분적으로 무너지기 시작하여 1661년엔 해체되었다. 1924년에 세 번째 행운 극장이 런던 로열 오페라 하우스가 있는 코벤트 가든 부근에 441석 극장으로 개관하여 현재까지 성업 중이다.

그 외에도 1605년 기존의 한 런던 여관(London Inn)을 개조하여 아 론 홀런드(Aaron Holland)가 만든 붉은 황소 극장(The Red Bull Theatre)과 필립 헨슬로우(Philip Henslowe)가 주도하여 만든 연극공연 은 물론 동물 물어뜯기(animal baiting) 공연도 하기 위해 만든 희망 극 장(The Hope Theatre)이 있었다. 붉은 황소 극장은 현재 시립대학교 (City University)가 있는 클러큰웰(Clerkenwell)의 세인트 존 거리(St

John Street)에 위치했던 꽤 큰 극장으로 추정되며 1605년부터 1619년까지 여왕 앤 극단(Queen Anne's Men)이 소유했던 기간 중엔 소란스러운 관객과 활달한 지그춤 및 우스꽝스러운 희극배우들(Jig & Drolls)로 악명이 높기도 하였다. 이후 여러 극단들이 이곳에서 활동하기도 했다. 극작가 토마스 헤이우드(Thomas Heywood)가 대부분의 성공작들을 이 극장에 제공했고 불법 공연과 인형극들로 사람들의 관심을 끌려고도 했으며 1665년 해체되었다. 테임즈 강 남쪽 둑에 위치한 희망 극장은 장미 극장과 함께 곰 물어뜯기 공연(Bear Baiting)[3]을 연극 공연 전에 하기도 했다. 필립 헨슬로우가 그의 사위 에드워드 알레인과 공동 소유했었다. 1614년에 극작가 벤 존슨(Ben Jonson)이 그의 작품 <바솔로뮤 시장>(*Bartholomew Fair*)을 공연하기도 하였고 1626년 알레인이 죽자 점차 연극을 공연하지 못하게 되었으며 1656년엔 해체되었다.

4. <햄릿> 공연(Performances of *Hamlet*) 이야기

영국(United Kingdom)

영국의 경우 최초 셰익스피어의 <햄릿> 공연은 1602년 7월 26일 이전에 셰익스피어가 속해 있던 로드 체임벌린 극단(Lord Chamberlain's Men)에 의해 이뤄졌다는 사실이 공식 등록 기록(Stationers' Register)에 의해 밝혀졌다. 작품이 1601년에 쓰인 것으로 본다면 1601년과 1602년 출판 등록 전 사이에 분명히 <햄릿> 공연이 있었다는 얘기다. 어디에

---

3. 곰을 말뚝에 묶어놓고 사냥개 등을 여러 마리 풀어놓아 곰을 물어뜯어 결국 곰이 싸우다 죽게 만드는 공연

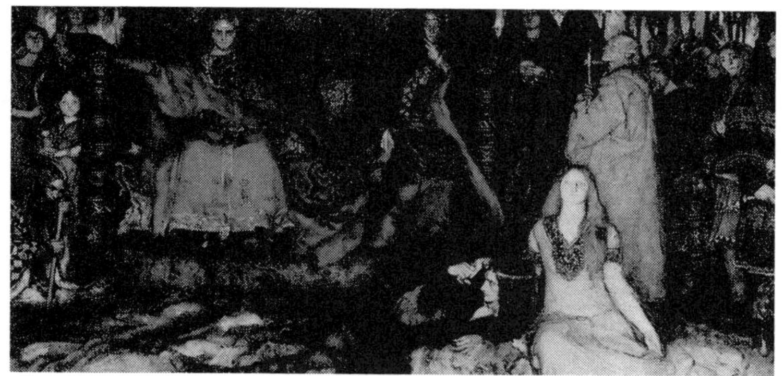

〈햄릿〉 3막 2장 극중극 장면

서 어떻게 공연이 이뤄졌는지 아직 그 확실한 기록이 밝혀지지 않았지만 1602년에 공연이 이뤄졌다 해도 주로 극장 연기를 위한 대본으로 사용됐던 1603년 출판된 첫 번째 4절판 내용으로 유추해 볼 때 많은 부분 삭제가 되었고 장면 순서도 바뀌었으며 삭제된 장면들 대신할 보충장면들이 새로 들어가거나 햄릿이 무덤 속으로 뛰어드는 등 추가 액션들이 보완되기도 했을 것으로 추정된다. 리처드 3세, 오셀로, 햄릿, 리어왕 등 주역을 맡았던 리처드 버비지 사망(1619) 후에 셰익스피어 극단(King's Men)의 일원이었던 조셉 테일러(Joseph Tayler, 1586~1652)가 주역을 맡기도 했다. 셰익스피어 생존 당시에 블랙 프라이어 실내 극장에서 햄릿을 맡아 공연하기도 했던 테일러는 제임스 1세 중심 자코비언 시대(Jacobean Age) 연극의 주요 극작가 중 하나인 존 웹스터(John Webster, c.1580~1634)의 <말피 공작 부인>(*The Duchess of Malfi*)[4]에서 퍼디넌

---

4. 말피(Malfi)는 현재의 아말피(Amalfi)로 이탈리아 나폴리 동남쪽 약 51km 정도 떨어진 항구도시.

드(Ferdinand) 역을 맡는 등 여러 작품의 주역을 맡기도 했다. <말피 공작부인>의 제1판 출판본(1623) 출연 배우 명단 퍼디넌드 역에 배우 1은 리처드 버비지, 배우 2는 조셉 테일러로 같은 역을 나눠한 것으로 적혀 있다. 셰익스피어 사후 10년 안에 존 그린(John Green)이 이끄는 한 영국 극단이 독일 남동부 드레스덴(Dresden)에서 <햄릿> 공연을 시작해 큰 인기를 얻기도 했다. 셰익스피어의 사생아라는 설도 있는 윌리엄 대브넌트(William Davenant, 1606~68)는 극작가며 연극 제작자이기도 하였고 벤 존슨에 이어 계관시인이 되기도 했다. 1661년 <햄릿> 대본을 각색하여 많은 부분을 삭제해 공연을 올렸는데 그는 처음으로 기계 장치를 이용한 가변무대를 활용해 스펙터클한 공연을 만들기도 하였다.

토머스 베터튼(Thomas Betterton)은 1663년에 처음 햄릿을 맡아 왕정복고(Restoration) 시대 <햄릿>을 주도했고 70대였던 1709년까지 햄릿 역할을 하였으며 어린 청년 햄릿의 혈기 있는 성품을 생생하고 독특하게 연기를 하여 주목을 받았다. 그는 현재 런던 개릭 클럽(Garrick Club)에 그의 초상화가 보존돼 있다. 로버트 윌크스(Robert Wilks)는 1707년부터 그가 사망한 1732년까지 햄릿 역을 하였고, 레이시 라이언(Lacy Lyan)은 1719년부터 31년간을, 헨리 기파드(Henry Giffard)는 1730년부터 17년간 햄릿 역을 맡았고, 햄릿 공연 대본의 많은 변화들도 있었다. 데이비드 개릭(David Garrick, 1717~79)은 1742년 처음 햄릿 역을 맡았는데 1772년에 햄릿을 크게 바꾸어 5막 전부를 없애고 오필리어가 마지막으로 미친 장면을 끝내고 퇴장하면 햄릿이 영국에서 돌아와 레어티스와 칼싸움을 하고 결국 둘 다 쓰러져 용서를 구하며 죽는 장면으로 막을 내리기도 하였다. 이 개릭 버전은 볼테르(Voltaire)를 포함해 프랑스에서도 환영을 받기도 했고 영국 무대에서도 몇 년 간은 계속 무대에서 사용됐었다. 19세기 초 영국 소년 배우들이 햄릿 역할을 하기도 했는데 그중 가장 주목을 받은 햄릿은 윌리엄 헨리 웨스트 베티로 1803년 12세 때 햄릿 역을 시작하기도 했다.

존 필립 켐블(John Philip Kemble, 1757~1823)은 연극인 집안에서 태어났고 그의 누이가 유명한 여배우 사라 시돈스였다. 중후하고 엄숙하며 고전적인 인상을 주는 켐블은 1783년부터 1817년까지 햄릿 역을 하였는데 작품 내용을 더 축소해 3,000행도 안 되도록 만들어 빠르고 흥미롭게 진행했지만 관객은 깊이나 신비감을 느끼지 못한 듯 했다. "아 난 얼마나 천박하고 비열하기 짝이 없는 노예 같은 놈인가"로 시작하는 2막 2장의 햄릿 첫 독백도 버리고 바로 쥐덫 장면으로 넘어가거나 햄릿이 기도하는 숙부를 보고 죽이기를 주저하는 장면도 없애는 등 많은 부분 작품 손상을 주는 심한 삭제를 하기도 하였다. 햄릿의 낭만적 해석으로 덴마크인의 과도한 우울증을 연기하기도 했고 강조된 장식 의상 및 무대 장치를 쓰기도 했다. 에드먼드 킨(Edmund Kean, 1789~1833)은 이아고를 맡은 아들 찰스와 오셀로를 맡아 공연하다 무대 위에서 쓰러져 일주 후에 사망하였다. 그의 독보적 햄릿 연기는 물론 자연스럽고 감각적이며 예민한 배우로 리처드 3세 역할에서는 전율을 느끼게 했던 낭만주의 시대 드루어리 레인 극장의 대표 배우 에드먼드 킨의 연기는 그의 대를 물려 아들의 연기로 이어진다. 아들인 찰스 킨(Charles Kean, 1811~68)은 1838년 햄릿 연기를 시작했고 1막 3장에서 폴로니어스가 레어티스에게

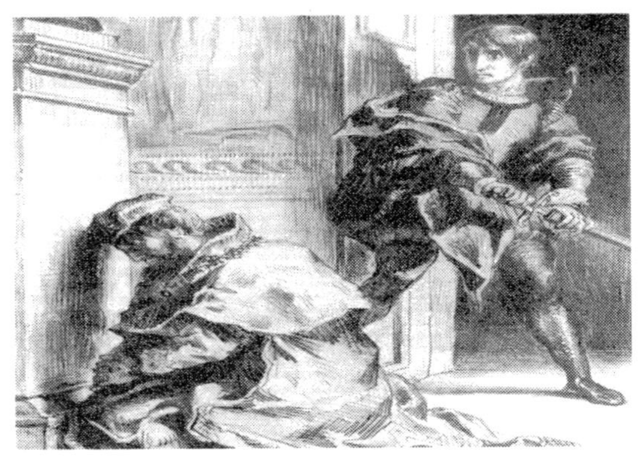

훈계하는 장면, 2막 2장의 "아 난 얼마나 천박하고 비열하기 짝이 없는 노예 같은 놈인가"로 시작하는 햄릿 독백도 복원했다. 그러나 초기부터 삭제돼왔던 햄릿이 기도하는 숙부를 보고 죽이기를 주저하는 장면이나 호레이쇼에게 전하는 햄릿 편지 등도 삭제됐고 마지막 장면에 거트루드나 클로디어스도 죽기 전에 퇴장시켰다.

18세기 연기와 공연 프로덕션을 주도했던 액터 매니저였던 헨리 어빙(Henry Irving, 1838~1905)은 1856년에 프로페셔널 배우로 무대에 처음 등장하여 약 10여 년 동안 에딘버러나 맨체스터 리버풀 등 지방 위주로 야심차게 공연 활동을 하다가 1866년 성 제임스 극장(St James Theatre)에서 첫 런던 연극 활동을 시작했다. 그다음 해엔 유명 여배우 엘렌 테리(Ellen Terry)와 처음으로 <말괄량이 길들이기>의 개릭 버전 <캐더린과

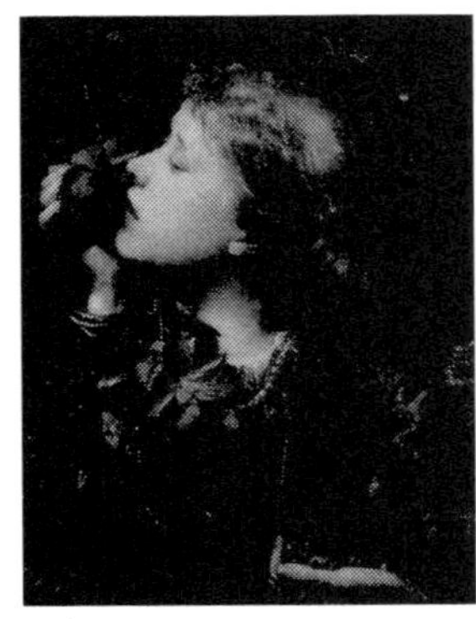

엘렌 테리

페트루키오>에 함께 공연을 하였고 이후 여러 셰익스피어 작품에서 엘렌과 함께 무대 활동을 하는 계기가 되었다. 1874년 그의 부드럽고 감각적인 햄릿 역은 크게 주목을 받았고 1878년엔 런던의 라이시엄 극장(The Lyceum Theatre)의 경영을 맡아 본격적인 연극 활동을 시작했다. 어빙(Irving)은 즉시 여배우 엘렌 테리와 함께 <햄릿> 재공연을 시작으로 연속적인 셰익스피어 작품들을 무대에 올렸다. 1879년 어빙이 발표한 라이시엄 극장을 위한 <햄릿> 무대 공연 버전엔 전통적인 삭제 부분—포틴브라스, 대사들, 무언극, 왕의 기도장면 등—이 있었지만 4시간동안 공연이 진행되었다. 새로 시작한 라이시엄 극장 공연엔 어빙이 햄릿을 맡고 오필리어 역은 엘렌 테리가 맡아 100회 이상 진행되었는데 좀 각지고 괴팍한 어빙과 엘렌 테리의 우아하고 매력적이며 도도한 대사가 상보적인 앙상블을 이뤘다. 이후 이 두 배우는 많은 셰익스피어 작품을 함께 공연했는데 <베니스의 상인>의 샤일록과 포셔(1879), <오셀로>의 이아고와 데스데모나(1881), 로미오와 줄리엣, <헛소동>의 베네디크와 베아트리스(1882), <열두 번째 밤>의 말볼리오와 바이올라(1884), 1888년 12월 <맥베스>의 맥베스와 레이디 맥베스(1888)로 150회 이상 공연했고, <리어왕>의 리어와 코딜리어(1892), <심벌린>의 이아키모와 이모젠(1896), <코리올라누스>의 코리올라누스와 그의 어머니 볼럼니어(1901) 등도 함께 공연했다. 어빙은 무대를 늘 화려하게 만들었고 항상 좋은 음악을 곁들이기도 했다. 아서 설리반이 <맥베스> 음악을, 에드워드 저먼이 <헨리 8세> 음악을 작곡했고 라이시엄 극장 음악 감독들 해밀튼 클라크와 메리디스 볼 등이 극의 서곡이나 음악 효과 등을 제공했다. 어빙은 1881년에 드루어리 레인 극장에서 공연한 마이닝겐 극단 배우들(Meiningen Court Theatre)에 영향을 받아 군중 신에 공을 들이기도 했고 30~40여 명의 극단 상주 오케스트라를 두었으며 때론 약 360명의 공연자와 240명의 스태프들 포함 600여 명이 함께 하는 작품을 만들기도 하였다. 조지 버나드 쇼는 어빙이 영국 연극을 발전시키는 일은 못 이루었다고 불평을 토로하긴 했지만 어빙은 연기에 관심이 있었고 무엇보다도 그는 쇼맨이었고 공연자였다. 어빙은 영국 역사상 처음으로 1895년 황실로부터 연극인으로서 기사 작위를 받은 첫 번째 배우였다.

존스튼 포브스-로버트슨(Johnston Forbes-Robertson, 1853~1937)은 주로 런던의 여러 극장에서 공연 경력을 쌓은 뒤 헨리 어빙으로부터 라이시엄 극장에 합류 제안 받고 함께 작업하게 되었으며 어빙과는 대조적으로 고전적 배우로 움직임이 우아하고 품위가 있었다. 그가 실제로 두각을 나타낸 것은 어빙 부재 시 패트릭 캠벨 부인이 줄리엣을 맡고 그가 로미오를 맡아 공연(1895)했을 때 특히 햄릿 역을 공연(1897)했을 때 당대의 햄릿으로 입지를 굳히는 계기가 되었다. 전편을 통해 진중하고 품위 있는 포브스-로버트슨의 지성적 햄릿 연기는 이후 16년간 그의 대표적 레퍼토리가 되었고 1913년 드루어리 레인 극장에서 그 마지막 햄릿 공연을 마감하였다. 포브스-로버트슨은 1막 1장의 포틴브라스 얘기, 햄릿이 기도하는 숙부를 보고 복수를 주저하는 장면과 200여 년 동안이나 공연되지 못했던 마지막 장면에서 포틴브라스가 등장해 왕국을 넘겨받는 장면 등도 복원하였다. 그는 샤일록이나 <겨울 이야기>의 시칠리아 왕 리온티스 또는 오셀로 등의 역도 하였고 관객은 즐겼지만 자신은 극도의 감정표출 연기는 좋아하지 않았다. 조지 버나드 쇼는 자신의 극 <시저와 클레오파트라> 1906년 미국 순회공연에서 시저를 맡았던 배우 포브스-로버트슨을 클라씨컬 시저라고 격려하기도 했다. 포브스-로버트슨은 은퇴했던 1913년 기사 작위를 받았다.

1881년엔 배우며 연출가인 윌리엄 포엘(William Poel, 1852~1934)이 성 조지 홀에서 1603년 발표한 첫 번째 4절판이며 셰익스피어 시대 극장 버전으로 알려진 <햄릿>을 그대로 원래 무대의 중심이었던 빠른 대사와 억양의 특징을 잘 살려 공연하였다. 포엘은 셰익스피어 시대의 공연 관습들을 존중해 당시 사용했던 음악이나 악기 의상 등을 되살리고 역시 엘리자베스 시대의 최소한의 무대장치 소품들을 쓴 빈 무대(bare stage) 공간의 장점을 복원하여 빠르고 끊이지 않는 무대 전환과 장소를 특정하지 않고(without any definite localization) 가상성을 살린 무대 효과(illusive stage effect)를 추구했다. 그는 그의 도를 넘었다는 무절제한 작품의 각색으로 비난을 받기도 했다. 연극 활동 초기엔 후에 올드 빅 극장(Old Vic Theatre)이 된 에마 콘스(Emma Cons)의 경영자이기도 했고 1895년 엘리자베스 시대 무대 협회(Elizabethan Stage Society)를 만들어 1905년까지 셰익스피어 시대의 빈 무대로 돌아가 대사와 연기에 집중할 것을 주장했던 포엘의 연출 방식은 이후 그랜빌 바커(Granville-Barker) 등의 셰익스피어 무대 공연 양식에 적지 않은 영향을 주기도 했다.

영국 유명 여배우 엘렌 테리(Ellen Terry)와 그의 연인 디자이너 에드워드 윌리엄 고드윈(Edward William Godwin) 사이에 태어난 아들이며 헨리 어빙과 그의 라이시엄 극장 시스템에서 여러 해 동안 배우훈련을 했었던 연출가 에드워드 고든 크레이그(Edward Gordon Craig, 1872~1966)가 미국 샌 프란시스코 출신으로 유럽에서 선풍적인 인기를 모으고 있던 해방과 자유의 무용가 이사도라 던컨(Isadora Duncan)과 1905년 만나 유럽을 함께 여행 및 공연을 하며 사랑을 나눌 무렵이었다. 이사도라 던컨이 베를린에 이어 러시아에 어린이들을 위한 무용학교를 설립하기위해 러시아에 무용 공연들을 가지며 현지 예술가들과의 교류를 넓히고 있던 중 배우이며 연출가이고 연극교사이기도 했던 콘스탄틴 세르게비치 스타니슬랍스키(Konstantin Sergeevich Stanislavsky, 1863~1938, Stanislavsky는 Alekseev의 예명임)가 이사도라 던컨으로부터 연출가 고든 크레이그(Gordon Craig, 1872~1966)를 소개받았다. 크레이그는 <햄릿> 공연을 제의하였고 스타니슬랍스키는 이를 수락하였지만 스타니슬랍스키의 사실주의 무대기법과 크레이그의 상징주의 또는 표현주의 무대 디자인과 조명과 빛을 강조한 선과 초다면적 입체적 무대 공간 구성 그리고 단지 인형과 같은 배우의 극적 역할과 기능들은 많은 문제점들을 도출하였고 갈등을 빚기도 하였다. 크레이그는 1912년에 스타니슬랍스키 체홉 등의 주도로 만든 모스크바 예술극장(Moscow Arts Theatre)에서 <햄릿>을 공연하였다

1899년엔 셰익스피어 고향 스트랏포드-어픈-에이븐에 있는 셰익스피어 기념 극장에서 벤슨(F. R. Benson)이 무삭제 <햄릿>을 공연했는데 총 공연 시간이 6시간이 걸렸으며 이후에도 때때로 이 무삭제 공연을 이어가기도 했다. 『대성당의 살인』(*Murder in the Cathedral*) 등 T. S. 엘리엇

에게 시극을 써 달라 요청하고 그의 모든 시극을 연출 공연했던 마틴 브라운(Martin Browne)이 1936년 이 무삭제 <햄릿>을 공연했을 때 그것이야말로 '전체'라고 표현했다. 이 무삭제 <햄릿>은 여러 해 동안 테임즈 강 남쪽 런던의 대표적 극장 중 하나인 올드 빅 극장(Old Vic Theatre)의 특별 공연으로 올려 졌는데 공연 때마다 티켓이 매진되기도 했다.

20세기에 들어 셰익스피어 햄릿을 포함한 공연사에 가장 큰 변화는 배우 중심 공연 시스템에서 연출가 중심 프로덕션으로 바뀐 데 있다고 할 수 있을 것이다. 새로운 변화에 따라 연극들이 공연 주체의 해석에 따라 다양한 시각으로 공연되었음은 주지의 사실이다. 특히 강화된 연출가의 역량과 그들의 독특한 아이디어와 그 해석에 따라 공연마다 그 강조된 의미와 방향 및 해석 편차가 무척 다극 다양화 되어 있어 어떤 주류 흐름이 있었다고 얘기하기도 어려울 정도다. 때로는 프로이드 해석이나 페미니즘 또는 신역사주의 등을 포함한 종교적 정신적 심리학적 사회학적 정치적 또는 시대사조의 변화에 따라 작품 해석의 방향과 목적이 결정되기도 한다. 극작가이자 비평가, 배우 겸 연출가인 할리 그랜빌-바커(Harley Granville-Barker, 1877~1946)는 소위 스타 배우들을 버리고 연기자들의 앙상블을 무엇보다 중요시 여겨 초점을 맞추었고 복잡 화려한 무대나 의상을 단순화하고 색감을 강조했으며 인상주의적 효과를 추구하였다. 그는 앞무대 에이프론 스테이지 공간 활용에 적극적이었으며 연기의 연속성을 중시하고 풀 텍스트를 지적으로 그리고 신속한 대사처리를 강조했다. 전통적 공연방식을 버리고 새로운 셰익스피어 공연을 추구하며 1912년 런던의 사보이 극장(Savoy Theatre)에서 <겨울 이야

기>와 <열두 번째 밤> 그리고 1914년 <한여름 밤의 꿈> 공연을 올려 새로운 변화에 대한 관객들의 갈망을 충족시켰다. 그랜빌-바커의 새로운 공연 양식은 관객과 비평가들을 동시에 놀라게 하였고 셰익스피어 공연 방식에 새로운 길을 열어 놓았다. 1927년부터 1946년까지 쓴 그의 『셰익스피어 서문』(*Prefaces to Shakespeare*)은 지금도 셰익스피어를 연구하는 학자나 공연자들에게 좋은 참고자료가 되고 있다.

런던 올드 빅 극장의 연출가였던 타이런 거스리도 <햄릿>에서 어려운 운문대사를 과감히 버리고 산문대사의 활력과 리얼리티를 충분히 살려 새로운 해석으로 좋은 공연들을 올렸다. 1937년 1월 오이디푸스 콤플렉스 해석에 근거한 공연으로 로렌스 올리비에가 올드 빅 극장에서 타이런 거스리 연출로 로렌스 올리비에가 햄릿을 맡았는데 큰 성공을 거두었고 늦봄에 이 올드 빅 공연팀은 새로운 오필리어로 비비안 리, 오스릭 레이날도 극중극 왕비 역에 알렉 기네스, 레어티스에 안소니 퀘일, 클

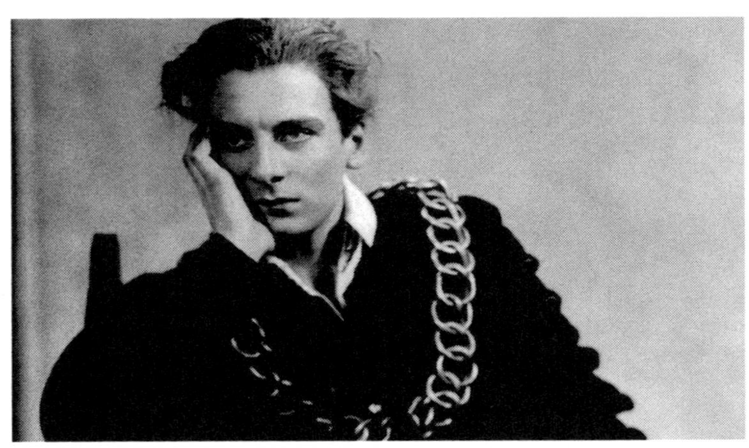

존 길거드(John Gielgud)의 햄릿 1930

로디어스에 존 애보트, 호레이쇼에 레오 젠 등을 캐스팅한 후 덴마크로 가서 엘시노어의 크론보르(Kronborg) 성의 마당에서 올드 빅 세트로 야외 공연을 올리려했으나 폭우로 할 수 없었고 그 엘시노어 성 근처에 있던 마리엔리스트 호텔에서 의미 있는 공연을 올린 바 있다.

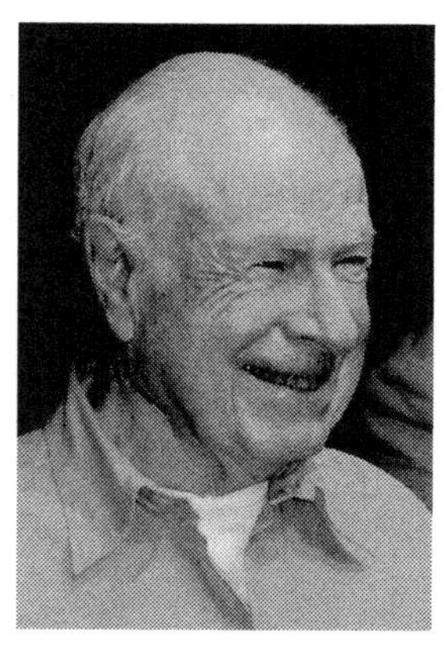

1932년에 오픈한 셰익스피어 고향 스트랫포드-어픈-에이븐의 셰익스피어 기념 극장은 옥스퍼드 대학 시절부터 연극을 해왔고 1943년 런던에서 셰익스피어 동시대 극작가 크리스토퍼 말로우(Christopher Marlowe)의 『파우스터스 박사』(*Doctor Faustus*)로 첫 연출 작업을 시작한 옥스퍼드 대학 출신의 탁월한 연출가 피터 브룩(Peter Brook, 1925~) 등과 함께 셰익스피어 연극 공연의 새로운 중심으로 부상하게 되었다. 1955년 피터 브룩은 햄릿 역을 맡은 폴 스코필드(Paul Scofield), 폴로니어스를 맡은 76세의 어네스트 데시거(Ernest Thesiger), 오필리어 역에 매리 우어(Mary Ure), 레어티스에 리처드 존슨(Richard Johnson), 왕비 거트루드에 다이아나 윈야드(Diana Winyard), 숙부 왕 클로디어스 역에 알렉 클룬스(Alec Clunes), 호레이쇼에 마이클 데이비드(Michael David) 등과 함께 모스크바 예술극장, 영국 브라이튼, 옥스퍼드, 버밍엄, 런던, 그리고 헝가리 부다페스트 등에서 공연을 가진바 있고 이어 텔레비전 영화로 만들기도 했다. 브룩이 이 <햄릿> 팀과 함께 약 1,400명의 좌석이 있고 각 좌석마다 동시통역용 헤드폰이 준비돼 있었던 어찌 보면 영

국인들에겐 시골 도서관 같은 느낌을 갖게도 하는 붉은 벽돌 건물 모스크바 예술 극장에 도착했을 때 눈이 내리고 있었는데 이것은 1917년 러시아 혁명 이후 최초의 영국 극단의 공연이기도 했다. 그런데 걱정스럽게도 의상 및 전축과 레코드판들을 포함한 18개의 소품 상자가 도착하지 않아 드레스 리허설을 하지 못했다. 그들의 소품들과 세트 등은 아직 베를린에서 오지 못하고 있어 브룩이 심야 새벽에 러시아 장관에게 전화를 걸어 긴급 비행기를 러시아로부터 베를린으로 급히 보내 가까스로 연습 도중에 공수해오기도 하였는데 소품 중엔 접을 수 있는 관, 22개의 화살, 대포들, 화약과 화약통 들이 포함돼 있었다. 모두 12회의 공연이 있었고 눈이 오던 날 밤 3시간 30분간의 첫 공연이 있었는데 관객들은 짧게 느낀 듯 했고 단 한 번 폴로니어스가 2막 2장 첫 번째 배우 대사 중 "이건 너무 장황한데"하는 대사에만 웃었다 한다. 극이 끝나고 배우들은 22번의 커튼 콜 인사를 했고 브룩은 우레와 같은 박수 속에 감사하단 인사를 러시아 말로 하였다. 원래 브룩의 가계 뿌리는 러시아였다. 러시아 연극 평론가들은 스코필드의 햄릿을 "진실을 담은 정직하고 생기발랄하며 귀족적인 청년"으로 칭찬하였다. 러시아 사람들은 이 영국 극단이 한 달 간의 연습으로 이 공연을 완성한 것에 무척 놀랐고 한 1년간은 연습했을 것으로 생각했다. 이 <햄릿> 팀은 런던으로 돌아와 그해 12월 8일 피닉스 극장(The Phoenix Theatre)에서 다시 공연을 올렸다. 연출자 브룩은 삶의 준엄한 진실성을 찾아 그의 인간 존재에 대한 본원적 진단을 위한 탐침으로 단순성과 사실성 경제성 등을 무대실험을 추구해왔고 이 <햄릿> 프로덕션도 그 연속성에 있었다. 그는 유령을 초자연적인 인물로 만들지 않고 인간적 자연주의자적인 모습의 캐릭터로 만들기도 했는데 스스로 아쉬움을 토로하기도 했다.

브룩은 2001년 그가 파리 북쪽에 만든 소극장(Theatre des Bouffes du Nord)에서 흑인 배우 에이드리안 레스터(Adrian Lester)를 햄릿으로 브룩 연출의 특징이기도 한 다국적 배우들과 함께 국적에 따라 주요 배우들은 자국어를 사용해 영어, 키-스와힐리어, 일본어 등으로 <햄릿>을 공연한 바 있다.

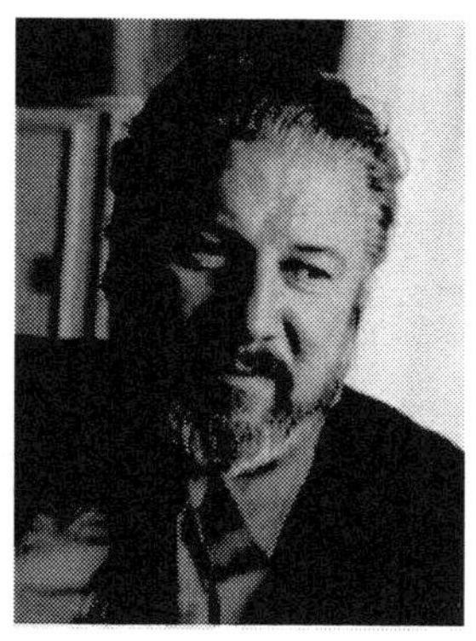

또 한편으로 캠브리지 대학 출신의 연출가 피터 홀(Peter Hall, 1930~)이 1960년 새로운 이름으로 출발한 로열 셰익스피어 극단(RSC)의 예술 감독이 됨으로서 확고한 기반을 다졌다. 데이비드 워너가 주연을 맡고 피터 홀이 연출한 <햄릿>이 1965년 런던 강성 반체제 젊은이들의 기만적이고 마키아벨리적인 부패 정치권력과 맞서는 청년문화 속성에 초점을 맞춘 공연으로 조명을 받았다. 주요 영국 배우들과 연출가들이 이곳(RSC)에서 작업을 하였고 피터 홀 주도로 런던의 올드위치 극장이 1960년부터 1982년까지 로열 셰익스피어 극단의 런던 베이스가 되었다. 1982년부터는 아츠 컴플렉스인 바비건 센터가 로열 셰익스피어 극단의 새로운 런던 베이스가 됨으로서 런던 시내를 걷는 사람들의 약 80퍼센트가 관광객이고 이들 중 많은 사람들이 잠재적 관객임을 감안할 때 이들의 셰익스피어 연극에 대한 관극 기회가 크게 확장되는 좋은 계기를 만들게 된 셈이다.

6개의 셰익스피어 전용 극장을 보유하게 된 로열 셰익스피어 극단의 공연 활동은 공공 지원 및 사회 기업과 단체들의 후원으로 능력 있는 연출가들과 좋은 배우들을 유치하여 다양한 실험과 우수한 레퍼토리를 운영함으로 새로운 도약의 장을 마련하게 되었다.

1965년 공연된 찰스 마로윗츠(Charles Marowitz, 1934~)의 소위 '꼴라쥬'(collage) 식 <햄릿> 공연도 주목받았다. 미국 출신이지만 영국에서 교육을 받았고 연출가며 비평가였다. 피터 브룩 연출보다 9살 어린 마로윗츠는 조연출로 영국 로열 셰익스피어 극단에서 브룩과 함께 여러 해 동안 무대 작업을 했으며 1962년 RSC <리어왕>의 공연에도 참여했었다. 1963~4년 단기간 동안 트래버스 시어터(Traverse Theatre)의 예술 감독을 맡았었고 1968년엔 열린 공간 극단(Open Space Company)을 만들어 1981년까지 약 13년간 운영을 하며 영국 관객들에게 미국 아방가르드 작품들을 소개하였다. 1982년에 미국으로 돌아가 로스 엔젤레스에서 열린 극장을 만들어 활동하다 로스 엔젤레스 연극센터(1985~89)에서도 작품 활동을 하였다. 마로윗츠 <햄릿>의 발상은 그가 스스로 밝힌 바에 따르면 1960년대 초 로열 셰익스피어 극단의 브룩이 새로운 전위적 작품들을 수용하기 위한 로열 셰익스피어 실험 그룹을 만들기 약 2년 전 마로윗츠가 라디오 극을 위해 아벨(L. Abel)의 단막극 <처녀를 위한 작은 무엇>(*A Little Something for the Maid*)으로 한 여자가 남성을 위해 모든 사람―아내 연인 파출부 남자고용주 비서 어머니―이 되는 짧은 불연속성의 장면들을 구상하고 있었다. 그 후 그것을 브룩과 함께 논의하는 과정에서 <햄릿>을 그런 식으로 한 패의 카드를 마구 섞어 치듯 재구성해보면 흥미롭겠다는 브룩의 제안이 결국 마로윗츠로 하여금 <햄릿>의 새로운 실험을 하게 된 동기가 되었다. 처음엔 서술에 의존하지 않고 응축시켜 약 20분간의 극으로 만들어 모두 햄릿을 알고 있고 설령 작품을 읽거나 보지 않았다 하더라도 사람들의 집단의식 속에 스며있는 그 햄릿의 얼룩을 갖고 있다는 가정 하에 시작하였다. 이 연극은 양립된 대사, 순서의 재구성, 삭제하거나 통합된 인물들, 모든 것이 햄릿의 삶 속에 무의식적인 섬광처럼 나타난 파편화된 편린들처럼 연기되는 꼴라쥬 형식이었다. 어떤 경우라도 비록 심하게 재구성하긴 했어도 셰익스피어의 어휘들을 사용하였다. 이것이 독일, 이탈리아 그리고 후의 런던 공연에 85분이 됐다. 당시 브룩이나 마로윗츠도 안토닝 아르토(Antonin Artaud)의 잔혹극(Theatre of Cruelty), 부조리극(Theatre of the Absurd), 초현실주의 또는 다다이즘 등에 상당한 관심을 갖고 다양한 실험적 공연을 시도했었다. 브룩은 이 프로그람을 멀리 떨어진 표적을 향해 쏜 어둠 속의 총격들로 구성된 초현실주의자 연극이라며 새로운 연극 언어를 탐색하고 있다며 모든 연극의 관습들이 도전을 받아 더 이상 규칙이 존재하지 않는 시대에 나온 것이라 했다.

1992년의 RSC 아드리안 노블(Adrian Noble, 1950~) 연출 케네스 브라나(Kenneth Branagh, 1960~) 주연의 <햄릿>은 런던 중심부 약간 북쪽에 있는 RSC의 런던 베이스 극장인 바비컨 센터(Barbican Centre)에서 주목을 받아 스트랫포드-어픈-에이븐 셰익스피어 극장으로 옮겨 공연되었고 월드 투어 공연으로 이어졌으며 1996년에 케네스 브라나 자신이 공들여 연출 주연한 거의 무삭제 러닝타임 약 4시간의 영화로도 제작되었다. 북아일랜드 영국령 벨파스트 출신인 케네스 브라나는 10대 중반에 <햄릿>에 타이틀 롤을 맡은 명배우 데렉 자코비(Derek Jacobi, 1938~)를 동경하게 됐고 18세에 런던에 있는 영국 최고 수준의 라다(RADA), 즉 왕립연극예술학교(Royal Academy of Dramatic Arts)에 들어가 수학했다. 어릴 때부터 주로 런던 연극 활동에서 잔뼈가 굵은 배우로 셰익스피어 및 고전 작품들에 큰 관심을 갖고 1987년 르네상스 극단(Renaissance Theatre Company)을 만들어 1992년 극단이 해체될 때까지 다양한 무대 활동을 했다. 브라나는 고전을 어려워하는 젊은 배우들과는 달리 활발한 고전 작품들 무대 작업을 하여 존 길거드나 로렌스 올리비에와 같은 선배 배우들로부터 유망한 배우로 격려받기도 하였다. 역자는 당시 런던 유학 중이어서 케네스 브라나의 햄릿 런던 공연무대를 관극하였는데 물론 어느 정도 수준 이상의 공연은 됐었지만 언론들의 호평이나 대중들의 인기와는 달리 많은 장면들에서 무엇인가 대사 방식이나 악센트, 톤 또는 음색 그리고 더 크게는 처절한 실존 상황과 갈등에 대한 고민이나 덴마크 왕자의 절대 가치에 가까운 심원한 비극성을 표출해내는 브라나의 햄릿 성격 구축, 디테일 등이 가슴에 와 닿지 않는 의외의 '건조한' 아쉬움을 많이 느꼈다. 이것이 아드리안 노블 연출의 방식이었는지 브라나 자신의 것인지 확실치는 않지만 크게는 연출 해석상의 방향 설정에 무게 중심이 더 컸을 것이고 브라나의 표현력에도 상당한 책임이 있는 듯 했다.

그가 동경했던 배우 데렉 자코비를 숙부 왕 클로디어스, 폴로니어스에 리처드 브라이어스, 거트루드에 줄리 크리스티, 레어티스에 마이클 말로니, 오필리어에 케이트 윈슬릿, 호레이쇼에 리콜라스 파렐 등을 캐스팅한 케네스 브라나의 약 4시간(242분)에 달하는 1996년 무삭제 버전 영화의 햄릿 역할은 좀 더 설득력이 있는 편이었다. 그는 2000년에 셰익스피어 영화 제작사를 만들어 다양한 작품 활동을 해왔다.

미국(United States of America)

미국에서 처음으로 셰익스피어 연극 공연 활동이 있었던 것은 1750년경이라 할 수 있다. 월터 머레이와 토머스 킨 극단(Walter Murray and Thomas Kean Company)이 셰익스피어의 <리처드 3세>를 뉴욕에서 공연에 올렸고 다른 작품들을 추가해 메릴랜드와 버지니아 주 도시들을 순회하며 공연했지만 이들은 좀 아마추어적이었다고 할 수 있다. 좀 더 본격적인 전문 극단의 출현은 할람 극단의 활동이다. 원래 뿌리가 영국 배우 출신인 루이스 할람(Lewis Hallam) 극단이 미국에 건너와 최초의 전문 극단을 조직하고 미국 북동부 버지니아 윌리암스버그에서 1752년 9월 12일 셰익스피어의 <베니스의 상인>으로 활동을 시작했고 후에 뉴욕으로 옮겨 활동을 확대했다. 1759년 영국의 한 극단을 필라델피아(Philadelphia)에 초청해 공연 후 <햄릿> 공연이 확산되는 계기가 되었다. 할람 부인은 줄리엣과 코딜리어 등을 연기하여 주목을 받기도 했다. 19세기 말까지 셰익스피어 극은 점차로 확산되었고 미국 극단주들에 의해 많은 영국 배우들이 모집되어 참여를 하게 되었으며 10년 이상 줄리엣 역할로 눈길을 끈 앤 브런튼 메리와 비극 연기를 잘한 토머스 앱소프 쿠퍼 등이 좋은 활동을 보였다. 1810년대에 런던 배우 죠지 프레데릭 쿡이 미국에 건너와 리처드 3세, 리어, 샤일록, 맥베스 등의 역할로 갈채를 받았고 런던의 유명배우 에드먼드 킨이나 매크레디 등도 두세 번씩 미국 공연을 했었다. 1820년대에는 미국 태생의 배우들이 경쟁력을 확보하기 시작했고 제임스 헨리 해킷은 분명한 양키 캐릭터로 <헨리 4세 1부>의 폴스타프 역을 40년 동안이나 연기했으며 어쩌면 19세기 가장 큰 여배우 샬롯 쿠시먼은 미국에서나 영국에서나 압도적인 레이디 맥베스로 인기를 얻었다. 1830년대에도 계속 셰익스피어 연극은 확장되었지만 영국 배우들의 미국 활동도 결코 만만치 않았다. 영국 배우 찰스와 패니 켐블 등은 뉴욕 보스톤 필라델피아 등의 점점 더 세련된 중산층 관객들을 대상으로 햄릿과 오필리어, 로미오와 줄리엣, 베네디크와 베아트리스 등의 역할로 성공을 거두었다. 19세기에 들어서 햄릿의 대표적 미국 배우 에드윈 포레스트(Edwin Forrest)와 에드윈 부스(Edwin Booth)가 활약을 했고, 또한 수시로 잘 훈련된 영국 극단과 배우들의 미국 순회공연들도 계속 이어졌다. 영국의 유명 배우 헨리 어빙도 1883~1904년 동안에 8차례 미국 방문 공연을 가졌다.

에드윈 포레스트(Edwin Forrest, 1806~72)는 미국 북동부 필라델피아에서 태어났고 19세기 중반 미국 무대에서 맹활약을 한 첫 번째 미국 본토 배우로 오셀로, 리어왕, 리처드 3세, 코리올레이너스, 햄릿, 맥베스, 샤일록 등으로 주목 받았다. 그의 연기의 힘은 잘 단련된 몸과 관객을 꿰뚫는 듯한 음성, 매력적인 용모, 그리고 열정을 담은 힘찬 사실적 대사력 등에 있었다. 178cm 정도의 그리 크지 않은 키였지만 무대에 서면 그의 단단한 몸이 마치 거인처럼 우뚝 서서 무대를 채웠다. 포레스트는 1836년과 45년 런던에 등장하여 당대의 영국 명배우 윌리엄 찰스 매크레디

(William Charles Macready, 1793∼1873)와 경쟁하기도 하였다.

　　미국 배우 에드윈 부스(Edwin Booth, 1833∼93)는 미국 햄릿 공연에서 큰 성공들을 거두는 등 여러 셰익스피어 연극에서 주목을 받았는데 그는 1849년 부친의 <리처드 3세> 공연에서 데뷔한 이후 1853년부터 1891년까지 38년간 햄릿 역할을 했다. 그는 왕 클로디어스 참회 장면 때 뒤에서 모르게 칼을 빼들고 하는 햄릿 방백과 극의 마지막 장에서 호레이쇼에게 영국 추방 시 배에서 있었던 사건 설명 대사들을 복원시켰다가 후에는 햄릿 대사가 너무 많음을 우려해 다시 삭제하기도 했다. 그는 학문적이고 사색적인 성향과 맑고 음악적인 음성을 가졌고 늘씬하고 어두운 듯 핸섬한 모습으로 당대의 가장 훌륭한 비극 배우이기도 했다. 1854∼5년엔 로라 킨과 호주 멜버른과 시드니를 공연하며 다녔고 1857년엔 버튼 극장에서 첫 뉴욕 데뷔를 하기도 하였다. 여러 극장들을 운영하기도 했는데 그 대표적인 극장들 중엔 겨울정원과 1865년 뉴욕에서 오픈한 부스극장도 있었다. 1880년대 초반에는 영국 맨체스터와 리버풀에서 그리고 그 이후에는 런던의 라이시엄 극장 등에서 활약하기도 하였다. 그의 배우활동 중엔 물론 햄릿을 포함하여 이아고와 리어왕의 역할들도 큰 박수를 받았고 그의 형제들도 배우로 활동하였다.

　　한편 19세기 프랑스에서 배우로 활동하며 정확하고 유려했던 그녀의 대사력과 카리스마 있는 아름다운 외모 그리고 화려한 예술적 재능 등으로 가장 유명했던 프랑스 여배우 사라 베른하르트(Sarah Bernhardt, 1844∼1923)가 햄릿 역을 맡아 1899년 파리 공연을 가졌고 1900년엔 뉴욕 공연을 가져 큰 화제를 일으키기도 했다.

　20세기에 들어서 영화의 발전과 연기의 방식 주제 등 현대극의 새로운 성장에 따라 셰익스피어를 비롯한 고전극 공연 내용과 형식에도 다양한 새로운 변화가 함께 하였다. 1916년 연출가인 할리 그랜빌-바커(Harley Granville-Barker, 1877~1946)가 전통적 공연 방식을 버리고 현대적 해석이 곁들여진 셰익스피어의 유쾌한 희극 <한여름 밤의 꿈> 뉴욕 공연에 영향을 받아 미국 연출가 아서 홉킨스가 존 배리모어 등과 함께 만든 현대적 감각의 <리처드 3세>(1920)와 <햄릿>(1922)이 좋은 평을 받았고 배리모어의 햄릿 역은 부스 이래 가장 좋은 연기로 박수를 받았다. 1930~40년대엔 셰익스피어 열기가 좀 식었을 때인데 그중에도 모든 캐스트를 흑인들로 구성하여 소위 ‘부두’(voodoo, 아프리카와 서인도 제도의 주술을 포함한 다신 물신 의식) 공연이란 논쟁을 일으키기도 했던 오손 웰스의 문제의 무대 실험 <맥베스>(1936) 그리고 이탈리아 파시스트에 비유한 <줄리어스 시저>(1937) 등은 새로운 공연 양식을 제시하기도 했다. 캐서린 코넬과 그녀의 남편인 연출가 거스리 매클린토크는 <로미오와 줄리엣>(1933~4)과 <안토니와 클레오파트라>(1947)를 전통적인 방식으로 공연을 하여 호응을 얻었다. 1937년에 연출가 미스 마가렛 웹스터가 전 동료 배우 모리스 에반스와 함께 미국으로 건너가 1937년에 <리처드 2세>를 공연했고 1938년엔 모리스가 햄릿을 맡아 무삭제 <햄릿>을 올렸고 저녁 식사를 위해 인터미션을 가졌는데 놀라운 성공을 거두었으며 계속해 <헨리 4세 1부>(1939), <열두 번째 밤>(1940)을 공연하였다. 그리고 쥬디스 앤더슨이 레이디 맥베스를 맡았던 <맥베스>(1941) 그리고 1942년엔 브로드웨이에서 <오셀

로>를 공연했는데 가수이자 배우인 폴 롭슨이 오셀로 역을 우타 하겐이 데스데모나 역을 맡아 크게 성공을 거둔 무대였다. 2차 대전 이후에 마가렛 웹스터는 마가렛 웹스터 셰익스피어 극단을 창단해 2년간 미국 전역과 캐나다를 순회하며 공연을 가졌다.

1950년대에 이르러 미국에도 다양한 셰익스피어 축제들이 생겨났다. 1955년 콘네티컷 주 스트랫포드의 미국 셰익스피어 페스티벌, 1957년 뉴욕 센트럴 파크 야외 공연장 델라코테 극장에서 여름 축제로 시작된 뉴욕 셰익스피어 페스티벌 등이 그것이다. 물론 1935년 앵거스 바우머의 주도로 처음 시작이 된 오레곤 셰익스피어 페스티벌이나 캘리포니아 주 샌디에고 셰익스피어 페스티벌 등도 1950년대에 와서야 비로소 전문화된 축제 공연으로 성장하였다. 이러한 축제들은 새로운 셰익스피어 공연 르네상스를 유도했고 70년대와 80년대에 수많은 셰익스피어 축제들이 전국에 걸쳐 확산되었으며 지역 극장들에서도 연례적으로 한편 이상의 셰익스피어 작품들을 포함시켰다. 이후 지구촌 여러 나라들의 셰익스피어 작품들의 미국 공연 프로그람들이 확산됨으로 20세기 말과 21세기 초의 미국 관객들은 더욱 다양하고 우수한 셰익스피어 작품 공연들을 더 많이 즐길 수 있게 되었다.

한국(Republic of Korea)

우리나라의 초기 <햄릿> 공연들은 아이러니컬하게도 주로 일본에서 공부했던 한로단, 이해랑, 유치진, 여석기 등이 번역 · 각색 · 연출 · 작업들을 주도한 활동에서 찾아볼 수 있다고 하겠다. 한국 최초의 <햄

릿> 공연은 1938년 박학이 햄릿 역을 맡고 김욱 연출로 1935년 12월 경성부가 서울시 태평로 1가에 세운 부민관 대강당(현재 서울시 의회 건물)에서 낭만좌 극단이 진우촌 번안으로 올린 <함레트의 묘지 일막>으로 시작하였으나 단지 5막 1장의 오필리어 무덤 장면만을 대상으로 한 연출 연기 내용 등 모든 면에서 조악하고 불완전한 국내 최초 연극 경연의 부분적 공연이었다. 조금 더 발전한 것은 1934년 신동아에 단막 희곡 <어머니>를 발표하였고 1936년 <유토피어>로 문단에 데뷔했으며 와세다(早稻田)대학 영문과에서 셰익스피어와 영미희곡을 전공한 뒤 부산대에서 강의하면서 희곡 창작 번역 각색 연출 등 연극 활동을 적극 참여했던 한로단[韓路檀은 로댕의 이름을 원용한 예명이며, 본명은 한효동(韓孝東, 1912~77)] 번안으로 신파조로 만든 1947년 <함열왕자>란 이름으로 부산대학교 연극부에서 올린 작품이었다. 당시 붐을 이뤘던 신파조에 맞도록 이를 좀 더 발전시켜 1950년 3월 <함열왕자전>이란 제목 하에 박상진이 연출하고 한로단이 5막 16장으로 번안하여 국도극장에서 극단 청춘극장 제작으로 다시 공연 흥행을 이뤘다.

좀 더 작품다운 공연은 당시 도쿄 도(東京都)에 있는 니혼(日本)대학 예술과에서 연극 수업을 마치고 1938년 졸업 즉시 귀국하여 연극 활동을 활발히 하고 있던 이해랑(李海浪, 본명 이해량 李海良, 1916~89) 연출로 서울 시공관(현 명동예술극장)에서 1949년 12월 중앙대학교 중심으로 정인섭이 번역하고 최무룡, 박현숙 등이 주연을 맡아 공연한 <햄릿>이었다. 또 한편으론 3.1 운동 직후 도일해 도요야마(豊山)중학교를 나오고 릿쿄(立敎)대학 영문과에서 수학 후 1931년 귀국해 연극 활동을 하고 있었던 동랑(東浪) 유치진(柳致眞, 1905~74)이 <개골산>이란 제목으로 쓰고 조흠파가 연출해 역시 시공관에서 휘문중학교 창립 40주년 기념 공연으로 공연했던 것을 들 수 있겠다. 유치진은 다시 1953년 <햄릿>을 편극하여 극단 신협이 이해랑 연출로 동양극장에서 공연했고 같은 해 한 번 더 연출까지 맡아 <마의태자>란 제목 하에 역시 신협이 시공관과 동양극장 평화극장 등에서 재공연의 막을 올렸다. 당시 초기 극단 신협에는 이진순, 황정순, 오사량, 최은희, 김동원, 이해랑, 강유정, 최무룡, 복혜숙, 주선태, 장민호, 윤인자, 나옥주, 주선태, 박암, 조항 등 좋은 연극인들이 함께 했었다.

그래도 좀 더 낳은 <햄릿> 공연은 1951년 9월 한국 전쟁 당시 대구 문화극장(전 키네마극장)에서 한로단이 번역한 것을 이해랑이 연출하고 김동원, 최은희, 주선태 등이 참여해 극단 신협이 올린 공연이었다. 당시 한국 전쟁으로 인한 피난민들의 대거 남부지방 유입과 급박한 전쟁 상황 등이 <햄릿> 공연 작품 내용과 맞물려 대중들의 관심을 끌었고 갑자기 몰려든 많은 피난민들의 여가 시간을 보내기 위한 적절한 대안을 찾지 못한 이유도 있었겠지만 공연장들은 예상 외로 매회 관객들이 넘칠 정도로 공연 흥행을 이룬 것으로 알려졌다. 미국 록펠러 재단의 기부금 지원을 받아 1962년 4월 남산에 유치진의 주도로 약간 그리스 고대 극장 모습을 연상케 만든 드라마센터 개관 기념 공연으로 이해랑은 <햄릿>을 다시 유치진과 함께 공동 연출로 무대에 올렸다. 이 공연의 번역에는 1939년에 도일해 마쓰에 고교 졸업 후 도쿄제국대 영문과를 다니다 1944년 징용 당했지만 1945년 해방과 더불어 귀국하여 경성대를 편

입해 졸업한 후 고려대 영문과에서 학생들을 가르치던 여석기(1922~
2014)가 맡고 김정옥이 조연출로 왕 클로디어스에 남성우, 장민호, 왕비
역에 황정순, 햄릿에 김동원, 호레이쇼에 양광남, 오필리어에 오현주, 레
어티스에 김성원, 오스릭에 박규채, 귀부인에 여운계, 마셀러스에 오현경
등 많은 배우들이 공연을 함께 했다. 이로부터 약 27년 뒤 역자가 여석
기 번역 이해랑 연출의 <햄릿> 공연을 관극한 것은 1989년 4월 호암
아트홀에서였다. 햄릿에 유인촌, 오필리어 역에 김미숙, 클로디어스 왕에
이호재, 왕비에 김지숙, 폴로니어스에 박규채, 레어티스에 이승철, 호레
이쇼에 이호성 등 좋은 배우들의 출연에도 불구하고 연출 자체가 갖고
있던 가장 큰 장점이자 단점인 낭만적 사실주의에 근거한 작품해석과 연
출 방식으로 인한 여러 가지 한계로 인해 셰익스피어 작품의 특징적인
템포감이라든지 인물들이 태생적으로 가지고 있는 다층적 감성구조를
충분히 살리는 데 무리가 있었다. <햄릿>을 포함한 셰익스피어의 작품
들이 사실주의적 요소들이 부분적으로 있기는 하지만 모든 장면들을 스
타니슬랍스키 시스템으로 해석한다는 것은 큰 무리이기 때문이다 영국
등 서구의 주목받는 셰익스피어 연출가들도 스타니슬랍스키 해석 방식
을 아예 무시하거나 지양하는 경향이 많은 것도 사실이다. 역자가 관극
한 80년대에 이해랑 연출 작품들 중 <리어왕>(*King Lear*)도 비슷한 해
석의 무대였으며 오히려 김성녀, 송승환 등이 출연했던 미국의 대표적
극작가 유진 오닐(Eugene O'Neill, 1888~1953) 작품 <밤으로의 긴 여
로>(*Long Day's Journey Into Night*)와 같은 경우는 비교적 이해랑 연출의
이러한 낭만적 사실주의 해석이 작품과 잘 조화되는 공연이었다.

1950년대 후반과 60년대에 국내 대학들에 영문학과가 계속 늘어나고 셰익스피어를 가르치는 곳이 많아지면서 확산되는 셰익스피어 공연들과 함께 점차 번역 부문에도 활력이 살아나 국내 최초로 동국대 영문과 교수 김재남(1922~2003)이 단독으로 번역한 셰익스피어 전집이 셰익스피어 탄생 400주년이 되는 1964년 7월 휘문출판사에서 5권으로 나왔고 두 달 후 9월엔 이근삼, 여석기, 김갑순, 나영균, 피천득, 정인섭, 한로단, 여석기, 이창배, 오화섭 등 19명의 국내 주요 셰익스피어 학자들이 참여해 출판사 정음사에서 4권으로 한국에서 두 번째 셰익스피어 전집이 출판되었다. 1960년대엔 여석기 <햄릿> 번역본이 공연에 자주 쓰였고 70년대에 들어서 질적인 새로운 변화가 보이기 시작하는데 74년에 극단 맥토가 김윤철 번역, 김효경 연출로 국립극장에서 찰스 마로윗츠가 꼴라쥬식으로 만든 <햄릿>이 처음 공연을 올리기도 했다.

하와이 대학에서 수학 후 돌아온 안민수(1940~)가 1976년 10월에 원래 5막 20장 정도 되는 <햄릿>을 원전의 20프로 분량으로 대폭 축소하고 약 40여개의 연속 씬으로 설정해 가상적 한국의 고대 국가 아사라국을 배경으로 언어 위주의 연극을 동양적 전통 무대의 양식화로 번안 연출하여 <하멸태자>를 공연하였다. 양정현이 하멸태자로, 정동환이 숙부 왕인 클로디어스 역 미휼왕으로, 이애주가 오필리어 역 오필녀로, 유인형이 왕비 거트루드 역 가희왕비로, 김종구가 폴로니어스 역 파로로, 여무영이 레어티스 역 대야손 등으로 참여해 드라마센터에서 막을 올렸다. 이듬해인 1977년에 교체 배우로 하멸태자와 폴로니어스 역 파로를 드라마센터 1회 졸업생이며 국립극단 배우로 있던 전무송(1941~)

과 이호재(1941~)가 맡고 역시 드라마센터 1회 졸업생인 신구(1936~,
본명 신순기)가 숙부 왕인 클로디어스 역 미휼왕을 맡아 뉴욕 맨하탄 오
프 브로드웨이(Off Broadway) 라마마(La MaMa) 극장 주도로 진행된 제
1회 세계 연극 페스티벌(The First World Theater Festival)에 참여해 달
라스 미네아폴리스 그리고 네덜란드에서 10여 개 극장 그리고 프랑스
렌느 극장 공연 등에 참여하여 새로운 동양적 양식화에 상당한 주목을
받기도 하였다. 그러나 국내에선 한국적 전통 연극 양식을 거의 찾아볼
수 없고 햄릿의 한국적 수용에 애매모호한 정체성 시비와 특히 얼굴에
일본 전통극 노와 같이 흰 분칠을 한 왜색 짙은 양식화 등이 두드러진
공연이었다 하여 가혹한 비판을 받기도 했다.

　　1961년 군사혁명 이후 박정희 정권과 전두환 정권을 거쳐 노태우 정
권이 끝나는 1992년까지 약 30여 년 간 한국 사회는 처절한 빈곤의 질
곡에서 벗어나 경제적 자립을 위해 몸부림을 치는 격동의 시기였고 정치
사회적으로는 군인들의 권력 장악을 위한 강압 정치와 이에 대한 국민적
저항의 반작용 갈등 구조 속에 개인의 인권과 자유가 많은 제약을 받은
극한 시련의 어려운 시기였다. 공연 예술계도 공연 여건들이 그리 녹녹
치 않은 카오스적 수난과 고뇌의 연속이었고 때론 공황상태에 빠지거나
이를 극복하기 위해 또는 새로운 탈출구를 찾기 위해 절망적인 막다른
실험들을 시도하기도 했던 극한 시련의 창작 환경이었다. 공연 전에 대
본을 반드시 심사받아야 하는 예술문화윤리위원회 또는 공연윤리위원회
등이 있어 제출한 대본은 권력의 입맛에 따라 마구잡이로 잘리거나 통째
로 공연허가가 나지 않은 경우가 비일비재하였고 때로는 실제로 공연도

중 공연이 중지되고 군이나 경찰에 의해 극장들이 점거되는 경우도 심심치 않았다. 극작가 별로 많은 작품들이 원천적으로 공연이 금지된 경우도 많았다. 1981년부터 1990년까지 다섯 차례에 이르는 극단 76의 기국서(1952~) 연출 <햄릿> 공연들은 이러한 여러 가지 우리나라의 정치 사회적인 상황과 많은 점들에서 복합적으로 맞물려 있다고 할 수 있을 것이다. 현대적 동시대 콘셉트로 해체, 재구성하고 거의 원작의 반의 반 길이도 안 될 정도로 대폭 축소한 이 공연은 암울하고 부조리한 정치 사회상에 대한 지식인의 통렬한 회의와 비판의 실험일 수 있다는 긍정적 평가를 받기도 했지만 때로는 난삽한 언어와 난해한 극 전개 구조 등의 생경한 드라마터지로 관객의 호응을 끌어내기에는 여러 가지 문제점들을 야기한 실험적 공연들이기도 했다.

1956년 프랑스에 가서 영화 등을 공부하고 약 3년 뒤 돌아온 김정옥(1932~)은 1966년 극단 자유를 창단 초기에는 예술성보다는 대중성을 더 중시하였고 소위 '총체극' 형식의 연극을 실험하며 부조리 계열 연극 등을 선호하기도 하였다. 1970년 최인훈 작 <어디서 무엇이 되어 만나랴>, 1982년엔 원초적 본능과 삶과 죽음의 의미들을 깊이 들여다본 스페인 극작가 가르시아 로르카(Garcia Lorca, 1898~1936)의 <피의 결혼> 등의 공연으로 시적 몽환적 분위기와 죽음의 문제 등에 관심을 갖게 된다. 1993년에는 극단 자유 특유의 집단 창작 구성 <햄릿>을 예술의 전당 토월극장에서 김정옥 연출로 유인촌이 햄릿을 맡고 권병길이 왕, 이소향이 오필리어, 한영애가 광대 오필리어, 박웅이 폴로니어스, 김금지가 왕비 거트루드, 윤복희가 광대 왕비, 박정자가 무당 역 등으로 참여해 함께 공연하게 된다. 한국적 의상과 샤머니즘 굿판 상여 광대 소리 등을 무대에 차용하고 몽타쥬 기법으로 재구성해 우리의 놀이문화와 접목시키려 한 점들이 돋보이기도 했지만 지나치게 광대 등을 강조한 과장과 희화화의 무대라는 비판을 듣기도 하였다.

부산을 근거지로 활동하던 이윤택(1952~)이 1986년 극단 연희단거리패를 만들어 본격적인 연극 작업을 시작한다. 약 10여년 다양한 연극을 실험한 뒤 1996년 6월 동숭아트센터 대극장 그리고 9월 문예회관 대극장에서 <햄릿>을 무대에 올린다. 평소 우리 연극의 뿌리에는 굿판이 깊은 관련이 있다고 생각한 그는 이러한 원초적 샤머니즘의 정신세계를 <햄릿> 작품 속에 깊숙이 내재돼 있는 삶과 죽음의 장면들과 연극적 놀이의 연희성을 연결 짓고 셰익스피어 텍스트의 기본 프레임은 살린 채 텍스트를 풀고 재구성하여 무대화하였다. 이윤택 연출의 차별화된 강점들 중 하나인 연극의 축제성 특히 셰익스피어 작품세계에 강렬하게 내재돼 있는 삶의 원초적 연희적 축제성―그것이 비극 희극 사극 문제극을 막론하고 공통적으로 살아 있는 다분히 폭발적인 연극성―접근에는 상당한 성공을 거두었지만 때로는 그 축제성이 한국적 놀이성과 접목과정에서 상당 부분 산만하고 유희적이며 키치 문화적인 아쉬움들도 노출되어 새로운 연희단거리패의 연극문법을 향한 창의적 공연 완성도 구축에 걸림돌이 되기도 하였다.

대학 시절부터 연극 작업을 시작했고 80년대에 연극 작업을 계속하다가 서강대 대학원에서 셰익스피어 석사과정을 마친 뒤 셰익스피어의 전 작품을 체계적으로 공연하기 위한 계획을 세우고 런던대학교 킹스 칼리지 대학원에서 약 6년 간 셰익스피어를 공부하던 과정에 영국은 물론 유럽의

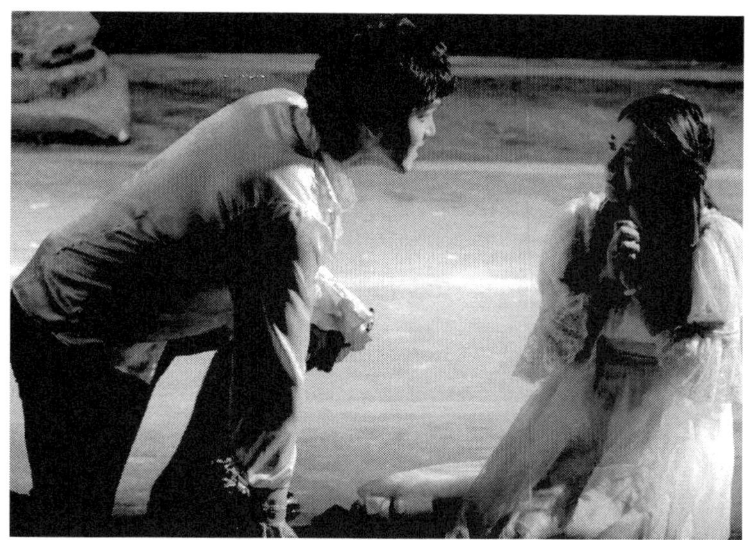

극단 ESTC 〈햄릿〉 완전 무삭제 버전 2016년 9월 엘림홀 공연
(좌측부터) 햄릿과 그의 애인 오필리어

셰익스피어의 과거와 현재 공연문화를 집중적으로 섭렵하고 돌아온 남육현(원래 런던 수학을 택한 이유도 셰익스피어 연극 활동을 위한 준비 작업이었으므로 영국과 유럽 공연계의 활동 상황은 늘 큰 관심사였다)은 귀국 후 21세기에 들어서면서 유럽과 아시아 대륙의 지구촌 공연문화의 공유를 도모할 목적으로 바로 유라시아 셰익스피어 극단(Eurasia Shakespeare Theatre Company, 약칭 ESTC)을 창단(2002년)하였다. 우리 연극계에서 셰익스피어를 수용하기 시작한 이후 지금에 이르기까지 수십 년 간 부분적으로 메이저 흥행 작품들 위주로만 공연해온 셰익스피어 공연 관습을 지양하고 이 새로운 셰익스피어 전문 극단은 셰익스피어의 모든 희곡 작품(39편) 공연을 극단의 1차 목표로 정하되 지금까지 한국에서 단 한 번도 공연되지 않은 초연작들만 우선 관객들

에게 소개한다는 원칙을 세웠다. 그 첫 작품으로 국내 초연작 <베로나의 두 신사>를 공연(2002)한 이후 연속적으로 2012년까지 <헛소동>, <끝 이 좋으면 다 좋아?>, <사랑의 헛수고>를 무대에 올렸고 바로 이어 장미 전쟁 8부작 중 첫 번째 4부작 <리처드 2세>, <헨리 4세 1부>, <헨리 4세 2부>, <헨리 5세>와 관련 사극들 <존 왕>과 <에드워드 3세> 그 리고 <아테네의 타이먼>을 주로 예술의 전당과 국립극장 또는 대학로에 있는 공연장들에서 무대화하였다. 계속해서 다시 장미전쟁 두 번째 4부작 <헨리 6세 제1부>, <헨리 6세 제2부>, <헨리 6세 제3부>, <리처드 3세>까지 모두 14편의 셰익스피어 국내 초연작들만을 약 10여 년에 걸쳐 연속적으로 공연의 막을 올렸다. 이후 초연작들을 거의 모두 공연하였으므 로 2013년부터는 새로운 셰익스피어 4대 비극 시리즈 시작을 하되 새로운 번역의 공연 대본을 쓰기로 결정하고 우선 2013년 남육현의 새 번역으로 <맥베스>를 공연했으며 2014년과 2015년에 걸쳐 역시 남육현의 새 번역 으로 <햄릿>을 무대화하는 등 창단 공연부터 2015년까지 셰익스피어 작 품 총 17편을 남육현 연출로 무대에 선보였다. 2016년에 앞서 이 책 서두 옮긴이의 글에서 밝힌 바와 같이 셰익스피어 서거 400주년 기념 특별 기 획 무대로 단 한 단어도 자르지 않은 국내 최초 완전 무삭제 공연 러닝 타임 6시간짜리 남육현 새 번역 버전 <햄릿>을 무대화하였다. 바로 이 어서 2017년까지 역시 남육현 새 번역으로 <리어왕>이 공연되었고 <오셀로> 공연이 바로 뒤따랐다. 2018년부터 2022년까지 남육현의 새 번역으로 5편의 주요 희극 <한여름 밤의 꿈><베니스의 상인><말 괄량이 길들이기><좋으실 대로><12번째 밤>이 대학로 극장들에서

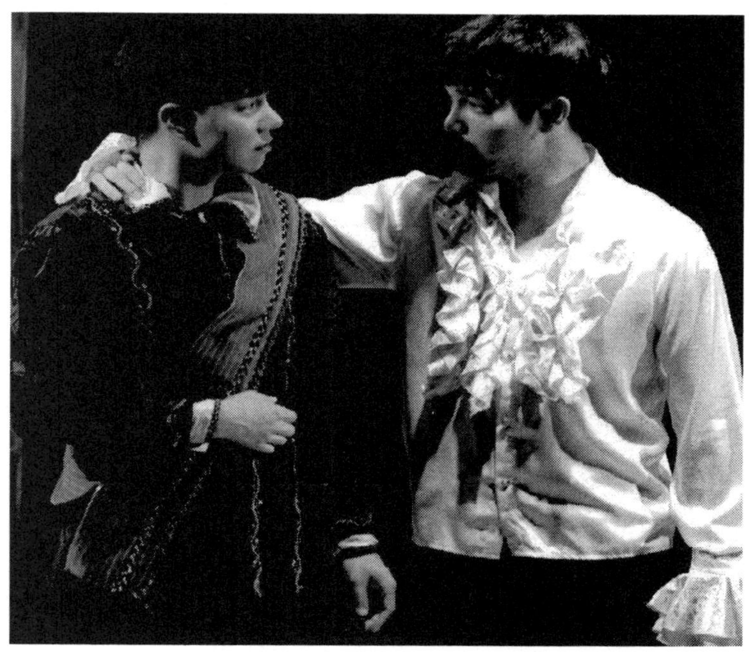

극단 ESTC 〈햄릿〉 완전 무삭제 버전 2016년 9월 엘림홀 공연, (우측부터) 햄릿과 그의 친구 호레이쇼

막이 올랐다. 이어서 사랑을 주제로 한 비극이며 작품 제목 자체가 주인공들의 이름이기도 한 3편의 작품들 <로미오와 줄리엣><안토니와 클레오파트라><트로일러스와 크레시다> 그리고 3편의 로마비극 시리즈 <줄리어스 시저><코리올라누스><타이터스 안드로니커스>가 연속적으로 대학로 극장들에서 2024년 말까지 공연되었다.

2025년 봄 4월부터 한국 공연사에 유일하게 아직 초연작으로 남아 있는 <헨리 8세>와 희극 두 편 <실수연발>과 <윈저의 즐거운 아낙네들> 공연을 준비 중이며 앞으로 3~4년 안에 셰익스피어 전 작품 39편의 공연을 처음 유라시아 셰익스피어 극단(ESTC) 창단 시부터 계획한 대로 남육현 단독 연출로 모두 공연을 마칠 예정이다. 2002년부터 2025년 1월 현재까지 극단 ESTC에서 남육현 연출로 주로 서울 서초동 예술의전당, 장충동 국립극장, 종로구 동숭동(대학로) 극장들에서 공연된 작품은 모두 30편이다.

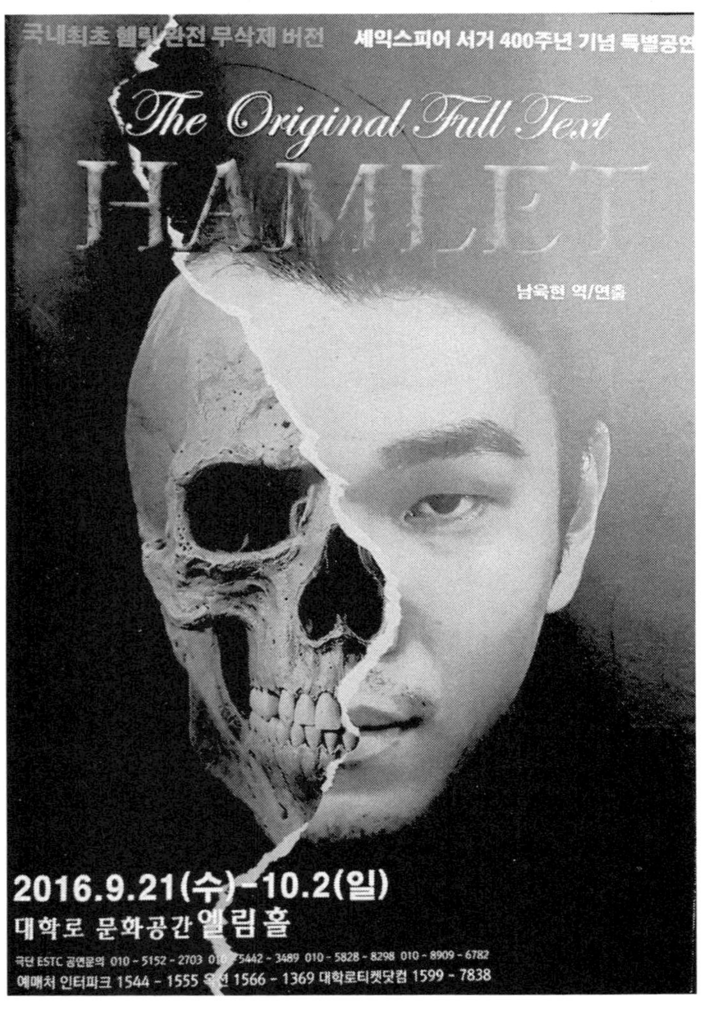

2026년 <눈엔눈 이엔이><심벌린><페리클레스>가 새로운 무대의 막을 올릴 예정이며, 2027년엔 셰익스피어의 마지막 남은 연극 3편 <두 귀족 친척><겨울 이야기><태풍>이 공연될 예정이다. 2028년 서사시와 서정시들「비너스와 아도니스」「루크레스의 능욕」「열정의 순례자」「불사조와 산비둘기」「연인의 한탄」그리고「소네트」등을 무대에 올려 국내 최초는 물론 세계적으로도 유례를 찾기 쉽지 않은 1인 연출 셰익스피어 전 작품 39편 공연 프로젝트 27년간 대장정의 대미를 장식할 예정이다.

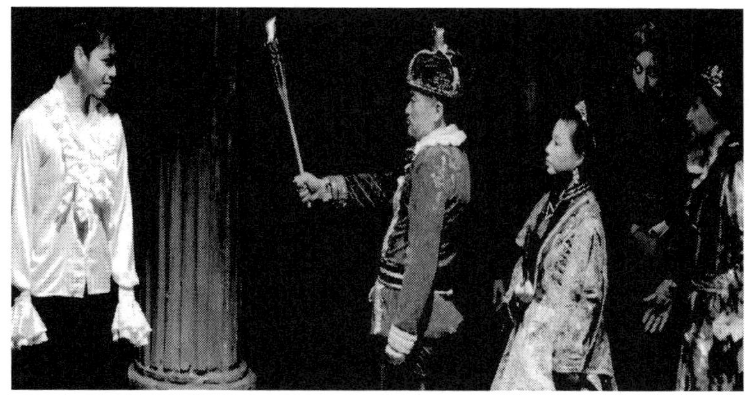

극단 ESTC 〈햄릿〉 완전 무삭제 버전 2016년 9월 엘림홀 공연
(좌측부터) 햄릿과 왕. 왕비. 극중극 배우. 폴로니어스

2002년 창단 공연부터 2025년 1월까지 남육현 연출로 극단 ESTC가 공연한 작품들의 기록은 아래와 같다.

2002.11. 〈베로나의 두 신사〉(*The Two Gentlemen of Verona*) 국내 초연 축제극장 공연
2005.10. 〈나스타샤〉(*Nastasya*, 원작 〈백치〉*The idiot*) 국내 초연 상명아트홀 공연
2007.05. 〈헛소동〉(*Much Ado About Nothing*) 국내 초연 국립극장 공연
2007.05. 〈헛소동〉(*Much Ado About Nothing*) 국내 초연 ESTC 셰익스피어 극장 공연
2007.05. 〈헛소동〉(*Much Ado About Nothing*) 국내 초연 용인시 Arts Center 공연
2007.11. 〈끝이 좋으면 다 좋아?〉(*All's Well That Ends Well?*) 국내 초연 ESTC 셰익스피어 극장 공연
2008.03. 〈사랑의 헛수고〉(*Love's Labour's Lost*) 국내 초연 ESTC 셰익스피어 극장 공연
2008.09. 셰익스피어 명작사극 공연 〈리처드 2세〉(*King Richard II*) 장미전쟁 8부작 첫 번째 국내 초연 국립
극장 공연
2009.10. 셰익스피어 명작사극 공연 〈리처드 2세〉(*King Richard II*) 국내 초연 용인시 Arts Center 초청 공연
2009.03. 셰익스피어 명작사극 장미전쟁 8부작 두 번째 〈헨리 4세 제1부〉(*King Henry IV, Part 1*) 국내 초연
청운예술극장 공연
2009.06. 셰익스피어 명작사극 장미전쟁 8부작 세 번째 〈헨리 4세 제2부〉(*King Henry IV, Part 2*) 국내 초연
국립극장 공연
2009.09. 셰익스피어 명작사극 장미전쟁 8부작 네 번째 〈헨리 5세〉(*King Henry V*) 국내 초연 대학로예술
극장 공연
2010.04. 〈존 왕〉(*King John*) 국내 초연 예술의전당 자유소극장 공연
2010.08. 〈아테네의 타이먼〉(*Timon of Athens*) 국내 초연 대학로극장 & 예술의전당 공연
2010.11. 〈에드워드 3세〉(*King Edward III*) 국내 및 아시아 초연 국립극장 공연
2011.04. 셰익스피어 명작사극 장미전쟁 8부작 다섯 번째 〈헨리 6세 제1부〉(*King Henry VI, Part 1*) 국내 초연
예술의전당 공연
2012.05. 셰익스피어 명작사극 장미전쟁 8부작 여섯 번째 〈헨리 6세 제2부〉(*King Henry VI, Part 2*) 국내 초연
아트센타K 공연
2012.09. 셰익스피어 명작사극 장미전쟁 8부작 일곱 번째 〈헨리 6세 제3부〉(*King Henry VI, Part 3*) 국내 초연
설치극장정미소 공연
2012.11. 셰익스피어 명작사극 정미전쟁 8부작 여덟 번째 〈리처드 3세〉(*King Richard III*) 국립극장 달오름
공연
2013.05. 셰익스피어 새 4대 비극 시리즈 첫 번째 무대 새 번역 〈맥베스〉(*Macbeth*) 설치극장정미소 공연
2014.05~06. 셰익스피어 새 4대 비극 시리즈 두 번째 무대 새 번역 〈햄릿〉(*Hamlet*) 설치극장정미소 공연
2014.12. 셰익스피어 새 4대 비극 시리즈 두 번째 무대 새 번역 〈햄릿〉(*Hamlet*) 남해국제탈공연예술제 초청
공연
2015.03~04. 셰익스피어 새 4대 비극 시리즈 두 번째 무대 새 번역 〈햄릿〉(*Hamlet*) 문화공간 엘림홀 재공연
2016.07. 셰익스피어 새 4대 비극 시리즈 두 번째 무대 새 번역 〈햄릿〉(*Hamlet*) 부산문화회관중극장 우수
공연 초청 공연
2016.09~10. 셰익스피어 새 4대 비극 시리즈 두 번째 무대 새 번역 〈햄릿〉(*Hamlet*) 국내 최초 러닝타임 6
시간 완전 무삭제 공연, 문화공간 엘림홀 공연(셰익스피어 서거 400주년 특별 기념 기획 공연)
2017.05~06. 셰익스피어 새 4대 비극 시리즈 세 번째 무대 새 번역 〈리어왕〉(*King Lear*) 문화공간 엘림홀
공연
2017.08. 셰익스피어 새 4대 비극 시리즈 세 번째 무대 새 번역 〈리어왕〉(*King Lear*) 남해국제탈공연예술제
초청 공연

2017.10~11. 셰익스피어 새 4대 비극 시리즈 네 번째 무대 새 번역 〈오셀로〉(*Othello*) 문화공간 엘림홀 공연

2017.11. 셰익스피어 새 4대 비극 시리즈 네 번째 무대 새 번역 〈오셀로〉(*Othello*) 남해국제탈공연예술제 초청 공연

2018.05. 셰익스피어 5대 희극시리즈 첫 번째 무대 새 번역 〈한여름 밤의 꿈〉(*A Midsummer Night's Dream*) 문화공간 엘림홀 공연

2018.11. 셰익스피어 5대 희극 시리즈 두 번째 무대 새 번역 〈베니스의 상인〉(*The Merchant of Venice*) 문화공간 엘림홀 공연

2019.05~06. 셰익스피어 5대 희극 시리즈 세 번째 무대 새 번역 〈말괄량이 길들이기〉(*The Taming of the Shrew*) 문화공간 엘림홀 공연

2019.11~12. 셰익스피어 5대 희극 시리즈 네 번째 무대 새 번역 〈좋으실 대로 하세요〉(*As You Like It*) 문씨어터 공연

2022.05~06. 셰익스피어 5대 희극 시리즈 다섯 번째 무대 새 번역 〈12번째 밤〉(*Twelfth Night*) 한성아트홀 1관 공연

2022.10~11. 셰익스피어 3대 사랑 비극 시리즈 첫 번째 무대 〈로미오와 줄리엣〉(*Romeo & Juliet*) 한성아트홀 1관 & 노원문예회관소 극장 초청 공연

2022.11. 셰익스피어 ESTC 재구성 동시대감각 실험극 첫 번째 작품 〈리처드 2세〉(*Richard II*) 한성아트홀 2관 공연

2023.05. 셰익스피어 3대 사랑 비극 시리즈 두 번째 무대 〈안토니와 클레오파트라〉(*Antony & Cleopatra*) 한성아트홀 2관 공연

2023.11~12. 셰익스피어 3대 사랑 비극 시리즈 세 번째 무대 〈트로일러스와 크레시다〉(*Troilus & Cressida*) 한성아트홀 2관 공연

2024.03. 셰익스피어 로마 비극 시리즈 3편 첫 번째 작품 〈줄리어스 시저〉(*Julius Caesar*) 한성아트홀 2관 공연

2024.09. 셰익스피어 로마 비극 시리즈 3편 두 번째 작품 〈코리올라누스〉(*Coriolanus*) R&J씨어터 공연

2024.12. 셰익스피어 로마 비극 시리즈 3편 세 번째 작품 〈타이터스 안드로니커스〉(*Titus Andronicus*) 소극장 공유 공연

여기까지가 이미 공연한 작품 기록들이고,
아래는 2025년부터 2028년까지 공연될 9편의 셰익스피어 연극 작품과 서사시, 서정시 작품 목록이다.

2025.04. 셰익스피어 국내 초연 작품 〈헨리 8세〉(*King Henry VIII*) 소극장공유 공연 예정

　07~08. 셰익스피어 희극 〈실수연발〉(*The Comedy of Errors*) 소극장공유 공연 예정

　12. 셰익스피어 희극 〈윈저의 즐거운 아낙네들〉(*The Merry Wives of Windsor*) 소극장공유 공연 예정

2026. 셰익스피어 문제극 〈눈엔눈 이엔이〉(*Measure for Measure*) 공연 예정

셰익스피어 낭만극 시리즈 5편 첫 번째 〈심벌린〉(*Cymbeline*) 공연 예정

셰익스피어 낭만극 시리즈 5편 두 번째 〈페리클레스〉(*Pericles*) 공연 예정

2027. 셰익스피어 낭만극 시리즈 5편 세 번째 〈두 귀족 친척〉(*The Two Noble Kinsmen*) 공연 예정

셰익스피어 낭만극 시리즈 5편 네 번째 〈겨울이야기〉(*The Winter's Tale*) 공연 예정

셰익스피어 낭만극 시리즈 5편 다섯 번째 〈태풍〉(*The Tempest*) 공연 예정

2028. 셰익스피어의 서사시와 서정시 「비너스와 아도니스」("Venus & Adonis"), 「루크리스의 능욕」("The Rape of Lucrece"), 「열정 순례자」("The Passionate Pilgrim"), 「불사조와 산비둘기」("The Phoenix & the Turtle"), 「애인의 한탄」("A Lover's Complaint"), 「소네트」("The Sonnets") 공연 예정

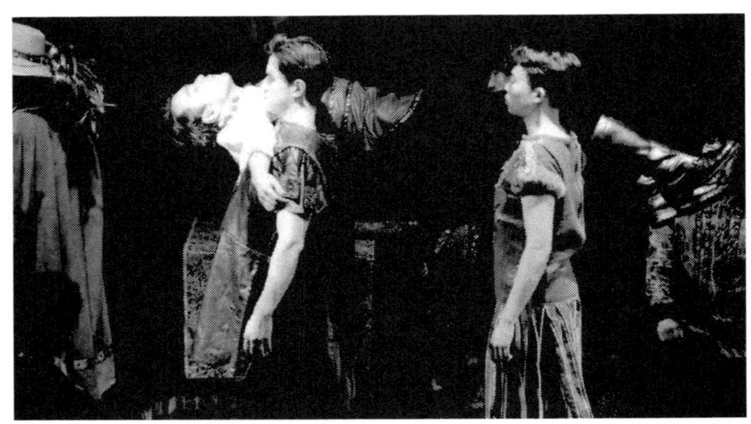

극단 ESTC 〈햄릿〉 완전 무삭제 버전 2016년 9월 엘림홀 공연. 햄릿 시신을 덴마크의 새 통치자가 된 노르웨이 왕자 포틴브러스의 병사들이 장례식을 위해 운반하고 있다.

이 극단(ESTC)은 연극이 무대를 통한 가장 자연스럽고 효율적인 인간적 소통의 예술이라 생각하며 그 가장 근원적인 인간적 표현 양식에 제약이 되지 않을 최소한의 기술적 스테이지크라프트(stagecraft)로 특히 연극예술 본래의 영역인 대사와 움직임 등을 내적 연기의 핵심 정서 표현 양식으로 강화하고 이를 통해서 관객과 정신적 교류(Spiritual Interaction)의 접점을 찾아간다. 우리 삶의 근원적이고 본질적인 참모습의 형상화를 추구하며 정서적인 소통과 만남(Emotional Communication and Engagement)을 중시한다. 이를 실현키 위한 무대 언어(화법)의 최적화와 몸의 신체적 운동(표현) 에너지를 극대화할 수 있는 연기의 원초적 연극성 회복과 개발에 중점을 두고 무대실험을 계속하고 있지만 앞으로 이 극단의 활동과 공연에 대한 적절한 평가가 있으리라 생각된다.

　　지금까지 영국과 미국 그리고 한국의 주요 <햄릿> 공연 관련 부분들을
간략히 살펴보았다. 영국의 경우 18～19세기 당대 최고의 비극 여배우 특히
레이디 맥베스 압도적 연기로 이름을 날린 명배우 사라 시돈스(Sarah Siddons,
1755～1831), 로열 오페라 하우스의 대표적 배우 윌리엄 찰스 매크레디
(William Charles Macready, 1793～1873), 18～19세기 약 50여 년 간 영국
무대를 오필리어 포셔 데스데모나 줄리엣 베아트리스 바이올라 레이디맥베
스 캐서린 왕비 코딜리어 이모젠 볼럼니어 등 셰익스피어 여인들을 포함한
수많은 역할을 연기해 무대를 휘어잡았던 여배우 엘렌 테리(Ellen Terry,
1847～1928), 19세기 후반의 매력 있는 배우 허버트 비어밤 트리(Herbert
Beerbohm Tree, 1853～1917), 20세기의 대배우 모리스 에반스(Maurice
Evans, 1901～89), 존 길거드(John Gielgud, 1904～2000), 로렌스 올리비에
(Laurence Olivier, 1907～89), 미국 배우 에드워드 휴 소던(Edward Hugh
Sothern, 1859～1933) 등 셰익스피어 연극에 중요한 역할을 맡았던 사람들
이 많았다. 특히 20세기에 좋은 활약을 했던 많은 사람들 중 뛰어난 배우
올리비에, 길거드 등은 우리가 비교적 쉽게 접할 수 있는 많은 관련 정보들이
있기에 더 깊이 언급하지 않았다. 이 외에도 영미는 물론 우리나라 공연사에서
도 언급하고 싶은 주요 공연이 많이 있지만 지면 관계로 더 넓고 깊고 세밀하
게 들어갈 수가 없었음을 아쉽게 생각하며 앞으로 계속될 셰익스피어의 작품
들 번역 시에 좀 더 여러 공연들을 이야기할 계기가 있으리라 생각한다.[5]

---

5. 셰익스피어 관련 극장과 공연사를 다루는 글에서 영미 부분에 1988년 캠브리지 대
　학 출판사에서 나온 반함 편집의 『캠브리지 세계 연극 가이드』와 1993년 캠브리지
　출판사에서 나온 윌메스와 밀러가 편집의 『캠브리지 미국 연극 가이드』 등을 부분
　적으로 참고하였다.

5. <햄릿> 작품 분석: 햄릿의 거울에 비춘 그림자들
(Hamlet's Shadows in His Mirror)

<햄릿>은 붕괴해 가는 천륜과도 같은 신성불가침의 근원적 인간 가치와 찬탈당한 시대정신을 회복하기 위한 싸움에 대한 이야기다. 노도처럼 밀려오는 패악의 압박과 고통을 감내하며 한 지식인 젊은이가 이를 바로잡고 시적 정의를 확립키 위해 벼랑을 등지고 홀로 맞서 싸우며 온 천하에 고발하듯 피로 써내려간 처절한 절규이다. 그 위기의 정치 사회 속 인간 패악의 뿌리와 발흥을 종식시키기 위해 결코 멈출 수 없어 몸부림치는 정의로운 젊은이의 존재론적 항거를 다룬 작품이다.

로젠크런츠 그 꿈들이 정말로 야망이란 겁니다. 왜냐면 바로

그 야망의 본질은 단지 꿈의 그림자에

지나지 않거든요.

햄릿 꿈 자체가 그림자일 뿐인데.

로젠크런츠 맞습니다, 저도 야망이 너무 허황되고 가벼운 것이어서

그것은 그림자의 그림자에 지나지 않는다고 생각합니다.

햄릿 그럼 우리 거지들은 실체고 우리 군주들과

야심만만한 영웅들은 바로 그 거지들의 그림자들이네.

(2막 2장 257-64)

『햄릿』은 영어로 저술된 가장 축복 받은 위대한 비극 작품이라 할 수 있다. 17세기 시작부터 21세기 현재에 이르기까지 세계의 무대예술 역사가 입증한 그 작품성의 위대함은 셰익스피어와 함께 만개한 유럽과

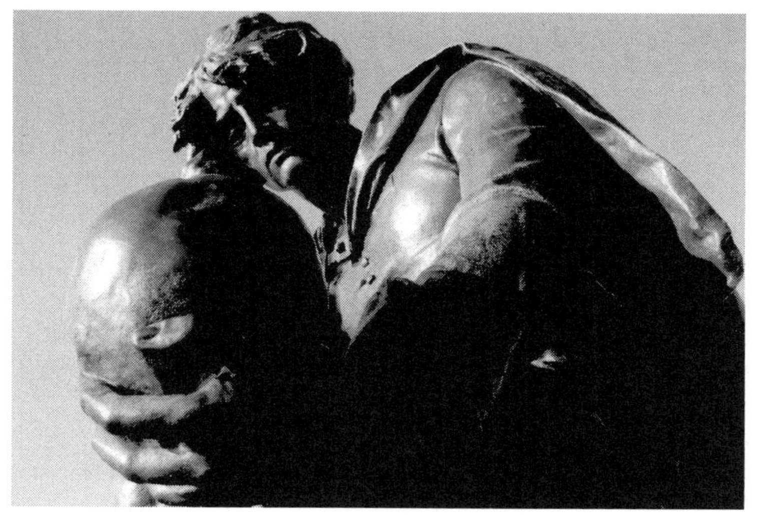

영국 Stratford-upon-Avon 셰익스피어 고향 극장 부근 동상. 햄릿이 해골 든 모습

영국의 르네상스 사회에 도도히 흐르는 시대정신과 그 상충하는 비극적 현실의 풍요로운 다양성에 기인하며 이러한 시대의 비극적 에토스를 극화할 수 있는 작가의 창조적 재능의 결과물이라 할 수 있다. 가장 성공적인 작품인 만큼 가장 신비롭고 복합적이며 풀리지 않는 숙제가 많은 작품이기도 하다. 작품 발표 후 수백 년 간 지구상 가장 많은 문학도와 비평가, 무대 및 영화 예술가는 물론 교육, 음악, 미술, 오페라 등 거의 모든 예술 분야 종사자 및 문학, 철학, 의학 등 거의 장르 구별 없을 정도로 이 작품을 매개로 또는 다른 창조적 관련 작업을 통해 새로운 가치 형성과 의미를 만들어왔다. 특히 이 작품이 사람들을 매료시키는 것은 작품 전체에서 거의 40퍼센트에 달하는 대사 양을 가지고 있는 햄릿이란 인간이 그를 둘러싼 고도의 복합적이고 절박한 정치 사회 환경 갈등 속

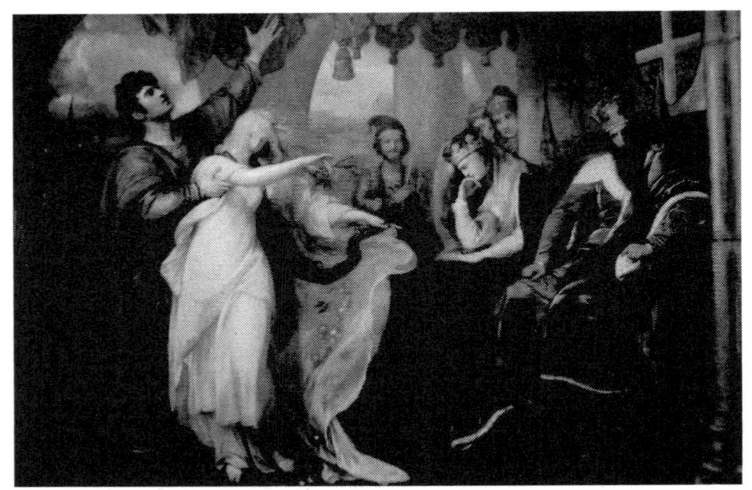

〈햄릿〉 4막 5장 광증 속의 오필리어 장면

에서 그의 의식구조가 빚어내는 절묘한 진실 추구의 아름다움 때문이라
해도 과언이 아니다. 그것이 극단적이고 비극적인 결정적 파국의 초월적
아름다움이라 할지라도 그렇다. 햄릿의 "고통의 바다"처럼 끊임없이 밀
려오는 수많은 고민들은 우리가 흔히 겪어왔거나 겪을 수 있는 극히 인

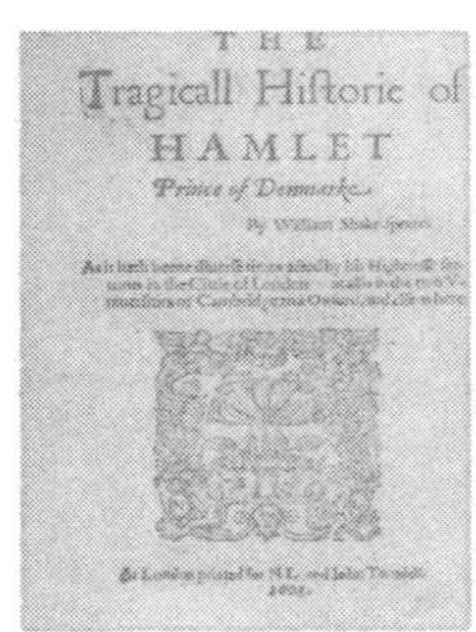

1603년 첫 번째 4절판

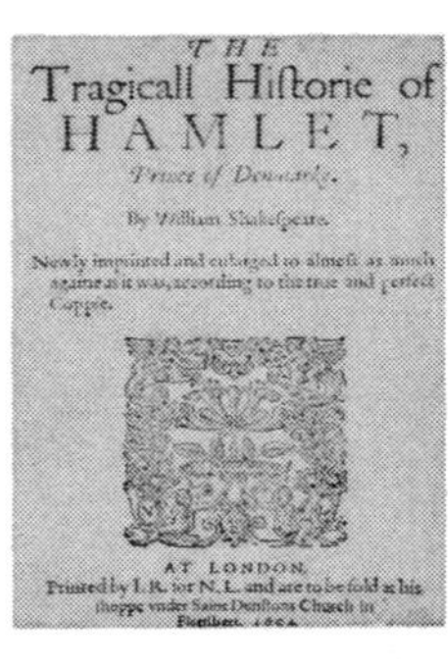

1604년 두 번째 4절판

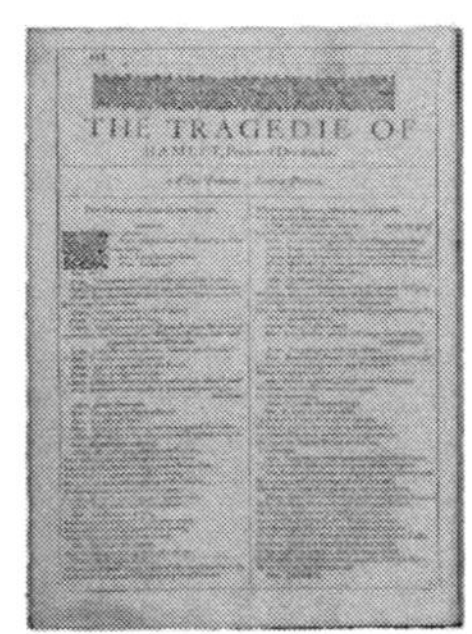

1623년 첫 번째 2절판

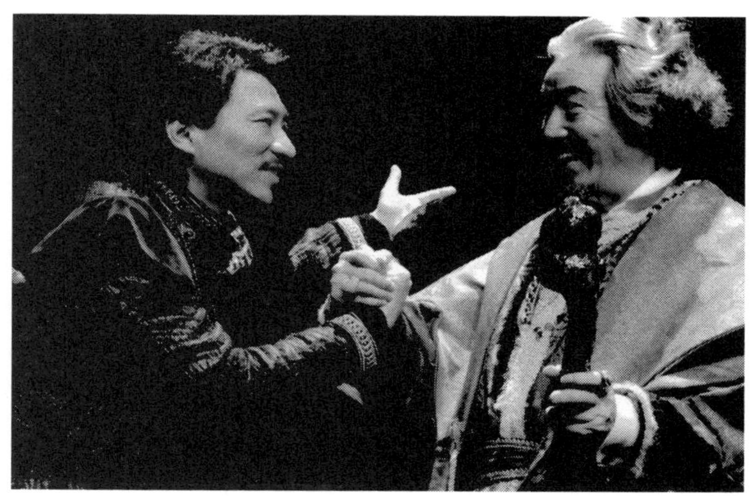

2014 유라시아 셰익스피어 극단(ESTC) 〈햄릿〉 1막 3장 레어티스와 폴로니어스

간적인 것들이다. 햄릿이란 인간이 노출하고 있는 실존적·철학적 사색의 아름다움, 폐부를 찌르는 빼어난 표현의 아름다움, 이상주의적·낭만주의적·도덕주의적 행동의 아름다움, 철저한 완벽주의자적 추구의 아름다움, 치명적인 결과를 두려워하지 않는 절대주의자적 대결의 아름다움—이 모든 것들과 함께 삶과 정면으로 맞서는 그의 치열한 현실적 접전 상황들이 우리에게 많은 생각을 하도록 만든다. 치열한 그의 삶을 표현하는 아름다운 시가 있고 그 아름다움이 생생한 진실 공감과 함께 우리 가슴 속으로 밀려들어온다. 오랜 친구처럼 다정하게 다가와 시간 가는 줄 모르게 재미난 얘기를 해주거나 가슴이 저려오는 처절한 삶의 고민들을 토로하거나 폭풍우 치듯 사회정의를 갈구하며 분노를 노출시키거나 추호의 흔들림도 없이 비장한 결의를 당당하게 공표하거나 때로는 통찰력 있

는 용장처럼 삶의 거친 파도와 고뇌들과 용감하게 맞서거나 절묘한 철리(哲理)를 찾는 철학자처럼 끝까지 포기 없이 진실을 찾아 헤맨다. 갑자기 대학에서 학문을 하다 뛰쳐나와 고도로 뒤틀리고 헝클어진 마키아벨리적 세상을 맞닥뜨린 유럽 지식인의 절절한 고민이 그에게 있다. 바로 그의 진실을 향한 갈구와 몸부림의 과정 그리고 그 결과 모두 더없는 아름다움을 만들어내고 초월적 의미로 승화된다. 어쩌면 영국의 대표적 낭만파 시인 존 키츠(John Keats, 1795~1821)가 그리스 도자기의 아름다움에 취해 노래한 서정시 "Ode on a Grecian Urn"의 마지막 연에서

> "아름다움은 진실이고 진실은 아름다움이다," — 그게 바로
> 그대들이 세상에 대해 아는 전부고, 그대들이 알아야 할 전부다.

> "Beauty is truth, truth beauty," — that is all
> Ye know on earth, and all ye need to know.

라고 한 표현이 더 효과적인 설명일지도 모르겠다. 이러한 햄릿의 추구는 이 작품 마지막의 처절하게 압도적인 비극적 파국에서조차 표현하기 어려운 절망감 속에서도 극의 시작부터 마지막까지 계속 진동하는 미움과 사랑, 죽음과 삶, 그리고 궁극적으로는 추함과 아름다움을 넘어 온갖 세속적 갈등과 그 복합적 교차 의미구조를 초월한 경외감마저 느끼게 만든다.

<햄릿>은 극이 시작되자마자 삶의 가장 핵심적이고 본질적인 문제들 속으로 때로는 머리카락이 곤두설 정도로 공포스럽게 관객이나 독자를 어쩌면 유령이 얘기한 고통스러운 연옥과도 같은 현실 속으로 마구

끌고 들어간다. 어떤 점에서는 까뮤나 사르트르의 현학적 사변적 존재론보다 이미 400여 년 전에 오히려 더욱 절박한 현실적이고 직접적인 난국 상황과 그 연속적 소용돌이 속에서 무섭게 빠른 속도로 처절한 실존적 문제들과 마주치게 만든다. 한 개인의 삶과 죽음의 기로에 선 결정적 위기 속 존재 자체 그 이상 더 절박한 실존 상황은 존재하지 않는다. 시시각각 숨통을 조여 오는 절박한 실존의 문제는 햄릿에게 형이상학적이 아니라 오히려 형이하학적으로 부패된 전복구조적 아나키즘에 더 가깝다. 그리고 그 감당할 수 없는 증폭된 실존적 핵분열은 광증(madness)으로까지 이어진다. 실질적 광증이든 위장된 광증이든 그 왜곡된 분열의 카오스와 아나키즘이 비극적 전개의 메커니즘에 미치는 기능과 결과는 결국 거의 마찬가지다. 이 극단적 한계상황에 몰린 햄릿을 통해 어쩌면 까뮤가 밝힌 존재 가치 여부에 따른 생존의 결정보다 훨씬 더 절박한 근원적인

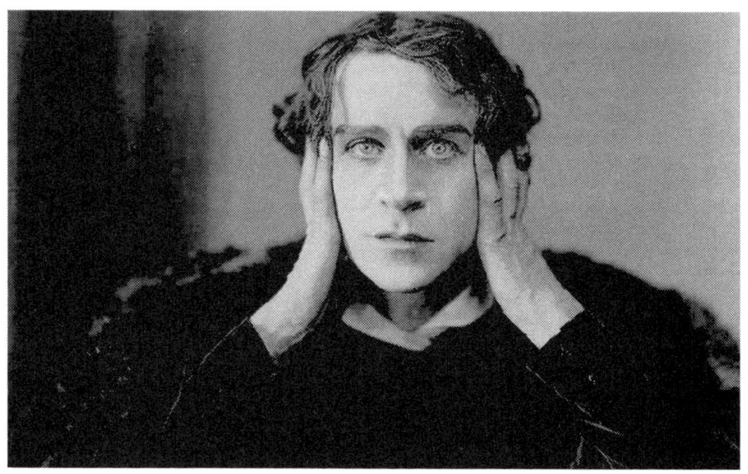

노르웨이 국립극장 배우며 연출가였던 Ingolf Schanche의 햄릿 1921

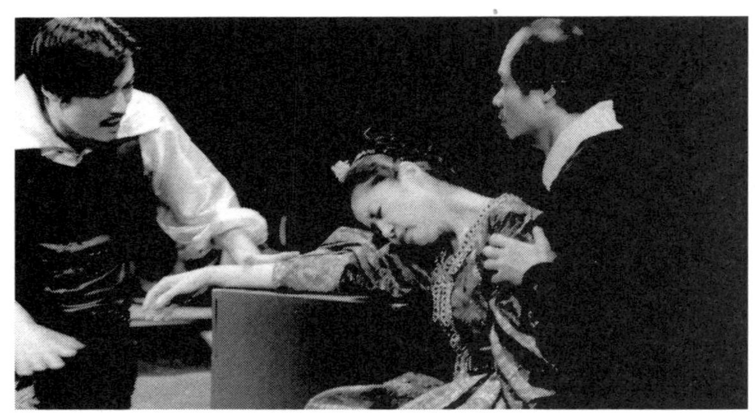

2015 극단 ESTC 공연 5막 2장 햄릿과 독살된 왕비 거트루드와 호레이쇼

실존적 고민이 적나라하게 표출되며 싸르트르의 존재 또는 무(無, Being or Nothingness)에 대한 사색적 탐구보다 더 가혹할 수도 있는 존재와 무 존재 경계선 상에 끝없이 회의하고 방황하는 자의 절대 절명의 심각한 원초적 갈등들이 숨 가쁘게 전개된다.

사느냐 죽느냐 그것이 문제다
광포한 운명의 돌팔매와 화살을 맞아도
그 고통을 감내하며 사는 것이 정신적으로 더 고귀한 일인가
아니면 고통의 바다에 대항해 무기를 들고
맞서 싸워 그것들을 끝장내는 것이 더 고귀한 일인가.

To be or not to be, that is the question:
Whether 'tis nobler in the mind to suffer
The slings and arrows of outrageous fortune,

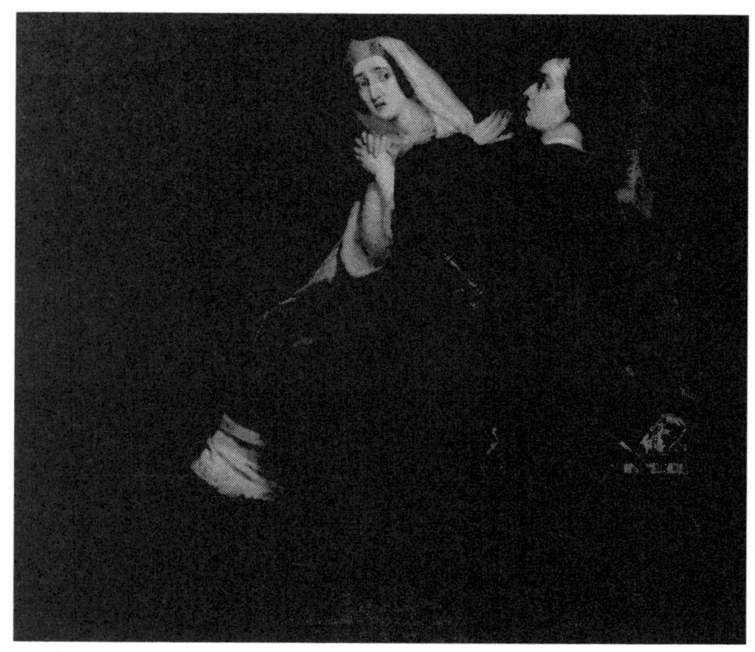

3막 4장 거트루드와 햄릿

Or to take arms against a sea of troubles
And by opposing end them. (3막 1장)

　햄릿에겐 회복해야 할 사회정의가 있고, 지고 천륜의 도덕성 지표가 있으며 사랑과 우정의 절대적 낭만주의가 있고, 이상주의적 시적 정의(poetic justice)의 궤도에서 결코 이탈할 수 없다. 그가 반드시 타파해야 할 것이 있고 초월해야 할 것이 있고 수긍할 수밖에 없는 것들이 있다. 그가 굳게 믿고 있는 르네상스 영웅적 평형감각은 부당하게 왜곡된 현실을 결코 용납하지 않는다. 부모와 자식 간의 사랑을 포함한 천륜의 도리,

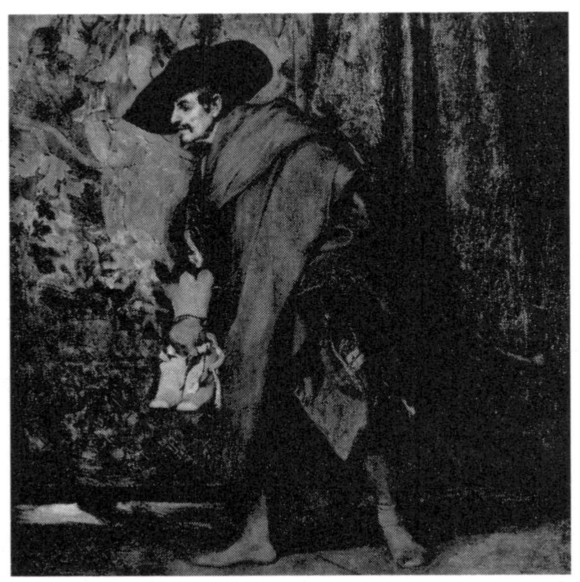

3막 4장 커튼 뒤에 숨어 엿듣는 폴로니어스

남녀 간의 애정, 군신의 도리, 우정의 참모습을 추구함에서도 마찬가지다. 그러한 근거로 그는 사회악의 근원이 되는 인간성의 추락을 절대 묵과하지 않는다. 이상주의자 햄릿은 반인륜적 추락의 정점에 선 숙부 클로디어스를 용납하지 않으며 남편의 남동생과 결혼한 어머니 거트루드의 도덕적 타락 또한 결코 받아들일 수 없다. 로젠크런츠와 길던스턴의 위선적 우정의 배신 또한 시적 정의의 심판을 요구하며 또한 가장 아름다워야 할 순수가 정치구더기들에 의해 오염되어버린 오필리어의 빛바랜 사랑도 거부한다. 자살 충동이 온몸을 휩싸고 도는 외로움과 인간과 삶 자체에 대한 짙은 불안과 회의 속에 절망하고, 녹고 또 녹고 뭉개져 한 방울의 이슬이 되어버리거나, 한줌의 먼지(dust)나 절대 무(nothing)

로 돌아갈 수밖에 없는 햄릿에게 엘시노어의 현실은 잡초만 무성한 정원
이고 부패와 부정의 먼지 가루만 날리는 폐허이며 지옥이다. 그래도 그
는 질곡의 현실을 직시하고 온몸으로 부딪혀 앞으로 나아가며 결코 포기
하지 않는다. 역설적으로 그의 내면에는 숨겨진 역설적 낙천적 기질이
자연스레 터져 나와 날카로운 섬광처럼 주변을 환하게 비출 때가 있다.
자연발생적이나 결코 편안하거나 온화하지 않은, 때로는 잔인하리만치

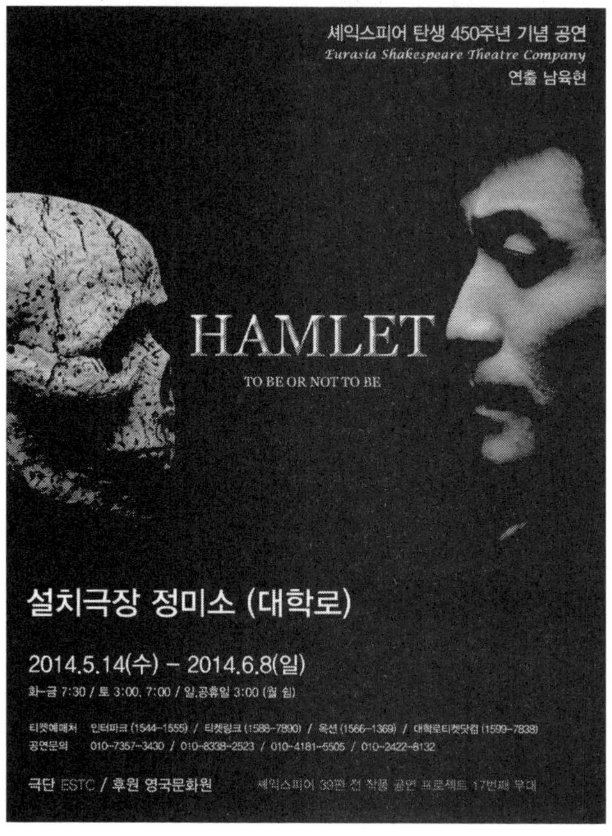

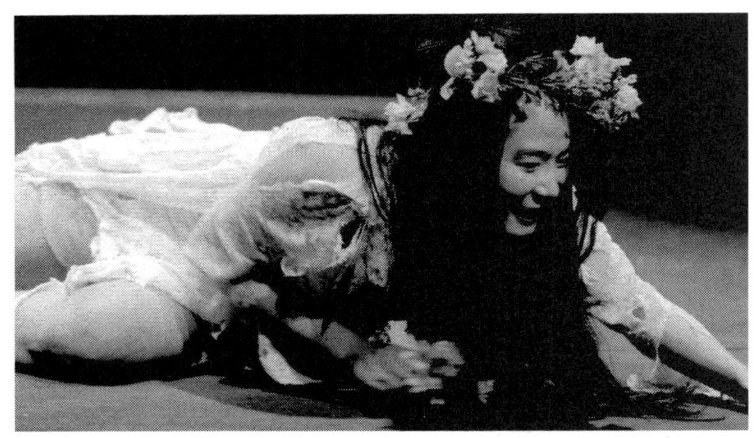

2015 유라시아 셰익스피어 극단(ESTC) 공연 4막 5장 광증 속의 오필리어

번뜩이는 기지(wit)와 웃음을 품은, 이 세상에 대한 이러한 역설적 유머 감각은 그의 고도의 지성에서 지원하는 강력한 열정에서 발화하는 것이다. 다분히 해학적이고 죽음 같은 절박함 속에서도 빠른 속도전으로 쾌속 질주하며 전개 상황에 새로운 의미를 증폭시켜 그가 죽는 마지막 순간까지 상대방과의 대화를 다차원으로 융합된 색조의 유화처럼 풍요롭게 만든다.

이 작품은 다양한 주제적 관점들을 충족시킬 수 있는 작품의 다의성이 있지만 이 작품을 단순화시켜서 햄릿 작품은 어쩌면 햄릿이 그가 바라보는 세상을 그의 인식 본체의 소우주로 본다면 그의 세상 그의 소우주가 평형감각을 상실했을 때, 즉 그를 둘러싼 세상의 부정행위를 알게 된 상황부터 그 진실을 밝혀내려는 과정이며 또한 그걸 정화하려는 목적 추구와 그 수행의 과정으로 볼 수도 있다. 그의 추구는 추구하는 자의

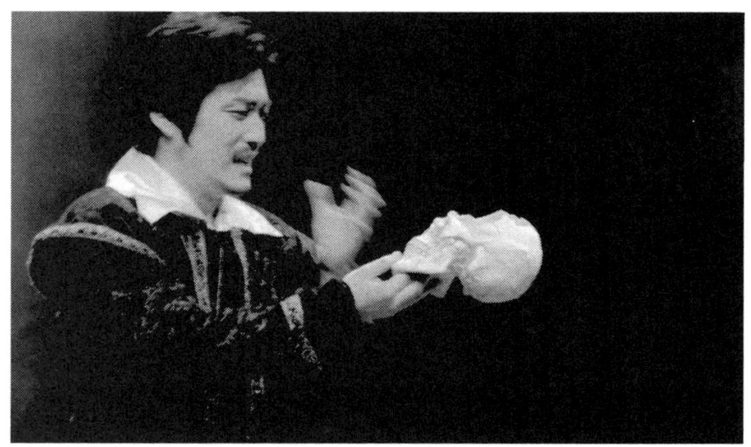

5막 1장 오필리어 무덤 씬. 자기를 천 번이나 등에 업어줬던 요릭의 해골에 말하는 햄릿

내면과 그 내용이 풍요롭고 아름답다. 햄릿은 천국과 지옥을 오가는 다양한 그리고 극한의 사랑과 미움의 변주곡을 체험한 뒤 작품의 뒷부분으로 갈수록 나모르게 무엇인가 만들어지고 있는 하늘의 섭리를 인정하고 숙명론자적 굴복을 하듯—그래도 결코 항복은 안하지만—햄릿은 인간이란 결코 완전히 자유로운 존재가 아님을 깨닫는다. 이 비극 작품의 카타트로피 직전에 이 외로운 프로타고니스트는 이미 처절한 고뇌의 본체이며 바로 그 핵분열과 같았던 존재 여부 그 실존 자체를 초월함은 물론 그가 추구하는 목적과 그 필연성 그리고 그 추구의 성공 실패 여부를 떠나 인간정신을 인간의 본성을 생각하게 만든다. 그는 진정 패배 속에서도 참 인간정신을 그리고 그 인간정신의 승리를 본다. 비극적 인간의 필멸성과 인간성을 타자와 공유 공존하며 어쩔 수 없이 함께 갈 수밖에 없는 상황인식과 그 일반화의 보편성을 일깨운다.

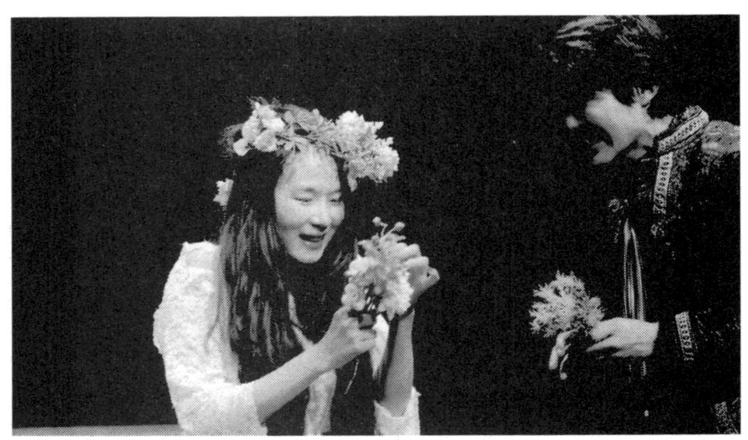

2015 극단 ESTC 공연 4막 5장 광증 속에 오필리어가 오빠 레어티스에게 꽃을 주는 장면

괴테가 햄릿을 "사랑스럽고 순수하며 고결하고 가장 도덕적인 본성"을 지닌 사람으로 묘사했고 낭만파 시인 코울리지는 "나도 햄릿의 성향이 좀 있다"고 했으며 셰익스피어와 쌍벽을 이룬 동시대 작가 벤 존슨은 "한 시대만의 작가가 아니라 모든 시대를 위한 작가다"라 했다. "열정의 노예"(passion's slave)처럼 무한한 개인적인 고민과 공적인 고민을 동시에 갖고 있는 한편 상당히 매력적이고 한없이 혼돈스러워하며 고귀

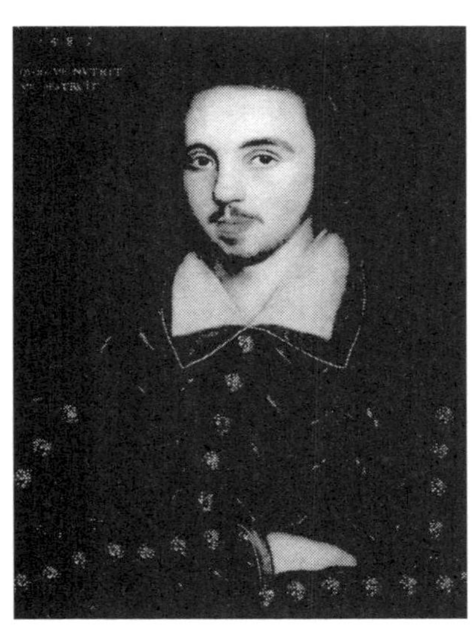

셰익스피어 초상화

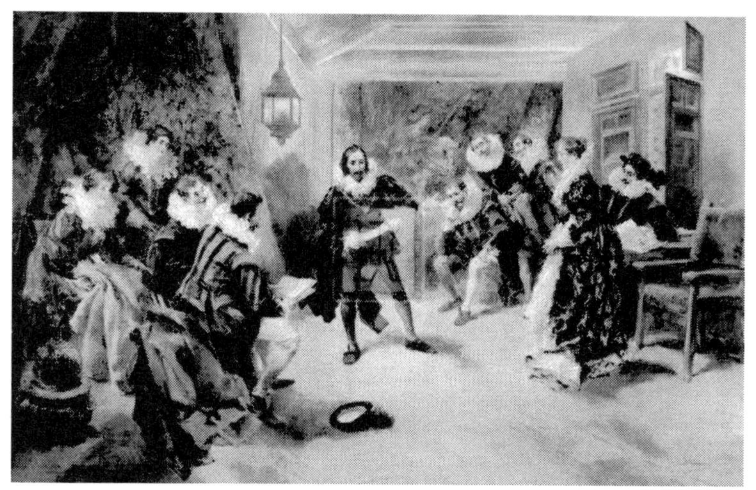

셰익스피어가 작품 대본을 읽으며 배우들과 공연 연습을 하고 있는 상상도

한 성품의 소유자로 늘 현실 속에 깊이 뿌리박고 있으면서도 미래 진실의 절대가치를 겁 없이 추구하는 햄릿은 현대인의 원형, 즉 현대인 누구나 햄릿 배우가 될 수 있는 가능성을 제시하고 있는 것인지도 모른다. 햄릿이 들고 세상을 바라보던 거울에 아직도 우리가 우리 자신들의 모습을 비춰보며 점점 더 평형을 잃어가는 세상에 대한 의문을 던지고 있는 것은 아닌가. 햄릿이 숙부 왕의 죄를 알아보고 사회정의를 바로잡기 위해 엘시노어 성을 찾아온 배우들과 연극을 준비하며 함께 나누는 대화 속에 그가 펼치는 연극론은 아직도 설득력을 갖고 있다. 연극을 하는 목적(the purpose of playing)은 거울을 들어 "사물의 본성"을 비추듯 "시대상의 참모습"을 깨달을 수 있도록 끊임없이 제시하는 것이라 말하고 있다.

. . . 연극의 목적은, 처음이나 지금이나 과거나 현재나
사물의 본성을 비추는 거울을 들어 올리듯 하는 것이다
미덕은 미덕의 본모습을, 악덕은 악덕 자신의 상을 그리고
시대의 진정한 시대성과 시대상의 참모습을 보여주는 것이다.

. . . whose end, both at the first and now, was and is, to
hold, as 'twere, the mirror up to nature, to show virtue
her feature, scorn her own image, and the very age
and body of the time his form and pressure. (3막 2장)

셰익스피어 생애 및 작품 연보

셰익스피어의 생애와 작품의 집필연대 중 일부는 비교적 정확히 기록되어 있는 자료에 의존할 수 있지만, 대부분은 막연한 자료와 기록의 부족으로 그 시기를 추정할 수밖에 없으며, 특히 작품 연보의 경우 학자들에 따라 순서나 시기에 차이가 있음을 밝힌다.

1564   잉글랜드 중부 소읍 스트랫포드 어폰 에이번Stratford-upon-Avon 출생(4월 23일). 가죽 가공과 장갑 제조업 등 상공업에 종사하면서 마을 유지가 되어 1568년에는 읍장에 해당하는 직high bailiff을 지낸 경력이 있는 존 셰익스피어와, 인근 마을의 부농 출신으로 어느 정도 재산을 상속받은 메리 아든Mary Arden 사이에서 셋째로 출생. 유복한 가정의 아들로 유년시절을 보냄.

1571   마을의 문법학교Grammar School에 입학했을 것으로 추정.

1578   문법학교를 졸업했을 것으로 추정. 졸업 무렵 부친 존은 세금도 내지 못하고 집을 담보로 40파운드 빚을 냄.

1579   부친 존이 아내가 상속받은 소유지와 집을 팔 정도로 가세가 갑자기 어려워짐.

1582   18세에 부농 집안의 딸로 8년 연상인 26세의 앤 해서웨이 Anne Hathaway와 결혼(11월 27일 결혼 허가 기록).

1583   결혼 후 6개월 만에 맏딸 수잔나Susanna 탄생(5월 26일 세례 기록).

1585	아들 햄넷Hamnet과 딸 쥬디스Judith(이란성 쌍둥이) 탄생(2월 2일 세례 기록).
1585~1592	'행방불명 기간'lost years으로 알려진 8년간의 행방에 관한 자료가 거의 없음. 학교 선생, 변호사, 군인, 혹은 선원이 되었을 것으로 다양하게 추측. 대체로 쌍둥이 출생 이후 어떤 시점(1587년)에 식구들을 두고 런던으로 상경하여 극단에 참여, 지방과 런던에서 배우이자 극작가로서 경험을 쌓았을 것으로 추측.
1590~1594	1기(습작기): 주로 사극과 희극 집필.
1590~1591	초기 희극 『베로나의 두 신사』(*The Two Gentlemen of Verona*) 『말괄량이 길들이기』(*The Taming of the Shrew*)
1591	『헨리 6세 2부』(*Henry VI*, Part II)(공저 가능성) 『헨리 6세 3부』(*Henry VI*, Part III)(공저 가능성)
1592	『헨리 6세 1부』(*Henry VI*, Part I)(토머스 내쉬Thomas Nashe 와 공저 추정) 『타이터스 앤드러니커스』(*Titus Andronicus*)(조지 필George Peele과 공동 집필/개작 추정)
1592~1593	『리처드 3세』(*Richard III*)
1592~1594	봄까지 흑사병 때문에 런던의 극장들이 폐쇄됨.
1593	「비너스와 아도니스」(*Venus and Adonis*)(시집)
1594	「루크리스의 강간」(*The Rape of Lucrece*)(시집) 두 시집 모두 자신이 직접 인쇄 작업을 담당했던 것으로 추

정되며, 사우샘프턴 백작The third Earl of Southampton에게 헌사
하는 형식.

챔벌린 극단Lord Chamberlain's Men의 배우 및 극작가, 주주로
활동.

1593~1603 및 이후 『소네트』(*Sonnets*)

1594   『실수 연발』(*The Comedy of Errors*)

1594~1595   『사랑의 헛수고』(*Love's Labour's Lost*)

1595~1600   2기(성장기): 낭만희극, 희극, 사극, 로마극 등 다양한 장르
집필.

1595~1596   『로미오와 줄리엣』(*Romeo and Juliet*)

『리처드 2세』(*Richard II*)

『한여름 밤의 꿈』(*A Midsummer Night's Dream*)

『존 왕』(*King John*)

1596   아들 햄넷 사망(11세, 8월 11일 매장).

부친의 가족 문장 사용 신청을 주도하여 허락됨(10월 20일).

1596~1597   『베니스의 상인』(*The Merchant of Venice*)

『헨리 4세 1부』(*Henry IV, Part I*)

스트랫포드에 뉴 플레이스 저택Great House of New Place 구입
(마을에서 두 번째로 큰 저택으로 런던 생활 후 은퇴해서 죽
을 때까지 그곳에 기거).

1598   벤 존슨Ben Jonson의 희곡 무대에 출연.

1598~1599   『헨리 4세 2부』(*Henry IV*, Part II)

『헛소동』(*Much Ado About Nothing*)

『헨리 5세』(*Henry V*)

1599 시어터 극장The Theatre에서 공연하던 셰익스피어의 극단이 땅 주인의 임대계약 연장을 거부하자 '극장'을 분해하여 템즈강 남쪽 뱅크사이드 구역으로 옮겨 글로브 극장The Globe을 짓고 이곳에서 공연. 지분을 투자하여 극장 공동 경영자가 됨.

1599~1600 『줄리어스 시저』(*Julius Caesar*)

『좋으실 대로』(*As You Like It*)

1601~1608 3기(원숙기): 주로 4대 비극작품이 집필, 공연된 인생의 절정기

1600~1601 『햄릿』(*Hamlet*)

『윈저의 즐거운 아낙네들』(*The Merry Wives of Windsor*)

『십이야』(*Twelfth Night*)

1601 「불사조와 거북」(*The Phoenix and the Turtle*)(시집)

아버지 존 사망(9월 8일 장례).

1601~1602 『트로일러스와 크레시다』(*Troilus and Cressida*)

1603 엘리자베스 여왕 사망(3월 24일). 추밀원이 스코틀랜드의 제임스 6세를 잉글랜드의 제임스 1세로 선포.

제임스 1세 런던 도착(5월 7일) 후 셰익스피어 극단 명칭이 챔벌린 경의 극단에서 국왕의 후원을 받는 국왕 극단King's Men으로 격상되는 영예(5월 19일).

제임스 1세 즉위(7월 25일).

1603~1604 『자에는 자로』(*Measure for Measure*)

『오셀로』(*Othello*)

1605 『끝이 좋으면 모두 좋다』(*All's Well That Ends Well*)

『아테네의 타이몬』(*Timon of Athens*)(토머스 미들턴Thomas Middleton과 공동작업)

1605~1606   『리어 왕』(*King Lear*)

1606   『맥베스』(*Macbeth*)

『안토니와 클레오파트라』(*Antony and Cleopatra*)

1607   딸 수잔나, 성공적인 내과의사인 존 홀John Hall과 결혼(6월 5일).

1607~1608   『페리클레스』(*Pericles*)(조지 윌킨스George Wilkins와 공동작업)

『코리올레이너스』(*Coriolanus*)

1608~1613   제4기: 일련의 희비극 집필.

1608   셰익스피어 극장이 실내 극장인 블랙프라이어스Blackfriars 극장을 동료배우들과 함께 합자하여 임대함(8월 9일).

어머니 메리 사망(9월 9일 장례).

1609   셰익스피어 극장이 블랙프라이어스 극장 흡수, 글로브 극장과 함께 두 개의 극장 소유.

1609~1610   『심벌린』(*Cymbeline*)

1610~1611   『겨울 이야기』(*The Winter's Tale*)

『태풍』(*The Tempest*)

1611   고향 스트랫포드로 돌아가 은퇴 추정.

1613   『헨리 8세』(*Henry VIII*)(존 플레처John Fletcher와 공동작업설)

『헨리 8세』 공연 도중 글로브 극장 화재로 전소됨(6월 29일).

1613~1614   『두 귀족 친척』(*The Two Noble Kinsmen*)(존 플레처와 공동작업)

1614~1616   말년: 주로 고향 스트랫포드의 뉴 플레이스 저택에서 행복하

고 평온한 삶 영위.

1616   둘째 딸 쥬디스, 포도주 상인 토마스 퀴니Thomas Quiney와 결혼(2월 10일).

쥬디스의 상속분을 퀴니가 장악하지 않도록 유언장 수정(3월 25일).

스트랫포드에서 사망(4월 23일. 성 삼위일체 교회 내에 안장).

1623   『페리클레스』를 제외한 36편의 극작품들이 글로브 극장 시절 동료 배우 존 헤밍John Heminge과 헨리 콘델Henry Condell이 편집한 전집 초판인 제1이절판으로 출판됨.

아내 앤 해서웨이 사망(8월 6일).

옮긴이 **남육현(南六鉉)**

서강대 석사과정, 런던대 박사과정, 서울 소재 대학 & 대학원 등에서 강의 역임
유라시아 셰익스피어 극단 창단(2002) 예술감독/대표연출
현재 셰익스피어 전 작품(39편) 연속 공연 프로젝트 진행 중

해외공연상황 점검여행
　1991 & 1993 미국 뉴욕 브로드웨이 공연상황 집중점검
　1994～5 영국, 아일랜드, 동유럽, 북유럽, 서유럽, 러시아 등 유럽 전 지역과 아프리카 일부 포함 150여 일 간 공연상황 집중점검
　2011～2 유라시아 대륙–러시아 블라디보스토크에서 시베리아, 모스크바 거쳐 동유럽, 서유럽, 북유럽, 영국, 아일랜드, 북아프리카 모로코 등 포함–200여 일 간 BMW 대형모터사이클로 단독 횡단여행 및 공연상황 집중점검 외

논문 "King Lear: Tragedy Without Redemption", "Death of Hamlet" 외

저서 *Post–War British and American Plays* (1,000여 페이지, 공편)

연출활동 88올림픽 예술축전 6개국 해외공연팀 책임 연출(문화공보부, KBS주최)
　셰익스피어 전 작품 공연 관련 연출 작품: 〈베로나의 두 신사〉, 〈헛소동〉, 〈끝이 좋으면 다 좋아?〉, 〈사랑의 헛수고〉, 〈리처드 2세〉, 〈헨리 4세 제1부〉, 〈헨리 4세 제2부〉, 〈헨리 5세〉, 〈에드워드 3세〉, 〈존 왕〉, 〈아테네의 타이먼〉, 〈헨리 6세 제1부〉, 〈헨리 6세 제2부〉, 〈헨리 6세 제3부〉(이상 모두 셰익스피어 국내 초연) 〈리처드 3세〉, 〈맥베스〉, 〈햄릿〉, 〈리어왕〉, 〈오셀로〉, 〈한여름 밤의 꿈〉, 〈베니스의 상인〉, 〈말괄량이 길들이기〉, 〈좋으실대로 하세요〉, 〈12 번째 밤〉, 〈로미오와 줄리엣〉, 〈안토니와 클레오파트라〉, 〈트로일러스와 크레시다〉, 〈줄리어스 시저〉, 〈코리올레이너스〉, 〈타이터스 안드로니커스〉 외 다수. 현재 국내초연 〈헨리 8세〉 2025년 4월 공연 확정돼 준비 중

번역 피터 쉐퍼 작 〈고곤의 선물〉, 유진 오닐 작 〈위대한 신 브라운〉, 셰익스피어 작 〈맥베스〉, 〈햄릿〉, 〈리어왕〉, 〈한여름 밤의 꿈〉, 〈베니스의 상인〉, 〈말괄량이 길들이기〉, 〈좋으실대로 하세요〉, 〈12번째 밤〉 외. 현재 〈오셀로〉, 〈로미오와 줄리엣〉, C. 말로 작 〈파우스트〉 등 3편 번역 준비 중

햄릿

초판 2쇄 발행일 2025년 2월 20일

옮긴이 남육현
발행인 이성모
발행처 도서출판 동인
주 소 서울시 종로구 혜화로 3길 5 118호
등 록 제1-1599호
TEL   (02) 765-7145 / FAX (02) 765-7165
E-mail donginpub@naver.com / **Homepage** www.donginbook.co.kr
I S B N 978-89-5506-723-1
정 가 15,000원

※ 잘못 만들어진 책은 바꿔 드립니다.